**Heimann
Stiftung**
FÜR
VÖLKER-
VERSTÄNDIGUNG

AF194907

Literatur **DUO** letterario
2021

zweisprachige Anthologie
mit Kurzgeschichten in deutsch und italienisch

antologia bilingue
con racconti in tedesco ed italiano

Herausgeber
Heimann Stiftung für Völkerverständigung

Weitere Informationen
zum «Literatur **DUO** letterario»
auf der Webseite
www.heimann-stiftung.de

Bibliografische Information der Deutschen Nationalbibliothek:
Die Deutsche Nationalbibliothek verzeichnet diese Publikation in der
Deutschen Nationalbibliografie; detaillierte bibliografische Daten sind
im Internet über http://dnb.dnb.de abrufbar.

Herstellung und Verlag: BoD – Books on Demand, Norderstedt

ISBN: 9783754323915

VORWORT
LITERATUR-DUO

Im Literatur-DUO haben deutsche und italienische Schülerinnen und Schüler eine Kurzgeschichte in ihrer Landessprache geschrieben. In einem deutsch/italienischen DUO haben sie dann die Kurzgeschichte des fremdsprachigen Partners in die eigene Landessprache übersetzt.

Das Ziel der Stiftung ist es, mit dem Literatur-DUO den intellektuellen und interkulturellen Austausch zwischen deutschen und italienischen Jugendlichen zu fördern und so zur deutsch-italienischen Völkerverständigung beizutragen.

Der Sammelband ist das Ergebnis eines gemeinsamen Projektes der Heimann-Stiftung und der Buchhandlung Eulenspiegel in Wiesloch.

PREFAZIONE
DUO-LETTERARIO

Nel DUO-letterario, alunne / alunni tedeschi ed italiani hanno scritto un breve racconto nella propria lingua nazionale. Nell'ambito di un DUO tedesco/italiano, hanno poi tradotto il racconto del partner di lingua straniera nella propria lingua nazionale.

L'obbiettivo della Fondazione, attraverso i DUO-Letterari, è quello di promuovere lo scambio intellettuale e interculturale tra i giovani in Italia e in Germania contribuendo all'amicizia tra i due popoli.

L'antologia è il risultato di un progetto congiunto della Fondazione Heimann e della libreria Eulenspiegel di Wiesloch.

EINFACH SO!

ALINA JENNIFER WILD

„Was war denn eigentlich das gestern Abend schon wieder? Da möchte man doch nur in Frieden schlafen und du kommst mit der Taschenlampe und weckst einen!"

Das stimmte, ich war tatsächlich gegen kurz vor Mitternacht in das Schlafzimmer meiner Eltern geschlichen, aber nur wegen eines Geräusches, welches derartig nach einer erstickenden Person, wie es in Filmen gespielt wird, klang, dass ich trotz halb eingeschlafener Glieder lieber nachgucken ging. Letztendlich war es nur ein besonders lautes Schnarchen meiner Mutter gewesen.

„Es klang als würde gerade jemand um seinen letzten Atemzug kämpfen!", verteidige ich mich.

„Du hast doch noch nie jemanden sterben sehen. Die letzten Atemzüge hört man nicht."

Stumm lag sie da, konnte kaum noch sehen, oder hören, oder verstehen. Aber wenigstens ein bisschen reden hätte sie bestimmt gekonnt. Vielleicht meinte sie es gut, vielleicht nicht. Ihre Tochter fühlte sich ungerecht behandelt und hätte am liebsten geschrien, oder auch einfach nur geweint.

In ihren Träumen hatte sie sich immer vorgestellt, wie ihre Mutter ihre Hand nehmen würde, mit dem Daumen kleine Kreise über ihre Haut streichelnd und müde lächelnd, und sie würden vergebende Worte austauschen und sich mit reinem Herzen noch einmal umarmen. So wie es in Filmen eben auch immer geschieht.

Manchmal träumte sie aber auch davon, wie sie ihrer Mutter sagen würde, was sie alles falsch gemacht hatte, wann sie keine gute Mama gewesen war. Eine der dramatischen Szenarien: Sie würden in der Küche stehen, wo die Mutter den Abwasch erledigte, mit einem rot-grünen Teller aus Ton in der Hand, das Geschirr, dass selten benutzt wurde und sonst nur in der Vitrine stand. Die Familie war vorbeigekommen und die Tochter hatte wieder zur Belustigung der Verwandten etwas herumgeblödelt und für Unterhaltung gesorgt. So standen sie da und das Kind könnte sich endlich alles von der Seele reden: zu wenig Vertrautheit, zu wenig Aufmerksamkeit und Liebe als nur eines von mehreren Kindern, einfach manchmal kein schönes Zuhause, sodass man sich nicht freut, nach einem langen Tag dort anzukommen. Wenn sie einmal Kinder haben würde, ja, da würde sie alles anders machen, nur gerecht handeln, die Kinder mehr unterstützen und nach ihren Sorgen fragen, für sie da sein. Wenn die Mutter ihre Fehler einsehen würde und sich bei ihrer Tochter entschuldigen, würde das Kind fordern: „Schmeiß' den Teller auf den Boden so fest du kannst!" Verwundert und widerwillig käme sie der Aufforderung nach. Der Teller zerbräche in viele Scherben und würde die Fließen mit der Gefahr, sich zu schneiden, besäen. „Entschuldige dich bei dem Teller", würde das Kind zugleich fordern. „Nun mach' dich doch nicht lächerlich" würde die Mutter in der Realität sagen, und erst recht nicht das geliebte Geschirr fallen lassen. Im Traum würde sie sich jedoch bei dem Teller entschuldigen, sie würde es ernst meinen und sogar ein bisschen weinen. Der Teller wäre immer noch zerbrochen, die Entschuldigung würde im Raum schweben, nichts verändern und dem Kind trotzdem gut tun.

Szenen wie diese stellte sich die Tochter abends, wenn sie im Bett lag, gerne vor. Manchmal so ausgiebig, dass sie zu lange wach blieb und am nächsten Morgen, wenn ihre Katze ungeduldig an der Tür kratzte, kaum die Augen öffnen konnte. Manchmal wurde der Protagonist des Geschehens, der eigentlich sie war, verstanden, manchmal warf nur jemand einen Teller auf den Boden und eine Entschuldigung reichte nicht aus, um ihn wieder ganz zu machen.

Eigentlich wollte sie auch gar keine Entschuldigung. Vielleicht setzte sich der Teller in ihren Vorstellungen daher auch nicht wie in einem der Fantasy-Bücher, die sie gerne las, wie durch Zauberhand wieder zusammen. Eigentlich würden diese Worte auch wirklich nichts bringen, nichts ändern und sie nicht glücklicher machen. Es waren kindische Fantasien. Und je älter die Tochter wurde, desto mehr verstand sie, dass sie in ihrer Familie gar nicht das Recht auf eine Entschuldigung hatte.

Jeder war irgendwie von dem großen Chaos betroffen und manchmal auch gerne zusammen, aber vorwiegend mit eigenen Problemen beschäftigt.

In diesem Moment jedoch, in dem sie sich auf einem unbequemen, an einen Gartenstuhl aus Kunststoff erinnernden Sitz befand, hätten sie ein paar Worte wirklich glücklicher gemacht. Es war schon so weit gekommen, dass die Mutter den Krebs stetig weiter gefüttert hatte und am Ende ihres Lebens stand. Kaum noch Gehör, Sicht oder Verständnis für ihre Tochter, die sie besuchen gekommen war.

„Erzähl mir mehr", bitte ich meine Mutter wiederholt. „Sie hat sich immer über ein Pflänzchen als Geschenk gefreut, das hatten wir gemeinsam." „Und?" „Ich habe ihr gerne beim Schminken oder Haare färben zugeguckt. Sie war Friseurin, aber für den Hinterkopf hat sie trotzdem Hilfe gebraucht." „Und?" „Ach Kind, so viele positive Erlebnisse habe ich nicht auf Lager, es war halt doch meistens nicht wirklich schön zuhause. Man konnte sich gut mit ihr unterhalten, wenn man damit leben konnte, dass es danach auch der Rest der Familie wusste. Einmal, da habe ich ihr die Augenbrauen gezupft und konnte nicht aufhören, mich zu entschuldigen, wenn ich nicht schnell genug oder zu stark gezogen hatte. Und da hat sie mir gesagt, dass ich mich nicht immer so viel zu entschuldigen bräuchte und das alles schon gut machen würde. Das war sehr nett." „Ja das ist doch schön." „Ja."

Manchmal schnappte ich noch weitere Fetzen auf: sie hatte anscheinend das Minimum an Bauchmuskulatur, das einem Menschen möglich ist, und hatte sich daher beim Aufstehen immer über die Seite rollen müssen. Man musste in ihrem Haus kein Blatt vor den Mund nehmen, vor Gästen war immer alles gut, eher extravagant als zu gewöhnlicher Kleidungsstil, Perlenkette, intensive riechendes Parfüm, Märchenoma.

Der Geruch im Krankenhaus ist doch immer das Schlimmste. Hier will man nicht sterben, denkt sie sich. Auch nicht zuhause, denn da müssten dann die Hinterbliebenen immer dieses Geschehnis an einen bestimmten Raum knüpfen und würden sich im eigenen Haus vielleicht nicht mehr wohl fühlen. So ein Hospiz vielleicht, das ist doch mal eine feine Sache der Kirche. Aber Hauptsache nicht im Krankenhaus.

Die Mutter konnte noch gehen, zumindest ein bisschen, aber wackelig auf den Beinen war sie trotzdem. Es war Mittwoch, relativ kalt und trotzdem Sonnenschein. Auf dem Weg zur Toilette begleitete die Tochter sie lieber, denn die inneren Blutungen hatten wieder zugenommen und ihr Zustand verschlechterte sich.

„Sie hat geblutet?", frage ich. „Ja. Aber das sieht nicht direkt wie Blut aus. Als sie sich die Hände waschen wollte, hat sie das mit dem Wasserhahn nicht mehr auf die Reihe gekriegt, hat ihn ständig wieder an- und ausgemacht, weil sie das Geräusch des Wassers nicht mehr gehört hat. Und da hat sie mir auf einmal richtig leidgetan. Weil sie hat nie über ihre Schmerzen geredet. Da weiß ich über die Blasenentzündungen meiner Freundinnen mehr als über ihre Schmerzen damals beim Krebs. Vielleicht hat sie aus Rücksicht nie wirklich davon geredet, oder wollte sich nicht beschweren. Ich hab ihr dann gesagt, dass der Wasserhahn schon läuft, zweimal, damit sie mich hört und sie hat sich die Hände gewaschen."

Stumm lag sie da, konnte kaum noch sehen, oder hören, oder verstehen. Oder vielleicht konnte sie doch noch verstehen und wollte nicht. Mit ihrer anderen Tochter konnte sie schließlich auch noch darüber reden, wie schick die neue Jacke doch sei.

Wenn jemand stirbt, ist das mit so viel Trauer und Verlustangst, manchmal auch Unausgesprochenem und Schuldgefühlen verbunden, dass man gar nicht darüber sprechen will. Es laufen keine Lieder über den Tod im Radio, nur über die Liebe, Gedichte beschreiben lieber die bedrohliche Vergänglichkeit des Menschen als dessen Endlichkeit, die dem Leben Sinn gibt, wenn ein Künstler den Tod malt, ist dieser dunkel und ungewiss.

Der Tod wird nicht als Teil des eigentlichen Lebens akzeptiert, sondern ist die Phase am Ende des Lebens, die man am liebsten überspringen, aber auch niemals gerne alleine verbringen würde.

Allein sein musste die Mutter oft, aber nicht in dieser letzten Phase. Wieder zurück im Bett wirkte sie etwas weniger schwach und kränklich als beim Laufen. Die Tochter setzte sich zurück in den weißen Plastikstuhl und beobachtete das Gesicht ihrer Mutter. Sie war ja doch immer auch irgendwie locker gewesen, zu unangenehmen Verwandten hatten sie nicht mitmüssen, sie konnte abends weggehen so lang wie sie wollte. Aber sie wurde auch nie abgeholt oder nach ihren Plänen gefragt, vielleicht war ihre Mutter auch einfach nicht interessiert.

Es war aber sicher nicht die Pubertät gewesen, die die beiden auseinandergetrieben hatte. Als sie ausgezogen war und die Mutter mehrmals versicherte, zum Kaffee vorbeizukommen, war der Tisch immer gedeckt: eine selbstgebackene Tarte au Chocolat, Orangensaft und gekaufte Kekse zusammen mit fertig gebrühtem Kaffee in einer rot-grünen Kanne aus Ton. Nur der Gast fehlte, und das mehrmals, obwohl der Rückweg von der Arbeit an ihrer Wohnung vorbeigeführt hätte. Eines Nachmittags stand sie dann völlig unerwartet vor der Tür und der Tisch war nicht gedeckt.

Das Krankenhausessen wurde der Tochter mit überraschend freundlichem Service mehrmals angeboten, doch sie lehnte ab. Ihre Mutter konnte es nicht mehr essen, sondern hing nur noch von schmerzlindernden Medikamenten ab. Die Tochter dachte zurück an das, was im Badezimmer geschehen war. Es neigte sich wirklich dem Ende zu, auch wenn sie die Worte der Krankenschwester, die gefragt hatte, ob sie zur Sicherheit nicht die Nacht dort verbringen wolle, nicht wahrhaben wollte.

„Ich hab dich lieb", sprach sie aus. Von streichelnden Gesten durch die Haare, ein bisschen Herumgezupfe an den Klamotten von Seiten ihrer Mutter war sie später oft zurückgewichen, die Zuneigung hatte sich nicht ehrlich und echt genug angefühlt. Doch sie hatte ihre Mutter lieb, nicht nur, weil sie vielleicht nicht mehr lange da sein würde. Diese reagierte aber nicht, sie hatte sie nicht gehört.

„Ich hab dich lieb", wiederholte die Tochter lauter, sodass die andere Frau im Zimmer es auch schon hörte und herüberschielte. Aber es kam keine Reaktion. Stille. War sie doch nicht mehr ansprechbar? Im Badezimmer hatte sie doch noch verstanden. Oder sie hatte aus dem Kontext heraus die Lippen lesen können. Oder sie konnte es hören, wollte aber nicht antworten. Sie suchte Ausreden und Erklärungen. Ein drittes Mal würde sie es sicherlich nicht sagen, aber sie wurde so traurig, dass sie das Zimmer kurz verlassen musste. Auf dem Gang sprach sie die gleiche Krankenschwester erneut an, ob sie nicht doch die Nacht über dort bleiben wolle. „Nein", sagte sie. Ihre Mutter würde auch noch morgen da sein.

Als es sich dem Wochenende näherte, blieb sie über Nacht. Von Samstag auf Sonntag war die Mutter wirklich nicht mehr ansprechbar, sie lag nur im Bett. Die andere Frau im Zimmer wurde verlegt und ein Bett für die Tochter hereingefahren. Sie würde wahrscheinlich nicht ein Auge zu machen, denn das Wichtigste ist doch, sich von den Menschen, die man liebt, verabschieden zu können. Sie hatte sich verabschiedet und keine Antwort erhalten, aber sie hoffte, dass das Wissen, nicht allein zu sein, ihrer Mutter geholfen hatte. Am nächsten Morgen war sie tot. Die Tochter war eingeschlafen und hatte es verpasst, nichts gehört oder gespürt, aber sie war da gewesen.

„Die habe ich auf der Frankfurter Buchmesse bekommen. Ein älterer Herr hat sie mir mit einem freundlichen Lächeln einfach im Vorbeigehen in die Hand gedrückt", sagt sie. Ich schaute mir die Karte an. Ein Foto von einem winzigen Küken auf einem kleinen Felsbrocken, roter Granit. Um den Hals ein rotes-weiß gepunktetes Lätzchen gebunden, guckt es knapp an der Kameralinse vorbei und ist so flauschig, dass die Beine kaum sichtbar sind und es aussieht, als würde es sitzen. In weißer Schrift steht quer über das Bild geschrieben: „*Ich hab dich lieb. Einfach so!*"

Es war zwar nicht direkt eine Werbekarte, aber auf der Rückseite gab es einen Verweis zu einem Kinderbuch. Pünktchen, das Küken. Das unbewachte Hühnernest mit Pünktchen darin wird von einem Dachs entdeckt und nur dieses eine Küken bleibt von der Familie übrig. Ein trauriger Anfang und dann eine Geschichte von Freundschaft und Abenteuer, die klassische Frage nach dem „wer bin ich und wo ist mein Platz im Leben". Also doch irgendwie Werbung.

Der Satz aus einem Kinderbuch hängt aber heute noch bei der Tochter an der überladenen Pinnwand in der Küche, denn er hat einen besonderen Platz in ihrem Herzen.

FACILE, NO?

ALINA JENNIFER WILD
Traduzione di Joanne Mary Lorenzon

"Cosa c'era di nuovo ieri notte? Volevamo solo dormire in pace e poi sei arrivata tu con la torcia a svegliarci!"

Ed era vero, di fatto ero sgattaiolata poco dopo mezzanotte nella camera da letto dei miei genitori. In mia difesa, avevo sentito alcuni rumori, che sembravano una persona che soffocava, proprio come nei film e anche se ero mezza addormentata ho pensato di andare a controllare.

Alla fine era solo mia mamma che russava in modo particolarmente rumoroso.

"In quel momento mi era sembrato come se qualcuno stesse lottando per prendere un respiro!", mi giustifico.

"Non hai ancora mai visto nessuno morire. Gli ultimi respiri non si sentono."

In silenzio restava ferma lì, poteva a malapena vedere, sentire o capire. Ma almeno aveva potuto dire qualche parola in modo chiaro. Magari aveva avuto una buona intenzione, o forse no. Sua figlia si sentiva trattata in modo ingiusto e avrebbe volentieri gridato, oppure semplicemente pianto.

Nei suoi sogni si era sempre immaginata come sua madre avrebbe preso la sua mano, tracciato con il pollice piccoli cerchi sulla sua pelle, sorriso stancamente e come si sarebbero scambiate parole di conforto e alla fine come si sarebbero abbracciate con i cuori pieni di gioia. Come succede sempre nei film.

A volte però sognava di come sua madre le diceva che sbagliava sempre tutto, chiedendole se era stata una così cattiva mamma. Uno degli scenari più drammatici: erano in cucina, la mamma lavava i piatti, con un piatto di ceramica rossa e verde in mano, le stoviglie che raramente usavano, di solito stavano solo di bellezza nella vetrina. La famiglia era venuta a fare visita e la figlia per il suo e il loro divertimento stava scherzando con i parenti. Loro stavano lì in piedi e la bambina poteva finalmente togliersi un peso: troppa poca confidenza, troppa poca attenzione e troppo poco amore, come se fosse una bambina qualsiasi anche agli occhi dei suoi genitori. E come se non bastasse, non aveva neanche una di quelle belle case, quelle in cui sei contento di rientrare dopo una lunga giornata. Si è ripromessa che quando avrà figli a sua volta sarà tutto diverso: li tratterà sempre bene, li sosterrà e gli chiederà sempre delle loro preoccupazioni, ci sarà per loro. Se la madre si accorgesse dei suoi errori e si scusasse con la figlia, la bambina chiederebbe: "Lancia a terra il piatto più forte che puoi!". Con sorpresa e a malincuore richiesta verrebbe esaudita. Il piatto si romperebbe in moltissime schegge e le piastrelle sarebbero pericolosamente coperte di queste. "Scusati con il piatto" direbbe in quel momento la bambina. " Non fare la sciocca" direbbe la madre nella realtà, e sicuramente non lascerebbe cadere a terra il prezioso piatto. Nel sogno invece la madre si scuserebbe con il piatto e addirittura piangerebbe un po'. Il piatto sarebbe però ancora rotto, le scuse si disperderebbero nell'aria, non cambierebbero nulla ma farebbero in ogni caso sentire meglio la figlia.

La sera quando andava a dormire, la figlia si immaginava spesso scene di questo tipo. A volte così a lungo che stava così tanto sveglia da non riuscire neanche ad aprire gli occhi quando al mattino il suo gatto graffiava impazientemente sulla porta. A volte il protagonista di queste storie, che in realtà era lei, veniva compreso, mentre altre volte qualcuno lanciava semplicemente un piatto per terra e una scusa non serviva in nessun modo a renderlo di nuovo intero.

In realtà lei non voleva nessuna scusa. Magari si immaginava questo piatto come nei libri fantasy, che lei amava leggere, che come per magia tornava intero. Nella realtà dei fatti queste parole non avrebbero portato a nulla, non avrebbero cambiato nulla e non la avrebbero resa più felice. Erano solo fantasie infantili, e più lei cresceva, più capiva che nella sua famiglia non aveva proprio alcun diritto ad una scusa.

Ciascuno era preso da cose più grandi, e magari trascorrevano anche volentieri del tempo insieme, ma ognuno era principalmente impegnato con i propri problemi.

Proprio in quel momento, mentre sedeva su una scomoda sedia da giardino in plastica ed era assalita dai ricordi, alcune parole la avrebbero veramente resa più felice. Era già troppo tardi: la madre aveva continuamente alimentato il cancro ed ormai era giunta alla fine della sua vita. Ma non aveva spazio per ascoltare o capire sua figlia, che era venuta a visitarla.

"Raccontami di più", chiedo di nuova alla mamma. "Le piante le sono sempre piaciute come regalo, quella la abbiamo presa insieme." "E?" "La guardavo mentre si truccava o mentre si tingeva i capelli. Lei faceva la parrucchiera, ma aveva sempre bisogno di una mano per tingersi i capelli sulla nuca." "E?" "Ah tesoro, non ho fatto moltissime esperienze positive, non c'era proprio un bell'ambiente a casa. Potevi confidarti con lei solo a patto che l'intera famiglia sapesse. Una volta le ho fatto la ceretta alle sopracciglia e non riuscivo a smettere di scusarmi per non aver strappato abbastanza velocemente o abbastanza forte. In quel momento mi disse che non era necessario scusarsi troppe volte e che sarebbe andato tutto bene. È stata gentile." "Sì, è stata carina." "Sì."

A volte riuscivo a cogliere altri frammenti: a quanto pare aveva il minimo di addominali che per una persona è possibile avere, e per questo per alzarsi rotolava sempre da un lato. In casa sua nessuno aveva peli sulla lingua, davanti agli ospiti andava sempre tutto bene, era davvero particolare in quanto a stile, con le sue collane di perle e il suo profumo intenso. Che nonna da favola.

L'odore di ospedale è sempre il peggiore. Nessuno vorrebbe morire qui, pensava fra sé e sé. Neanche a casa in realtà, perché in questo caso i superstiti non si sentirebbero più felici neanche nella loro casa. In un ospizio allora, quella sì che è una cosa caritatevole che ha fatto la chiesa. Però assolutamente non all'ospedale. La madre poteva ancora camminare, per lo meno un po', ma era comunque malferma quando si muoveva. Era mercoledì, abbastanza freddo ma comunque soleggiato. La figlia la stava accompagnando verso il bagno, dato che le sue condizioni erano peggiorate a causa delle emorragie interne.

"Ha sanguinato?", chiedo. "Sì, ma non come lo intendi tu. Non appariva come sangue. Quando si voleva lavare le mani, non riusciva a tenere il rubinetto e continuava ad accenderlo e spegnerlo perché non sentiva più il rumore dell'acqua. E quella volta mi ha davvero fatto stare male. Perché non parlava mai dei suoi dolori. So più della cistite della mia migliore amica che dei suoi dolori di quando aveva il cancro. Magari non ne ha mai parlato perché le pareva fuori luogo, oppure perché non voleva che mi preoccupassi. Poi le ho detto che il lavandino era aperto, per due volte, così ero sicura che mi avesse *sentito*, e si è lavata le mani."

In silenzio restava ferma lì, poteva a malapena vedere, sentire o capire. O magari poteva ancora capire, ma non voleva. Con la sua altra figlia fino all'ultimo parlava di quanto fossero alla moda questo o quell'altro capo di abbigliamento.

Quando muore qualcuno, di solito non se ne parla, perché si è tristi o per paura dell'abbandono, o a causa delle cose che non sono state dette o del senso di colpa. In radio nessuno passa canzoni sulla morte, solo sull'amore. Le poesie descrivono la pericolosa caducità dell'uomo, piuttosto che la limitatezza di esso, che dà in realtà senso alla vita. Quando un artista dipinge la morte, l'opera ha una sfumatura scura e misteriosa.

La morte non viene accettata come parte della vita, ma viene piuttosto vista come la fine di essa, che tutti preferirebbero evitare, ma che nessuno vuole trascorrere da solo.

La madre ha passato lunghi periodi da sola, ma non questo. Quando si metteva di nuovo a letto, sembrava un po' meno provata di quando si sforzava a camminare. La figlia si siede di nuovo sulla sedia di plastica bianca e osserva la faccia della madre. Era sempre rimasta calma, anche quando facevano visita dei parenti sgradevoli, dato che la sera poteva andare via per tutto il tempo che voleva. A questo proposito però non era mai stata andata a prendere o nessuno le aveva mai chiesto riguardo ai suoi piani: magari sua madre era semplicemente non interessata.

Non era stata sicuramente la pubertà a separare le due. Quando si era trasferita, la madre si era assicurata di passare qualche volta a prendere il caffè, in questi casi la tavola era sempre apparecchiata: un torta al cioccolato fatta in casa, succo d'arancia, biscotti, tutto accompagnato da caffè appena fatto dentro ad una caffettiera d'argilla. Mancava soltanto l'ospite, e questo succedeva la maggior parte delle volte, sebbene il suo appartamento fosse di strada tornando a casa dal lavoro. Alcune volte invece, di pomeriggio, bussava inaspettatamente alla porta, e in quel caso la tavola non era preparata.

La mensa dell'ospedale la aveva sorpresa con un servizio cordiale, ma lei aveva sempre rifiutato. Sua madre non riusciva più a mangiare ciò che le portavano, dipendeva invece solo da antidolorifici. La figlia pensava a ciò che era successo nel bagno. Si vedeva chiaramente la fine. Anche quando lei chiedeva all'infermiera se sarebbe stato meglio che passasse la notte lì per sicurezza, e questa rispondeva che non era necessario, queste parole non le erano di nessun conforto.

"Ti voglio bene", disse. Dalle carezze tra i capelli, ad alcuni gesti affettuosi da parte di sua madre, da cui però si era sempre tirata indietro, non la avevano propriamente mai fatta sentire amata. Però voleva bene a sua madre, e non solo perché non ci sarebbe stata ancora per molto. Lei però non aveva reagito. Non la aveva sentita.

"Ti voglio bene", ripeté la figlia a voce più alta, così alta che anche l'altra signora nella stanza la sentì. Nessuna reazione. Silenzio. Era per caso incosciente? In bagno aveva capito ciò che le aveva detto però. Oppure le aveva letto le labbra. Oppure aveva capito dal contesto. Oppure poteva sentirla, ma non voleva risponderle. Cerca una spiegazione.

Non lo avrebbe sicuramente detto una terza volta e la cosa la aveva intristita così tanto, che aveva lasciato la stanza velocemente. Mentre se ne andava, l'infermiera le aveva chiesto se voleva passare la notte lì. "No" aveva risposto. Sua madre sarebbe stata ancora lì la mattina seguente.

Con l'avvicinarsi del weekend, era rimasta anche la notte. Da sabato a domenica sua madre aveva perso coscienza. Stava semplicemente distesa a letto. L'altra signora era stata trasferita in un altro reparto, quindi c'era un letto libero per la figlia. Probabilmente non se la sarebbe presa, perché l'unica cosa che contava in quel momento era riuscire a separarsi da sua madre. Non è mai facile dire addio ad una persona cara. Lei lo aveva fatto e non aveva ottenuto risposta, ma sperava che almeno la coscienza di non essere sola avesse aiutato sua madre. La mattina dopo era morta. La figlia era addormentata, non si era accorta di nulla e non aveva sentito nulla, ma era lì.

"L'ho trovata alla fiera del libro di Francoforte. Un signore anziano mi ha sorriso e me la ha posta fra le mani mentre gli passavo accanto", disse. Osservavo la foto con attenzione. Ritraeva una piccola gallina vicino ad una pietra, granito rosso. Al collo aveva legato un bavaglino rosso e bianco, guardava direttamente in camera e aveva così tante piume che quasi non si vedevano le gambe. Sembrava che fosse seduta. Trasversalmente, sull'immagine era scritto in bianco "Ti voglio bene. Facile, no?"

Non era proprio una cartolina pubblicitaria, ma dall'altro lato c'era un rimando ad un libro per bambini. Tina la Gallina. Mentre era sola nel nido, Tina era trovata da un tasso. Era l'unica rimasta di tutta la sua famiglia. Un inizio triste e poi una storia di amicizia e avventure, la classica domanda "chi sono e qual è il mio posto nel mondo". Ma comunque una cartolina pubblicitaria.

La frase (che viene dal libro per bambini) è appesa ancora oggi nella bacheca della figlia, nella sua cucina e occupa un posto speciale nel suo cuore.

IL TAGLIATORE DI SIEPI
JOANNE MARY LORENZON

Sul tavolo erano rimasti un piatto rosso con una striscia bianca lungo il bordo e una forchetta azzurra. Erano abbastanza consunti questi oggetti, ma da loro - come da molti altri oggetti nella sua casa - si poteva evincere molto riguardo alla sua personalità e al modo in cui guardava alle cose. Una forchetta azzurra, per chi la vede come tale, può sembrare un oggetto che rimanda all'infanzia, a un modo familiare e spensierato di sedersi a tavola, la striscia bianca sul piatto rosso potrebbe rappresentare l'indulgenza verso se stesso, la capacità di trovare tranquillità anche in un contesto caotico e il flusso libero dei pensieri attraverso ogni cellula del suo corpo. Il rosso circo-stante stava invece a rappresentare l'amore verso tutto. Sì, perché Agapio amava proprio tutto. E per di più era daltonico, quindi questo servizio di piatti e posate lo aveva scelto senza ogni dubbio in assenza di cognizione di causa, per il semplice fatto che gli servivano dei piatti e delle forchette. Che poi questi piatti e queste forchette avessero le strisce, fossero neri, grigio-verdi piuttosto che rossi non gli importava. Infatti non era stato lui a scegliere le forchette e i piatti, ma erano stati loro a scegliere lui. Tanto a lui non importava, era veramente poco interessato alle cose che non contenessero la vita. Sarebbe molto difficile praticare un qualsiasi tipo di professione con un approccio così selettivo verso il mondo, perché al giorno d'oggi la maggior parte delle persone della sua età lavorano quasi esclusivamente a contatto con oggetti, sempre, senza mai accorgersi di quello che fanno, tanto che sono abituati a maneggiarli e utilizzarli ai loro fini. Questo era per lui un modo di vivere la vita inconcepibile, in quanto la vita fosse viva e gli oggetti no. In ogni caso, il problema non lo riguardava. Il signor Agapio, era fiero di dire a chiunque incontrasse, anche se succedeva di rado che una persona lo approcciasse spontanea-mente, e ancor più raro era che lui avesse il desiderio di condividere il suo tempo con qualcun altro, che nella vita era un tagliatore di siepi. Lo diceva proprio così: «Nella vita sono un tagliatore di siepi». Alla fine aveva ragione a dirlo, lui amava le siepi, i cespugli, gli arbusti, le piante selvatiche, le piante da frutto, gli alberi vecchi, secolari, quelli con minimo ottanta anelli, quelli giovani, quelli malati, i cespugli dalle foglie verdi, ma leggermente gialle o anche quelli che avevano lungo la lami-natura del bordo un colore bianco che improvvisamente ad un certo punto i trasformava in verde, ma non finisce qui, perché era in grado, nella loro semplicità, di apprezzare anche quelli con le foglie di un colore solo, talvolta rosicchiate da un insetto o rovinate dalle intemperie. Tutti, tutte le forme di vita su tronco e radici, lui le amava e onorava tutte. Aveva una grande devozione anche per i fiori, ma quelli, diceva, sono materia delle persone giovani, quelle perché come i fiori la gioventù è mozzafiato ed effimera, e loro per forza si trovavano d'accordo con i fiori, perché avevano la stessa prospettiva sul mondo. Un fiore non pensa mai che un giorno non sarà più tale e in modo analogo la persona giovane e felice non si cura che in poche occasioni del suo futuro a lungo termine. E ci sono pregi e difetti di questa filosofia, ma non staremo qui a discuterli. Ad ogni modo, il signor Agapio aveva ragione di dire ciò, in quanto la sua professione gli piacesse così tanto da far sì che la sua vita fosse un arco di tempo dedicato alle siepi, ai cespugli, agli arbu-sti e così via e a quello che riguarda il loro processo di potatura. Sì, più propriamente si direbbe potatore di siepi, ma dopo aver appurato che molti bambini non conoscevano questa parola aveva optato per tagliatore di siepi, che suonava anche più semplice e alla portata di tutti. Agapio era anche un gran amante della luna, preferiva di gran lunga la luna al sole, ma preferiva il giorno alla notte perché il giorno mostrava i verdi - che per lui ovviamente non erano verdi, ma erano un'altra cosa - in tutta la loro completezza e il loro splendore. Dovete sapere che, benché fosse daltonico, questo non gli impediva di vedere i diversi gradi e le sfumature di colore, le vedeva eccome quelle, solo che in modo diverso. Tenuto conto di ciò , possiamo benissimo capire che lui non sapesse di essere daltonico, perché vedeva come tutti gli altri, ma colori diversi, quindi per lui il giallo era un altro colore, il verde un altro ancora e il rosa ancora diverso, ma li chiamava con gli stessi nomi, dato che li aveva sempre sentiti chiamare così, e anche perché per i colori che vedeva lui non esisteva un nome, dal momento che nessuno all'infuori di lui li aveva mai visti. E pensare che Agapio questi colori neanche sapeva di vederli.

La sua casa si trovava arroccata su di una piccola altura, appena fuori dal paesino in cui solitamente lavorava, talvolta per conto del comune, talvolta per Marisa o per Lucilla, ma anche per qualche sua coetanea, per le ottantenni della casa di riposo o per i ragazzi del colle-gio. Nei giorni in cui gli era richiesto di lavorare, scendeva dalla sua collinetta con gli attrezzi del mestiere, rigorosamente solo quelli indispensabili - alcuni dei quali creati personalmente da lui - ed eseguiva con molta cura e precisione ciò che gli veniva chiesto. Agapio trovava molto curioso come, dal modo in cui una persona voleva che la propria siepe fosse tagliata, si potessero capire tutte le qualità impor-tanti che stavano alla base della sua personalità e del suo carattere. Una volta, il marito di una commessa - quella che lavorava al negozio di scarpe - gli chiese di far prendere ai suoi cespugli di cipresso la forma del suo corpo. Dovette farsi ripetere la commissione due volte, cosa che accadeva raramente date le sue spiccate doti da ascoltatore, per essere sicuro di aver capito bene. Una siepe a forma di persona, pensò, alquanto bizzarro. Da ciò riuscì a capire - come può già risultare evidente - che quest'uomo aveva una grande stima di sé. Non una cosa cattiva presa così fuori dal contesto della persona, ma abbastanza irritante combinata all'atteggiamento da saccente e dalla presunzione di pensare di essere sempre colui che ha la verità in mano. Entrambi dettagli ipotizzati da alcune precisazioni espresse riguardo ai partico-lari della composizione, dal momento che per Agapio egli era un com-pleto sconosciuto, ma finirono per essere veritiere - sebbene non lo seppe mai con certezza.

Giravano in paese da sempre voci sul conto del particolare tagliatore di siepi, ed erano pettegolezzi veramente bizzarri. Alcuni dicevano che fosse uno stregone, per la sua straordinaria abilità nel maneggiare le cesoie, altri dicevano che fosse sordo, perché cantava male e lo faceva platealmente ogni volta che era si metteva al lavoro, altri ancora che fosse una sorta di messaggero inviato da Dio per controllare l'operato degli uomini. Non ipotizzarono mai però che fosse daltonico. Agapio era anche un'altra cosa, per cui non c'è un nome preciso. Al tatto percepiva le cose molto diversamente da chiunque altro - almeno questo è ciò che è dato sapere. Percepiva il ruvido come un'altra cosa, il morbido come un'altra ancora e i tessuti dei vestiti erano tutti così inspiegabilmente rigidi a suo avviso che non si capacitava del fatto che tutte le persone li indossassero. Ma per non destare troppo scalpore li indossava anche lui quando era in presenza di altri. Lavava spesso le stoviglie con acqua molto calda, ma per lui l'acqua molto calda non era come per gli altri. Lui ci si lavava volentieri in estate con l'acqua molto calda, ma non dava troppo peso a tutto ciò. Quando si trovava ad affrontare momenti in cui dubitava di sé stesso e del suo modo di percepire le cose, pensava che molte volte le persone chiamano le cose con nomi impropri: a volte una persona onesta è "cattiva", una persona in so-vrappeso diventa "brutta", qualcosa di bizzarro diventava "pericoloso" e così via, quindi la sua idea era di potersi permettere di chiamare ciò che percepiva leggermente diverso da caldo, semplice-mente "caldo". Questo, effettivamente, agli occhi degli abitanti del vil-laggio non rappresentava infatti alcun tipo di problema, dato che era-no già abituati alle stranezze del tagliatore di siepi, e si sarebbe potuto dire che la vita stesse andan-do avanti come di consueto, se Agapio non avesse cominciato a dare una forma leggermente inclinata alle sie-pi. Anche i suoi capelli, i suoi vestiti e il suo modo di camminare erano diventati leggermente pen-denti verso sinistra. Man mano che questo diventava più evidente, tra gli abitanti cominciarono a girare ogni tipo di voci di corridoio e pettegolezzi, molto più scandalosi dell'essere sor-do o un mago o qual-che stupidaggine del genere, che non vengono ri-portate per amor del buon costume. Fino a quel momento tutti lo ave-vano tenuto in discreta simpatia nonostante le alcune trascurabili stra-nezze, ma questo avveni-mento era troppo singolare per essere ignora-to. Dal canto suo, il signor Agapio pensava di star mascherando al me-glio la sua improvvisa e crescente sensazione di essere diverso, perché ai propri occhi stava diventando sempre più simile a loro, sia nell'ap-parenza ma anche nel modo di parlare e nel modo di pensare - questo ovviamente solo di facciata, non aveva smesso di pensare come sé stes-so. Fatto sta che questo piano per confondersi meglio con gli abitanti del villaggio non stesse andando a meraviglia dal loro punto di vista e a vederlo diven-tare sempre più strano e farneticare sempre più spesso frasi che avevano molto poco senso - per loro -, decisero di non chia-marlo più per tagliare le siepi. Egli passò giorni e settimane a chiedersi cosa nel suo piano non avesse funzionato e dopo attenti studi e profon-de riflessioni, arrivò alla conclusione che forse era andato tutto troppo bene. Forse, pensava lui, gli abitanti del villaggio lo vedevano troppo simile a loro e non lo riconoscevano più, e per questa ragione avevano smesso di commissionargli i tagli delle loro siepi. Magari le faceva troppo squadrate, o troppo perfettamente tonde, o ancora troppo simili all'immagine che dal committente gli veniva mostrata, quindi decise di smettere di provare ad assomigliare a tutti loro e si mise in testa che da quel momento avrebbe fatto tutto solo ed esclusivamente a modo suo. Buttò nel cestino tutti i nuovi attrezzi che aveva comprato, i vestiti che si era fatto spedire e tutto ciò che sentiva non gli appartenesse per dav-vero.

Il giorno seguente decise di scendere verso il villaggio con il suo esiguo equipaggiamento, per vedere se poteva rendersi di nuovo utile al sindaco, o a Marisa o alle sue amiche e compagnia bella. Ma con sua grandissima sorpresa, una volta arrivato in paese, attorno a lui si radunò una folla di persone che affermavano di vedere una cassetta per gli attrezzi che fluttuava nel vuoto. Agapio provò a dir loro di essere lì a reggere la cassetta degli attrezzi, ma a quanto pare non lo sentivano. Tentò anche di fare dei gesti, ma nessuno sembrava vederli, tranne alcuni fra i bambini. I bambini, si dice, hanno una gran fantasia, e a causa di ciò nessuno credette loro. Agapio dopo questo avvenimento tornò perplesso nella sua casetta per riflettere sul da farsi. Si rifiutò categoricamente di trasformarsi nuovamente per essere simile agli abitanti del villaggio, perché quel piano aveva già fallito una volta e voleva evitare di fallire una seconda. Decise così che avrebbe preferito vivere una vita da invisibile ai loro occhi piuttosto, tanto non è che avesse dei rapporti esattamente solidi con loro, non si perdeva molto ad essere evitato dagli abitanti del villaggio, e si accontentò delle sporadiche visite dei bambini come unico contatto con il resto degli uomini. Per il resto stava bene ad essere solo con sé stesso a contatto con tutto ciò che amava del mondo naturale.

Dopo un certo periodo di tempo, decise anche che si sarebbe trasferito per cercare un luogo più lontano dal paese; così un giorno chiamò a raccolta i bambini e gli fece tutto un noioso discorso su come non dovevano mai diventare come gli altri eccetera eccetera e pensare con la loro testa e tutto quel genere di cose. Sembrava molto impegnato nello spiegare al suo giovane pubblico tutte le sue ragioni, ma loro ovviamente non colsero tutto il significato di detto discorso e si può anticipare che continuarono a vivere le loro vite come fanno i bambini, in modo spensierato e leggero e dimenticandosi le raccoman-dazioni degli adulti. Gli adulti, a proposito, per un periodo si erano preoccupati per la scomparsa del tagliatore di siepi, ma poi se ne erano dimenticati e avevano continuato a vivere come fanno gli adulti, molto spesso senza sapere cosa fanno e dando importanza alle cose che non lo meritano, ma a dispetto di tutto ciò le siepi continuavano a crescere. Quelle inclinate diventavano circolari, e allo stesso modo perdeva forma quel cipresso a forma di uomo che Agapio aveva abilmente scolpito per il marito della commessa, e anche le siepi a forma di rettangolo, cuore, quelle attorcigliate su loro stesse e così via. Gli uomini del villaggio si riunirono per discutere di questo problema, e arrivarono alla conclusione che sarebbe stato necessario nominare un addetto al taglio delle siepi. Non un tagliatore o un potatore di siepi, perché gli impegnati uomini del villaggio non avevano tempo per quel genere di sciocchezze, loro erano tutti impiegati o banchieri o lavoratori di fabbrica. Solamente era necessario qualcuno che periodicamente, una volta al mese diciamo, regolasse la lunghezza delle foglie pubbliche, ecco tutto. Nessuno aveva grande entusiasmo nei confronti di questa occupazione, quindi decisero di farlo a turno. Erano tutti d'accordo però che sarebbe stata una scelta intelligente portare a termine questo tipo di faccende durante la notte, in modo da non essere visti in caso Agapio fosse tornato. Questo, il signor tagliatore di siepi lo avrebbe trovato assai sciocco, per due motivi, se mai ne fosse venuto a conoscenza: il primo è che una persona può tornare anche durante la notte e il secondo è che, nel caso lui fosse rimasto invisibile sulla sua collina, avrebbe benissimo potuto vederli tagliare le siepi al posto suo, in quanto lui fosse un abile osservatore della luna e stesse sempre sveglio fino a notte inoltrata. Ma ovviamente questo gli uomini non lo avevano preventivato e mai lo seppero, dato che Agapio non tornò mai e mai li osservò più dalla cima della collina, e anche nel caso lo avesse fatto, sarebbe rimasto invisibile ai loro occhi.

I bambini di questo piano degli adulti non sapevano nulla, e segretamente tra di loro continuarono a pensare che fosse il signor Agapio che durante la notte veniva a regolare la lunghezza dei cespugli. Non lo scoprirono mai che in realtà erano i loro genitori, perché erano soltanto bambini, e nessuno si sprecava a spiegare faccende anche un minimo complicate ai bambini, tanto si sa che hanno poca memoria. Non si capacitavano inoltre che gli adulti avessero anche istituito una festa per ricordare il giorno in cui in paese si era vista una cassetta volante, perché nessuno di loro aveva visto una cassetta di attrezzi volante. Era comico per tutti loro vedere queste persone nei preparativi della bizzarra ricorrenza, dato che talvolta erano questi adulti ad essere invisibili per loro.

DER HECKENSCHNEIDER
JOANNE MARY LORENZON
Aus dem Italienischen von Alina Jennifer Wild

Auf dem Tisch waren übriggeblieben: ein roter Teller mit einem weißen, langen Strich am Rand und eine himmelblaue Gabel. Diese Gegenstände waren schon ziemlich abgenutzt und schäbig, aber man konnte aus ihnen, wie auch aus vielen anderen Objekten in seinem Haus, viel über seine Persönlichkeit und die Art und Weise, wie er die Dinge sah, herauslesen. Eine himmelblaue Gabel, kann für den, der sie an sich näher betrachtet, ein Gegenstand sein, der in die Kindheit zurückversetzt, zu der vertrauten, sorgenfreien Art, sich an den Tisch zu setzen. Der weiße Strich auf dem roten Teller könnte die Geduld und Nachsicht sich selbst gegenüber, das Vermögen, auch in einem chaotischen Umfeld Ruhe zu finden und den freien Gedankenfluss durch jede Körperzelle darstellen. Das umliegende Rot hingegen verkörpert dann die Liebe allem gegenüber.

Ja, denn Agapio liebte so ziemlich alles. Und außerdem war er farbenblind, also hatte er ohne zu zweifeln, ohne jedes Verständnis und Wissen dieses Geschirr aus verschiedenen Tellern und Gabeln gewählt, einfach nur, weil er Teller und Gabeln gebraucht hatte. Einfach so.

Dass diese Teller und Gabeln Striche hatten und dass sie eher schwarz oder grau-grün waren als rot war für ihn nicht wichtig. Eigentlich war es nicht er gewesen, der die Gabeln und Teller ausgesucht hatte, sie hatten sich ihn ausgesucht. All dies war ihm einfach nicht wichtig, Dinge, die kein Leben in sich trugen, interessierten ihn nur wenig. Es wäre sehr schwer, mit einer so wählerischen Herangehensweise an die Welt irgendeine Art von Beruf ausüben zu können, denn der Großteil der Menschen seines Alters arbeitete fast nur in Kontakt mit Dingen, Objekten, ohne jemals zu bemerken, was sie taten und wie sie handelten, so gewöhnt waren sie daran, diese Dinge zu ihrem Nutzen zu verwenden.

Diese Art zu leben war für ihn unbegreiflich, unvorstellbar ein Verständnis, nach dem das Leben lebendig sei und Dinge nicht. Trotzdem betraf ihn dieses Problem nicht. Herr Agapio war stolz, jedem, den er antraf - auch wenn er nur selten spontan neue Bekanntschaften machte und noch viel seltener das Bedürfnis hatte, seine Zeit mit jemand anderem zu verbringen - sagen zu könnten, dass er ein Heckenschneider sei. Er sagte es einfach so: „Ich bin von Beruf Heckenschneider."

Im Endeffekt hatte er das Recht, dies zu sagen: er liebte Hecken, Büsche, Sträucher, Wildwuchs, fruchttragende Bäume und Büsche, alte, jahrhundertealte Bäume, welche mit mindestens achtzig Jahresringen, junge und kranke Bäume, Sträucher mit grünen, schon leicht gelben Blättern oder auch solche, die entlang der Rinde eine weiße Verfärbung hatten, die sich an einer Stelle plötzlich grün färbte. Aber hier endete es nicht, denn er war auch dazu in der Lage, die mit einfarbigen Blättern zu schätzen, in ihrer Einfachheit, auch manchmal von einem Insekt angenagt oder durch ein Unwetter verdorben. Alle Formen des Lebens mit Baumstamm und Wurzeln liebte und verehrte er, alle. Auch Blumen zeigte er große Hingabe, aber diese waren für ihn eher das Gebiet der jungen Leute, weil wie die Blumen auch die Jugend rasant, vergänglich und kurzlebig ist. Gezwungenermaßen versteht sich die Jugend also mit Blumen, weil sie die gleichen Erwartungen an das Leben haben. Eine Blume denkt nie daran, dass der nächste Tag nicht mehr sein könnte wie der zuvor und analog dazu kümmert sich eine junge Person nur bei wenigen Gelegenheiten auf lange Sicht um ihre Zukunft. Es gibt Vorzüge und Makel an dieser Philosophie, aber wir sind nicht hier, um diese zu diskutieren.

Herr Agapio hatte das Recht, dies zu sagen, denn er liebte seinen Beruf so sehr, dass er sein ganzes Leben, seine ganze Zeit den Hecken, Sträuchern und Büschen widmete, was den Prozess des Baumstutzens betraf. Korrekterweise würde man also „Heckenstutzer" sagen, aber nachdem er festgestellt hatte, dass viele Kinder diesen Ausdruck nicht kannten, sagte er nun lieber „Heckenschneider", was einfacher und begreiflich für alle war.

Agapio liebte außerdem den Mond, er mochte ihn viel mehr als die Sonne, aber er zog trotzdem den Tag der Nacht vor, weil der Tag das Grüne, die Natur zeigte und die Nacht nicht.

Für ihn war die Natur natürlich nicht grün, sie war etwas ganz anderes, in ihrer Vollkommenheit und Pracht. Man muss wissen, dass die Tatsache, dass er farbenblind war, ihn nicht daran hinderte, die unterschiedlichen Farbstufen und Nuancen zu sehen, er sah sie sehr wohl, nur auf eine andere Art und Weise. Er wusste also auch nicht, dass er farbenblind war, denn er sah wie alle anderen auch, nur andere Farben. Gelb war eine andere Farbe für ihn, wie auch grün und rosa, aber er benannte sie genauso wie andere auch, da er immer gehört hatte, wie andere diese Farben bezeichneten und auch, weil es für die Farben, die er sah, keine Namen gab. Niemand war in ihm drin und hatte gesehen, wie er Farben sah. Es war ihm nicht bewusst, ob und welche Farben er sah.

Sein Haus befand sich versteckt und sicher auf einer kleinen Anhöhe, ganz in der Nähe von dem Dörfchen, in dem er für gewöhnlich arbeitete, manchmal für die Gemeinde, manchmal für Marisa oder Lucilla, aber auch für manch andere in deren Alter, für die Achtzigjährigen aus dem Altersheim oder für die Jüngeren aus der Internatsschule. An den Tagen, an denen es Arbeit für ihn gab, stieg er von seinem kleinen Hügel herab, mit den Gerätschaften seines Handwerks, nur die, die unentbehrlich waren, manche sogar nur für ihn persönlich gemacht, und führte mit großer Sorgfalt und Genauigkeit das aus, was von ihm verlangt wurde. Agapio fand es sehr interessant, dass er allein auf Grund der Art und Weise, wie ein Kunde seine Hecke geschnitten haben wollte, sehr viel über diese Person erfahren konnte, wichtige Charaktereigenschaften und die Grundlagen deren Persönlichkeit.

Einmal hatte der Ehemann der Verkäuferin, die im Schuhgeschäft des Dorfes arbeitete, sich von ihm gewünscht, die Zypressensträucher seines Gartens nach seiner Körperform zu schneiden. Er hatte sich mehrmals wiederholen müssen, damit Agapio ihn verstand, etwas, was diesem als begabtem Zuhörer selten geschah. Eine Hecke in der Form einer Person, dachte er, wie merkwürdig. Er verstand, wie schon offensichtlich, dass dieser Mann über große Selbstachtung verfügte. Das war an für sich keine schlechte Sache, aber kombiniert mit seiner Besserwisser-Einstellung und dieser Überheblichkeit, zu denken, immer richtig zu liegen, war es doch anstrengend. Beide diese Annahmen vermutete Agapio auf Grund der präzisen Angaben bezüglich der erwünschten Komposition der Büsche, obwohl er seinen Kunden gar nicht richtig kannte. Sie sollten sich jedoch als Wahrheiten herausstellen, auch wenn Agapio das nie mit Sicherheit wissen würde.

In dem Dörfchen und der Umgebung gingen schon immer Gerüchte über den Heckenschneider um, und es war wirklich merkwürdiger Klatsch und Tratsch. Manche sagten, er sei ein Zauberer, wegen seiner ungewöhnlich faszinierenden Fähigkeit, mit der Gartenschere umzugehen, andere sagten, er sei taub, weil er schlecht sang und dies trotzdem auf sehr offene, dramatische und anreißerische Art und Weise tat. Andere wiederum sagten, er sei ein von Gott geschickter Bote, der die

Tätigkeiten der Menschen auf der Erde kontrollieren solle. Niemand vermutete jedoch, dass er farbenblind sei.

Er war auch noch eine andere Sache, für die es keine genaue Bezeichnung gibt. Bei Berührungen nahm er Dinge ganz anders wahr als alle anderen – das ist zumindest das, was man weiß. Das Raue und das Weiche nahm er anders wahr, die unterschiedlichen Texturen der Klamotten waren seiner Meinung nach so unerklärlich steif und starr, dass er nicht verstand, wie jeder sie so selbstverständlich gerne trug. Aber um nicht für zu viel Aufruhr zu sorgen, trug auch er sie in Gegenwart von anderen.

Er wusch sein Geschirr immer mit sehr warmem Wasser, aber für ihn war heißes Wasser nicht wie für andere. Er wusch sich im Sommer gerne mit heißem Wasser, und er gab dem Ganzen auch keine große Bedeutung. In Momenten, in denen er an der Art, wie er Dinge wahrnahm, zweifelte, dachte er häufig, dass seine Mitmenschen Dinge einfach mit unpassenden Wörtern und Namen bezeichneten: manchmal ist eine ehrliche Person „böse", eine übergewichtige Person ist „hässlich", etwas Merkwürdiges wird „gefährlich" , und so weiter. Seine Idee war es also, sich zu erlauben, das, was er wahrnahm als leicht anders als „warm" zu bezeichnen. Dies stellte für die Bewohner des Dorfes kein Problem dar, auch, weil sie an die Merkwürdigkeiten des Heckenschneiders gewöhnt waren.

Man hätte also sagen können, dass das Leben wie gewohnt hätte fortlaufen können, wenn Agapio nicht angefangen hätte, den Büschen und Bäumen eine leichte Schiefe zuzuschneiden.

Auch seine Haare, seine Kleidung und seine Weise zu laufen begannen, sich leicht nach links zu neigen. Allmählich, als dies immer auffälliger wurde, begannen zwischen den Dorfbewohnern weitere Klatsch- und Tratschgeschichten zu kursieren, viel ungeheuerliche als solche, die es zuvor gegeben hatte, die auf Grund ihrer Albernheit und der guten Manieren der Bewohner nicht weit getragen wurden, so dass er taub oder ein Zauberer sei. Bis zu diesem Moment hatten dies alle mit taktvollem Mitgefühl beibehalten, doch das Geschehen um den Heckenschneider war zu einzigartig, um ignoriert werden zu können.

Aus seiner eigenen Sicht machte sich Herr Agapio hervorragend und verschleierte das plötzlich bei ihm eingesetzte Gefühl, anders zu sein, mit Erfolg, denn immerhin wurde er immer ähnlicher zu den anderen, was sein äußeres Erscheinungsbild, seine Art und Weise, zu reden und zu denken anging.

Dies war offensichtlich alles nur eine Fassade, er hatte nicht aufgegeben, wie er selbst zu denken. Tatsache war, dass dieser Plan, sich besser unter die Dorfbewohner zu mischen und sich anzupassen, aus deren Sicht nicht so gut lief. Er wurde immer merkwürdiger und redete wirr, Sätze, die nur noch wenig Sinn für sie machten, und so beschlossen sie, ihn nicht weiter für das Zuschneiden ihrer Büsche und Bäume zu beauftragen. Herr Agapio verbrachte Tage und Wochen damit, sich zu fragen, was an seinem Plan nicht funktioniert hatte, und nach sorgfältigen und tiefgehenden Überlegungen kam er zu dem Schluss, dass es vielleicht zu gut funktioniert hatte. Vielleicht, dachte er, fanden ihn die anderen Bewohner des Dorfes zu ähnlich zu ihnen selbst, erkannten ihn nicht mehr und hatten deshalb aufgehört, ihm Aufträge zu geben und ihn zum Schnitt an den Hecken zu bestellen. Vielleicht machte er sie auch zu rechteckig, oder zu perfekt rund, oder zu ähnlich zu dem Bild, welches sich der jeweilige Kunde vorgestellt hatte. Nun beschloss er also, aufzuhören, sich an andere anzupassen oder zu versuchen, ihnen zu ähneln.

Er setzte sich in den Kopf, ab diesem Moment immer und überall alles nur noch auf seine eigene Art zu tun. Die neuen Werkzeuge, die er gekauft hatte, warf er in den Müll, die Klamotten, die er sich hatte schicken lassen ebenso und alles, was ihm vorkam, als gehöre es ihm nicht wirklich.

Am nächsten Tag beschloss er dann, mit seiner wenigen Ausrüstung runter zum Dorf zu gehen, um zu gucken, ob er sich nützlich machen könne, beim Bürgermeister, bei Marisa oder einer ihrer Freundinnen. Aber zu seiner großen Überraschung versammelte sich, einmal im Dorf angekommen, um ihn herum eine große Menschenmenge, die behauptete, einen im Nichts schwebenden Werkzeugkasten zu sehen. Agapio versuchte, ihnen zu sagen, dass er den derjenige sei, der den Kasten trug, aber sie schienen ihn nicht zu hören. Er versuchte, mit Gesten auf sich aufmerksam zu machen, aber niemand schien ihn zu sehen, außer ein paar Kindern.

Kinder, so sagt man, haben viel Fantasie, weshalb ihnen niemand glaubte. Agapio kehrte nach diesem Ereignis hilf- und ratlos zu seiner Hütte zurück, um über sein weiteres Vorgehen nachzudenken.

Er weigerte sich absolut, sich erneut zu verwandeln und zu ändern, um den Dorfbewohnern ähnlicher zu sein und zu ihnen zu passen, weil dies schon einmal fehlgeschlagen hatte und er nicht ein zweites Mal scheitern wollte. Agapio beschloss, dass er lieber ein für andere unsichtbares Leben führen wollte, zumal er keine wirklich festen Beziehungen mit den Dorfbewohnern hatte. Er verliere also nicht viel, wenn er von seinen Mitmenschen vermieden würde. Viel eher freute er sich über die sporadischen Besuche der Kinder, als einziger Kontakt zu anderen Menschen. Für den Rest der Zeit war es für ihn in Ordnung, alleine mit der Natur zu bleiben.

Nach einer gewissen Zeit beschloss er ebenso, dass es an der Zeit sei, umzuziehen und einen vom Dorf weiter entfernten Ort zum Leben zu suchen. Somit rief er eines Tages die Kinder zusammen und hielt eine für sie langweilige Rede darüber, dass sie doch niemals so werden sollten wie alle anderen und dass sie mit ihrem eigenen Kopf denken sollten und so weiter.

Es schien ihm sehr wichtig zu sein, seinem jungen Publikum alle seine Gründe zu erklären, aber offensichtlich begriffen sie nicht den ganzen Sinn dieser Rede und man kann davon ausgehen, dass sie ihre Leben weiterleben würden wie Kinder es tun: sorgenfrei und leicht, die Ratschläge und Mahnungen der Erwachsenen vergessend. Die Erwachsenen machten sich im Übrigen seit einiger Zeit Gedanken über das Verschwinden des Heckenschneiders, aber dann vergaßen sie ihn allmählich und setzten ihr Leben fort, wie es Erwachsene tun: sehr oft, ohne zu wissen, was sie tun und den Dingen Wichtigkeit gebend, die es nicht wirklich wert sind.

Trotzdem wuchsen die Hecken weiter, die schräg geschnittenen wurden rund und auf gleiche Weise verlor auch der von Agapio gekonnt zum Ehemann der Verkäuferin geformte Zypressenstrauch seine Form, so auch die rechteckig, zu Herzen oder um sich selbst gewunden geformten Hecken. Die Männer des Dorfes versammelten sich, um dieses Problem zu besprechen und kamen zum Schluss, dass man einen Zuständigen für den Heckenschnitt beauftragen müsse. Nicht einen Schneider oder richtigen Baum- und Heckenschneider, weil die fleißigen Männer des Dorfes keine Zeit für solche Kleinigkeiten hatten. Sie waren alle Beamte oder Bankiers oder Fabrikarbeiter. Es war nur notwendig, immer mal wieder, zum Beispiel einmal im Monat, die Länge der sich auf öffentlichem Gebiet befindenden Hecken, Sträucher und Bäume zu regulieren. Niemand war von dieser Beschäftigung sonderlich begeistert, daher beschlossen sie, dies immer abwechselnd machen zu müssen. Die Dorfbewohner waren sich allerdings einig darüber, dass es eine gute Idee sei, diese Angelegenheiten bei Nacht hinter sich zu bringen, um nicht von Agapio gesehen zu werden, falls er zurückkehren sollte. Das hätte der Heckenschneider ziemlich unsinnig und albern gefunden, wenn er es jemals erfahren hätte: erstens, weil man auch bei Nacht zurückkehren kann, und zweitens, weil er, wenn er unsichtbar auf seinem Hügel geblieben wäre, sie gut an seiner Stelle die Hecken schneiden hätte sehen können. Als begeisterter Betrachter des Mondes blieb er ohnehin immer bis spät in die Nacht hinein wach. Dies hatten die anderen offensichtlich nie eingeplant oder gewusst, da Agapio nie zurückkehren und sie auch nie wieder von der Spitze seines Hügels aus beobachteten würde, und auch, wenn er dies getan hätte, wäre es unsichtbar für ihre Augen geblieben.

Die Kinder wussten von dem Plan ihrer Eltern nichts und dachten heimlich unter sich, dass es immer noch Herr Agapio sei, der bei Nacht die Hecken schnitt. Sie entdecken nie, dass es eigentlich ihre Eltern waren, die dies taten, denn sie waren bloß Kinder und alle sahen davon ab, ihnen auch nur leicht kompliziertere Dinge zu erklären, da man dachte, dass sie sich eh nicht erinnern können würden. Die Kinder begriffen ebenso nicht, dass ihre Eltern für den Tag, an dem im Dorf ein schwebender Werkzeugkasten gesehen wurde, ein Fest eingeführt hatten, denn sie hatten ihn niemals schweben gesehen. Es war komisch und merkwürdig, all diese Menschen in hektischen Vorbereitungen für ein Fest zu sehen, denn manchmal waren es eher diese Erwachsenen, die für sie unsichtbar waren.

VERBORGENE WUNDER
MARJA GERIKE

Flügel den Lahmen,
Lieder den Stummen,
Träume uns allen,
Weil wir sie brauchen
„Sanftmut den Männern", Gerhard Schöne (1987)

„Stumm?", fragte er, mit kritischem Blick.
Ich nickte, in Gedanken weit fort.
„Seit der Geburt?"
Erneut nickte ich. Innerlich wiegte ich mich zum ewigen Takt der sanften Lieder. Zu der schwingenden Melodie, die auf- und abtanzte, den zarten Tönen, dem leisen Gesang.
„Du bist ein Allamara?"
Ich neigte den Kopf, mein Blick glitt durch den Fremden hindurch, eilte über die unendlichen Weiten meiner Fantasie, die hellen Klangbilder und wilden Rhythmen.
„Also hörst du die Lieder?"
Die Töne bäumten sich auf, explodierten in einem schnellen Crescendo und sanken dann wieder hinab. Ja, ich hörte die Lieder.
Der Fremde wandte sich von wir ab, an die junge Frau, die neben mir saß.

***

„Lahm?", fragte er.
Ich wandte den Kopf innerlich, sank aus dem Himmel hinab und glitt im Steilflug zurück in die leere Realität.
„Ja", sagte ich, „ich bin lahm. Seit der Geburt."
Er fragte, ob ich Allamara sei, doch ich war längst wieder abgehoben, tanzte hoch durch den Himmel.
„Ich bin Allamara", rief ich hinunter, die Aufmerksamkeit weit fort.
„Also trägst du Flügel?"

Ich spreizte meine Schwingen, jagte höher hinauf, durchstieß die Wolken und fiel zurück. Ja, Flügel hatte ich.

Halb nahm ich wahr, wie er sich abwandte, von weit oben beobachtete ich, wie er meinen Nebenmann ansprach.

***

„Blind?"

„Ja", erwiderte ich, die toten Augen geschlossen, den inneren Blick aufmerksam vor mich gerichtet. Auf die hellen Lichter, die klaren Farben. Auf die schnellen Schlieren aus rasendem Blau, die tanzenden Schleier aus Schwarz, die zarten Flecken Orange.

„Allamara?"

Die Farben verflossen und zerfielen erneut, umtanzten einander, stiegen hinauf und sanken hinab. Ich nickte, von der lautlosen Schönheit gebannt.

„Du siehst die Farben?"

Ich legte den Kopf schief, betrachtete das endlose, sich ewig wandelnde Meer aus Licht, die tausend Farben, hundert Lichter. Farben wurden sie genannt, Farben.

Was für ein trauriges Wort.

Ich nickte und hörte, wie er einen Schritt zur Seite trat, von mir weg.

***

Nachdenklich musterte ich den Mann, der vor mir in die Knie ging. Die tanzenden Funken, die sein Haar umjagten, die hellen Gefühle, die ihn umwirbelten. Die Hände, die kraklig schrieben, die Buchstaben, aus denen seine Persönlichkeit in Fontänen sprühte.

Taub?, hatte er geschrieben.

Ich nickte, den Blick direkt auf sein Herz gerichtet. Voller Aufregung schlug es, pulsierte in goldenem Licht.

Allamara?, schrieb er, mit schiefem A. So nervös war er, unruhig wie ein Kind vorm Weihnachtstag. Ich musste lächeln, über seine Freude, seine zitternde Angst, seine glühende Hoffnung.

Blaue Funken sprühten auf, als er das Lächeln als Ja verstand. Seine Finger bebten, als er den nächsten Satz schrieb. Seine Erwartung zitterte, erglühte in wildem Schein.

Du kennst meine Seele?

Ich lachte lautlos, ein weiches Freudenlicht verbreitend. Ja, ich kannte seine Seele, ich sah sie, wie ich meine spürte.

***

Ich richtete mich auf, trat einen Schritt zurück. Mein Blick glitt über die vier Männer und Frauen vor mir. Es hatte lange gedauert, sie zu finden. Vier Allamara.

Allamara, ein Wort mit tausend Gesichtern, ohne Übersetzung. Befleckt, heißt es, gezeichnet, von Schönheit betört. Ein Wort wie das Meer, wie die Welt, wie jede Blume im Morgenlicht. Groß und klein, schnell und langsam.

Ich atmete tief durch und bereitete mich darauf vor, zu sprechen. Zu diesen jungen Menschen, beschenkt mit einer Gabe alt wie die Zeit. Körperlich geschwächt, dafür mit Gaben gesegnet, schöner als der hellste Stern. Gaben, die niemand außer ihnen verstand.

Ich wollte lernen, sie zu verstehen. Ich wollte wissen, was es hieß, Flügel zu tragen, helle Farben durch leere Augen zu sehen, Lieder zu hören, in Seelen zu blicken.

Und dann würde ich herausfinden, wie wahr meine Theorien waren. Meine Fragen ein für alle Mal beiseitelegen.

Konnte Schönheit die Welt verändern? Konnte das Verständnis der Pracht eines anderen den Kern eines Menschen wandeln?

So viele Fragen.

***

Ich lehnte mich zurück und musterte den Fremden. Er war hartnäckig gewesen, hatte die Audienz unbedingt gewollt. Dabei wusste er, dass er mit Feuer spielte, dass sein Leben in meinen Händen lag.

Er hatte vier Begleiter, die sich im Hintergrund hielten. Sie wirkten seltsam, mit verträumten Blicken und abwesendem Schritt. Eine Frau war lahm, sie wurde gestützt, ein Mann schien blind zu sein.

Ich winkte eine Wache näher.

„Wenn es Bettler sind, macht kurzen Prozess", meinte ich.

Der Mann verneigte sich, zog sich zurück. Der Respekt in seinen Augen entlockte mir ein Lächeln.

Ich warf einen letzten Blick durch den Saal. Betrachtete die Soldaten, das schwere Eichentor, das sich langsam schloss, die goldenen Ornamente, kostbaren Statuen, die Bilder, die die Wände bedeckten.

Fürwahr, ich liebte meine Krone.

„Rede", befahl ich, betont gelangweilt.

Der Fremde verneigte sich kurz. Als er wieder emporblickte, stand er aufrecht, als wollte er zeigen, wie furchtlos er war, dass er mir die Stirn bieten konnte.

Vielleicht war er einer dieser Weltverbesserer, die mir den Thron abquatschen wollten. Die von dem Guten in jedem sprachen, an meine Menschlichkeit appellierten.

Ja, das passte.

Ich stützte den Kopf ab. Ein bisschen würde ich zuhören, dann konnte er sich von seinem unbedeutsamen Leben verabschieden. Manchmal war unterhaltsam, was sie erzählten.

„Ihr kennt die Geschichten", begann er, „von den furchtlosen Helden, die am Ende den Drachen bezwingen. Die alle Gefahren durchstehen, sich ihren Dämonen stellen, ihr volles Potential entfalten.

Ihr habt gehört, dass so Tyrannen fallen. Durch Helden, durch den einen Retter, den Auserwählten, den einen, der das Schwert führen kann. Ihr habt es gelesen.

Ich bin kein Held, ich bin ein einfacher Mann. Die Geschichten erzählen, dass jeder zum Helden werden kann, mit Hingabe, Willenskraft, vielleicht einer Prophezeiung. Aber ich glaube nicht, dass das stimmt.

Ich bin kein Held geworden, denn ich möchte keiner sein. Diese Welt braucht keinen Helden."

Der Mann räusperte sich, er holte tief Luft. Ich lehnte mich zurück.

„Euch wurde gesagt, dass ihr ein Tyrann seid. Ihr habt Rebellionen niedergeschlagen, Euch wurde zugeschrien, dass das Volk besseres verdient, dass Ihr Eure Soldaten zurückziehen, Eure Macht aufgeben sollt.

Liebe und Einheit haben sie gepredigt, mit dem Schwert in der Hand. So sind sie, die Rebellen, so sind sie alle.

Ich bin kein Rebell und nicht gekommen, um von der Liebe oder der Schönheit des Lebens zu sprechen. Ich möchte Euch nicht erzählen, dass jeder Mensch ein Wunder ist, welches zu erhalten sich lohnt.

Ich möchte nur eine einzige Bitte stellen.

Erlaubt mir, Euch zu erklären, was diese vier Menschen hinter mir sehen. Lasst mich Euch zeigen, wie die Welt durch ihre Augen strahlt."

Irritiert beugte ich mich vor. Diese Bitte verstand ich nicht.

„Warum?"

„Weil es sich lohnt. Weil jeder die Chance haben sollte, durch ihre Augen zu blicken."

„Was soll ich daraus lernen?"

„Was immer Ihr wollt. Es wäre mir eine Ehre, von Euch zu erfahren, was Ihr gelernt habt, aber ich muss es nicht wissen. Es ist Eure Entscheidung."

„Du willst, dass ich zuhöre, dann möchtest du gehen?"

„Ja."

Ich musterte den Fremden, mit zusammengekniffenen Augen. All die anderen Gelehrten hatten mich belehren wollen, eine Botschaft wollten sie vermitteln oder einen Glauben. Was wollte er? Welchen Trick spielte er?

Ich sah ihm tief in die hellen Augen. Ich musterte den Funken, der in ihm zu glühen schien, das sanfte Leuchten, das seine Worte erfüllte, das verborgene Wunder in seinem Lächeln.

Ich nickte zögerlich.

„Zeig es mir."

MERAVIGLIE NASCOSTE
MARJA GERIKE
Traduzione di Alesia Dangelliu

Ali allo zoppo
canzoni al muto
sogni a tutti noi
che ne abbiamo bisogno
„Dolcezza agli uomini", Gerhard Schöne (1987)

"Muto?", chiese lui con uno sguardo critico.
Annuii, perso nei miei pensieri.
"Sin dalla nascita?"
Annuii nuovamente. Dentro di me ondeggiavo al ritmo eterno delle soffici canzoni. Alla melodia ondeggiante che danzava su e giù, ai toni delicati, al canto dolce.
"Sei un Allamara?"
Inclinai la testa, il mio sguardo scivolò sul forestiero, correndo attraverso le infinite distese della mia immaginazione, i luminosi paesaggi sonori e i ritmi selvaggi.
"Quindi senti le canzoni?".
I suoni si alzarono, esplosero in un rapido crescendo e poi... affondarono nuovamente. Sì, io sentii le canzoni. Il forestiero si voltò verso di noi, verso la giovane donna seduta accanto a me.

***

"Zoppo?", domandò lui.
Girai la testa, scesi dal cielo e scivolai, con un rapido volo, ancora una volta nella vuota realtà.
"Sì- risposi- sono zoppo sin dalla nascita".
Mi chiese se fossi Allamara, ma io avevo già preso il volo da un po', danzando in alto nel cielo.
"Io sono Allamara", richiamai l'attenzione.
"Perciò hai le ali?".

Allargai le ali, volai più in alto, attraversando le nuvole e ricaddi.

Ebbene sì, io le ali le avevo.

Percepii il suo allontanamento e dall'alto lo vidi rivolgersi al mio vicino.

***

"Cieco?"

"Sì", risposi io. I miei occhi morti erano chiusi, il mio sguardo interiore fissava intensamente davanti a me. Le luci brillanti. I colori chiari. Le scie di blu intenso. I veli danzanti di nero. Le delicate macchie di arancione.

"Allamara?"

I colori sfumavano e scorrevano di nuovo; danzavano l'uno intorno all'altro; si alzavano e poi affondavano.

Annuii, completamente ipnotizzato e rapito dalla bellezza muta.

"Li vedi i colori?"

Inclinai la testa ammirando l'infinito cangiante mare di luce. I mille colori e le cento luci. I colori si chiamavano colori.

Annuii e lo sentii fare un passo di lato, allontanandosi da me.

***

Pensieroso, scrutai l'uomo inginocchiato davanti a me. Le scintille danzanti che inseguivano i suoi capelli, le emozioni brillanti che lo circondavano. Le mani che scarabocchiavano, le lettere che emanavano tutto il suo carattere.

"Sordo?", aveva scritto.

Annuii, con lo sguardo sul suo cuore. Batteva pieno di emozione, pulsando in una luce dorata.

"Allamara?", scrisse con una A storta. Ecco dimostrato quanto fosse nervoso; era irrequieto come un bambino prima del giorno di Natale. Non ho potuto fare a meno di sorridere della sua gioia, della sua tremante paura e del suo bagliore di speranza.

Volarono scintille blu, non appena prese il sorriso come un sì. Le sue dita tremavano mentre scriveva la frase successiva. La sua impazienza tremava, brillando in un bagliore selvaggio.

"Conosci la mia anima?"

Mi scappò una risata senza suono, diffondendo una tenue luce di gioia.

Sì, conoscevo la tua anima, la vedevo come sentivo la mia.

***

Mi mi tirai su e feci un passo indietro. Il mio sguardo scivolò sui quattro uomini e donne davanti a me. Ci impiegai molto tempo prima di trovarli. Quattro Allamara. Allamara... una parola dai mille volti, ma nessuna traduzione. Macchiato. Marcato. Ammaliato dalla bellezza. Una parola come il mare, come il mondo, come ogni fiore alle prime luci del mattino. Grande e piccolo, rapido e lento.

Respirai profondamente e mi preparai a parlare. A questi giovani, dotati di un dono vecchio come il tempo. Fisicamente indebolito, ma ricco di doti persino più belli della stella più luminosa. Doti che nessuno, eccetto loro, capiva.

Volevo imparare a capirli. Avevo il desiderio di scoprire cosa significasse portare le ali, vedere i colori brillanti attraverso gli occhi vuoti, sentire le canzoni e osservare le anime.

E poi, avrei scoperto quanto fossero vere le mie teorie, dando delle risposte alle mie domande, una volta per tutte.

La bellezza poteva cambiare il mondo? La comprensione dello splendore di un altro poteva trasformare la parte più intima di un essere umano?

Così tante domande...

***

Mi sedetti e guardai il forestiero. Era stato insistente. Aveva voluto un incontro a tutti i costi. Sapeva perfettamente che stava giocando con il fuoco e che la sua vita era nelle mie mani.

Aveva quattro compagni che rimasero dietro. Erano strani, con sguardi sognanti e passi assenti. Un donna era zoppa e ed veniva sorretta, un uomo, invece, sembrava essere cieco.

Feci un cenno con il capo ad una guardia in modo tale che si avvicinasse.

"Se sono mendicanti, ci fai poco con loro", dissi.

L'uomo si inchinò e si ritirò. Il rispetto che lessi nei suoi occhi mi strappò un sorriso.

Diedi un'ultima occhiata alla sala. Guardai i soldati, il pesante portone di quercia chiudersi lentamente, gli ornamenti dorati, le statue preziose e i dipinti che coprivano le pareti. .

Ho davvero amato la mia corona.

"Parla!", intimai, decisamente annoiato.

Il forestiero si inchinò leggermente. Quando alzò nuovamente lo sguardo, rimase dritto, come per mostrare quanto fosse impavido, quanto fosse in grado di tenermi testa.

Forse era uno di quei benefattori che cercavano di dissuadermi, parlare del buono che c'è in ognuno di noi, facendo appello alla mia umanità.

Sì, ci stava!

Alzai la testa. Avrei potuto ascoltarlo per un po' e poi lui avrebbe potuto dire addio alla sua vita insignificante. D'altronde a volte quello che raccontavano era alquanto divertente.

"Conoscete le storie", cominciò, "degli eroi senza paura che alla fine sconfiggono il drago. Coloro che sopportano tutti i pericoli, affrontano i demoni, raggiungendo la loro piena forza. Avete sentito che è esattamente così che cadono i tiranni. Grazie agli eroi, attraverso l'unico salvatore, il prescelto, colui che può brandire la spada. L'avete letto. Non sono un eroe, sono un semplice uomo. Le storie narrano che chiunque può diventare un eroe con dedizione, forza di volontà o forse grazie ad una profezia. Ma io non credo sia vero. Io non sono diventato un eroe perché non voglio esserlo. Questo mondo non ha bisogno di un eroe".

L'uomo si schiarì la gola e fece un respiro profondo. Io indietreggiai.

"Vi è stato detto che siete tiranni. Avete sedato ribellioni, vi hanno gridato che il popolo merita di meglio, che dovreste ritirare i vostri soldati e di rinunciare al vostro potere. Hanno predicato amore e unità, spada alla mano. Sono proprio così i ribelli, sono tutti così.

Io non sono un ribelle e non sono venuto a parlare d'amore né tantomeno della bellezza della vita. Non vi voglio raccontare che ogni essere umano sia un miracolo che vale la pena preservare. Vorrei solo farvi una richiesta.

Permettetemi di spiegarvi cosa vedono queste quattro persone dietro di me. Lasciate che vi mostri come il mondo brilla attraverso i loro occhi".

Irritato, mi sporsi in avanti. Non capii questa richiesta.

"Perchè?"

"Perchè ne vale la pena. Perchè tutti dovrebbero avere l'opportunità di guardare attraverso i loro occhi"

"E cosa dovrei imparare io da questo?"

" Ciò che volete. Per me sarebbe un onore apprendere da voi ciò che avete imparato, ma non ho bisogno di saperlo. Questo lo decidete voi"

"Vuoi che io ti ascolti e poi vuoi andartene?"

"Sì"

Guardai il forestiero, stringendo gli occhi. Tutti gli altri esperti avevano voluto insegnarmi un messaggio che desideravano mandare o una credenza. Lui cosa voleva? A che gioco stava giocando?

Lo guardai dritto nei suoi occhi luminosi. Studiai la scintilla che sembrava brillare in lui, il tenue bagliore che riempiva le sue parole, la meraviglia nascosta nel suo sorriso.

Annuii con esitazione.

"Mostramelo!"

È BASTATO UNO SGUARDO
ALESIA DANGELLIU

Ho visitato città, abbandonato campagne e incontrato mari.

Ho sempre ammirato chi riuscisse ad osservarmi, solitamente non è così facile e questo è un aspetto di me che più mi rattrista.

Tuttavia le reazioni nel guardarmi sono sempre state numerose e varie: c'è chi si emoziona ammirandomi, chi si ammutolisce, chi invece si scambia baci, chi viaggia con la mente ed infine chi si guarda profondamente perdendosi l'uno negli occhi dell'altra.

Ah no dimenticavo, c'è anche chi reagisce in maniera totalmente inaspettata...

piangendo. Una fontana di lacrime cade dagli occhi, lasciandomi spiazzato e con svariati punti interrogativi come "sono così inguardabile?" o "ho fatto qualcosa di sbagliato involontariamente?" o ancora "che ho combinato adesso?"

Sono domande retoriche, ovviamente! Da chi pretendo una risposta? Ma soprattutto desidero una risposta? Ecco, ad ogni domanda replico con un'ulteriore domanda, perdendo di vista quello che è il mio obiettivo: rasserenare ed illuminare.

Forse qualcuno può pensare che la mia vita sia così monotona e statica, beh come dargli torto, d'altronde è proprio così la vedo e la vivo, ad eccezione di un giorno, quel giorno. Era pomeriggio tardi, io dovevo scappare perché mi aspettavano altrove per procedere con il mio dovere, al quale però sono sfuggito. Non ne ho potuto fare a meno!

Ricordo benissimo quella giornata di Novembre; una sagoma ha attirato la mia attenzione... rimembro la sabbia fresca; la spiaggia deserta; un venticello leggero che agitava e apriva i pochi ombrelloni presenti; l'acqua salata e fredda era agitata e le onde bagnavano la riva prepotentemente. Ma ciò che mi colpì era, appunto, questa sagoma che io vedevo nera, sebbene fosse ancora leggermente luminosa l'atmosfera; era seduto a gambe incrociate, con le mani afferrava i granelli di sabbia e poi li lasciava cadere con violenza.

Improvvisamente iniziò a porsi, o forse a pormi, svariate domande, ma una mi lasciò perplesso: "che spettacolo! Ma mi stai guardando da lassù?"

Si aspettava una risposta da me? Non sapevo né di chi né con chi stesse parlando, tanto meno se mi avesse potuto sentire, qualora io avessi aperto bocca.

Mi spostai leggermente e, illuminandolo, osservai con attenzione che teneva una delle più belle rose bianche che io avessi mai visto. Era di un colore perfetto; ricordava la neve bianca che copriva i prati e le strade e brillava sotto le luci dell'alba; era così puro quel fiore che solo ammirandolo te ne potevi innamorare. All'improvviso iniziò a strappare via i delicati petali, lasciandoli disperdersi lungo la riva e poi sparivano tra le acque fredde del mare. Prese coraggio. Alzò lo sguardo. Urlò "Puoi sentirmi vero? Dimmi di sì!" Se fino a quel momento ero confuso, ora lo ero ancor di più. Dopo alcuni secondi di silenzio riprese rivolgendosi a me, e lo so di per certo perché non c'era nessuno, se non noi: "Sai, sono sempre stato un bravo ragazzo, ho sempre incarnato quel ruolo da studente modello, figlio esemplare e fratello disponibile, ma adesso basta!" Silenzio... E poi ancora: "forse ho capito che per diciotto anni ho solo indossato una maschera per sentirmi accettato, non umiliato ma soprattutto apprezzato da tutti coloro che riponevano speranze e aspettative in me! Basta! Basta! Non riesco più a fingere. Non posso pretendere che tutto vada bene, quando non è così!"

E ancora le lacrime cadevano, goccia dopo goccia, non avevano pace. Avrei voluto intervenire, ma non mi sembrava il caso, così stetti in silenzio e aspettai che terminasse di gridare sfogando tutto il suo dolore.

Uno strillo improvviso ruppe il silenzio ed echeggiò nell'aria "MAMMA!"

Rimasi paralizzato! Era una parola che spesso avevo sentito dire gioiosamente dai bambini dopo aver costruito un meraviglioso castello di sabbia o quando riuscivano a galleggiare da soli senza il bisogno di un supporto, ma mai avrei immaginato di sentirla pronunciare così dolorosamente e con una sfumatura di rimpianto. Nella sua voce era trasparente la paura, l'angoscia, forse anche un pizzico di rabbia. Ma io continuavo a non comprendere, probabilmente perché non avevo mai avuto rapporti con nessuno o forse perché era strano vedere qualcuno che parlasse con me; avevo sempre avuto un solo compito, cioè quello di splendere, e per la prima volta mi sentivo considerato e importante.

"Era giovane. Un bel sorriso. Occhi luminosi e dello stesso colore del cielo. Aveva i capelli biondi come i tuoi raggi. Era una Donna amata e rispettata. Era una Donna disponibile: ricordo che aiutava tutti, anche gli sconosciuti o i senzatetto. Era anche una Donna esigente eh, da noi pretendeva ordine, rispetto ed educazione. Ci ha cresciuti con sani principi e valori, gli stessi che vennero insegnati a lei alla mia età." Ripercorse tutta questa galleria di ricordi d'un fiato e con lo sguardo perso nel vuoto. Stavo iniziando a capire cosa fosse successo. Sapevo che di lì a poco sarei intervenuto per la prima volta, così aspettai che portasse al termine il suo discorso. "Non ero il suo unico figlio ma sono sempre stato un po' il cocco di mamma, sarà perché ero l'unico maschio tra i suoi 3 figli? Chissà. Avevo 10 anni quando, per la prima volta, ho compreso quanto mia mamma fosse il punto di riferimento della mia vita; era la mia stella polare; era il mio orientamento nel bel mezzo dello smarrimento; era la mia bussola, insomma era, è e sono certo che per sempre rimarrà il mio tutto. Dicevo, avevo 10 anni, era un giorno normale come tutti gli altri, ero a scuola ed ero felice perché dopo le lunghe vacanze di Natale rivedevo i miei amichetti e all'improvviso bussano alla porta. Entra una signora, che nonostante lavorasse all'interno della scuola da anni ed anni non avevo mai fatto caso alla sua presenza, e chiamò il mio nome e completò la frase affermando sorridente «c'è la mamma». Quella mattina mi aveva accompagnato papà a scuola, di fatto la mamma non l'avevo vista durante la colazione ma ho pensato che fosse uscita presto per lavoro. Ripensandoci, papà aveva un sorriso forzato e due occhi gonfi, come se avesse passato la notte sveglio a piangere, ma io non feci domande. Preparai lo zaino, salutai la maestra e i miei amici ed uscii correndo verso mamma."

Si fermò, prese l'ennesimo fazzoletto e si pulì la centesima lacrima della giornata. Ero tentato a chiedergli se stesse bene ma non ebbi il coraggio di parlare, non ancora, ma alla fine mi lesse la mente: "Sto bene, sto bene". Feci un cenno strano incitandolo a continuare il racconto di quella giornata, assicurandogli che avrei ascoltato fino al termine. Un ghigno apparve sul suo viso spento. "Sì, dicevo che le sono corso incontro e siamo usciti dall'istituto. Arrivati in macchina salimmo e per la prima volta mi misi a sedere davanti, di fianco a lei, per sentirla più vicina e più mia. Ogni tanto mentre guidava si girava a controllare che tutto andasse bene e mi rivolgeva uno di quei sorrisi che mi abbagliavano. Era davvero bellissima. Dopo qualche minuto di strada capii che non ci stavamo dirigendo verso casa così finalmente le chiesi «mammina ma dove stiamo andando? Questa non è la strada di casa? Perché mi sei venuta a prendere a scuola dopo neanche due ore? Non potevo stare a casa stamattina?». Le porsi una domanda dietro l'altra finché lei stessa mi rispose «Cosa sono tutte queste domande, topolino?» Mh, odiavo quando mi chiamava così, sapeva quanto odiassi i topi, per questo mi chiamava così, ma ad oggi pagherei per sentirle dire ancora una volta quel nomignolo. Guardai fuori dalla finestra senza replicare alla domanda e mi girai quando lei riprese «Stiamo andando al mare...». «Come al mare, mammina, ma è Gennaio, fa freddo!». Come se fosse scontato ribatté «E allora? Voglio passare un po' di tempo con il mio topolino». Mi zittì...

Dopo un'ora di viaggio arrivammo. Mi tolsi le scarpe e corsi verso la spiaggia. Sentivo i piedi bruciare per la temperatura gelida ma era una sensazione così piacevole, così come l'atmosfera di pace e tranquillità dalla quale venni avvolto. Mamma si avvicinò a me e mi diede la notizia più brutta e insostenibile che si possa mai dare ad un bambino. «Sono malata topolino mio. Sono malata di cancro. L'ho scoperto da poco ma non so se riuscirò a sconfiggerlo». Ero seduto esattamente qui dove sono ora quando mia madre mi avvertì che di lì a poco sarei rimasto senza di lei".

Per tutto questo tempo ho ascoltato un ragazzo che, dal nulla, si è sfogato con il cuore in mano; ho sentito tante responsabilità addosso. Dopo tutto ciò che mi aveva confessato ho preso coraggio ma parlò prima lui: "Oggi è il suo compleanno. É il primo giorno di Novembre ed è il suo compleanno e oggi più che mai mi manca da morire". Alzò lo sguardo verso di me e urlò con sicurezza e amore "Auguri Mamma!".

Era arrivato il momento di supportare questo giovane uomo: "Sei forte sai? Non ho mai provato il tuo stesso dolore ma posso immaginarlo. Non è facile la vita, siamo costantemente messi alla prova. Spesso troviamo ostacoli più grandi di noi, ma ciò non significa che dobbiamo gettare la spugna e perdere la speranza. Bisogna sempre continuare a lottare, fino all'ultimo giorno! Nella vita non c'è nulla da temere ma c'è tanto di cui godere, per questa ragione non c'è tempo da sprecare ma solo da vivere appieno. Ricordati, giovane uomo, che anche se tua mamma non è qui fisicamente lo è con l'anima e ti protegge ogni secondo, anche se tu non te ne rendi conto. Tra poco me ne andrò, ma tu alza lo sguardo qui su al cielo e vedrai che ci sarà una stella che brillerà più di tutte le altre; ecco quella sarà la tua stella polare, il tuo tutto! Sorridi ora, che è tutto ciò che lei vuole vedere"

Inaspettato mi rivolse un sorriso e con questo bellissimo gesto, lo salutai e mi portai con me questo ricordo...

Arrivai alla mia prossima meta dove sentii dire "Finalmente il sole, lo stavamo aspettando da tanto!" e io risposi con fierezza: "Lo so che mi stavate aspettando ma ho avuto un compito più importante: tornare ad illuminare il volto di un grande e forte uomo!"

EIN BLICK GENÜGTE
ALESIA DANGELLIU
Aus dem Italienischen von Marja Gerike

Ich habe Städte besucht, Länder durchwandert und bin in Meeren versunken.

Ich habe immer jene bewundert, die mich direkt ansehen können, wie ich bin, denn normalerweise ist das schwer, was mich sehr betrübt.

Dafür waren die Reaktionen auf meinen Anblick stets zahlreich und vielfältig: Manche sind gerührt, wenn sie mich bewundern, manche verstummen, manche küssen sich, manche reisen in Gedanken fort und einige sehen sich tief an, verlieren sich in fremden Augen.

Und, ich vergaß, es gibt auch die, die völlig unerwartet reagieren ... weinend. Fontänen an Tränen strömen aus ihren Augen und lassen mich verunsichert zurück, voller Fragen wie „Bin ich so schwer zu beobachten?", „Habe ich aus Versehen etwas falsch gemacht?" oder „Was habe ich gerade getan?".

Natürlich sind das rhetorische Fragen. Von wem kann ich Antworten erwarten? Will ich überhaupt Antworten? Hier folgt jeder Frage eine weitere – und ich verliere aus den Augen, was mein eigentliches Ziel ist: erheitern und strahlen.

Beobachter glauben vielleicht, dass mein Leben langweilig und eintönig sei, ich kann es ihnen nicht verdenken. Denn genauso habe auch ich es immer gesehen und gelebt, außer an einem einzigen Tag, diesem Tag. Es war ein später Nachmittag, ich musste mich beeilen, da ich woanders erwartet wurde, wo ich meiner Pflicht nachkommen sollte, die ich kurz vernachlässigt hatte. Aber ich hatte gar keine Wahl!

Ich erinnere mich noch hervorragend an diesen Novembertag, an dem mir eine Silhouette auffiel. Ich erinnere mich an den frischen Sand, den menschenleeren Strand, die leichte Brise, die die vereinzelten Sonnenschirme umstrich und öffnete. An das kalte Salzwasser, dessen aufgewühlte Wellen kraftvoll auf das Ufer schlugen. Aber was hervorstach, war diese Silhouette, die ich als Schatten sah, obwohl der Himmel noch schwach erhellt war. Der Mann saß im Schneidersitz, seine Hände griffen nach Sandkörnern und ließen sie wieder fallen, sie stürzten trübselig zu Boden.

Plötzlich begann er, Fragen zu stellen, sich selbst, vielleicht auch mir. Eine von ihnen verwunderte mich: „Was für ein Schauspiel! Beobachtest du mich von dort oben?" Erwartete er eine Antwort von mir? Ich wusste nicht, von oder zu wem er sprach, geschweige denn, ob er mich hören könnte, falls ich die Stimme erhob.

Ich regte mich leicht, und als mein Licht auf ihn fiel, bemerkte ich, dass er eine weiße Rose in der Hand hielt. Sie war eine der Schönsten, die ich je gesehen hatte, makellos, wie der weiße Schnee, der Wiesen und Straßen bedeckt und in der Morgendämmerung schimmert. So rein, dass man sich beim bloßen Anblick in sie verlieben musste.

Ohne Vorwarnung begann er, die zarten Blütenblätter abzureißen, ließ sie auf den Strand flattern und vom kalten Meerwasser verschlucken. Er fasste Mut, sah auf und rief: „Kannst du mich hören? Sag ja!" Wenn ich zuvor verwundert gewesen war, war ich jetzt erstaunt.

Ein paar schweigende Sekunden vergingen, dann wandte er sich an mich, es konnte niemand anders sein, da wir allein waren: „Weißt du, ich war immer ein guter Junge, ich habe die Rolle des Musterschülers, vorbildlichen Sohnes und hilfsbereiten Bruders verkörpert – damit ist jetzt Schluss!" Schweigen ... dann fuhr er fort: „Vielleicht habe ich verstanden, dass ich achtzehn Jahre lang nur eine Maske trug, um akzeptiert zu werden. Um nicht gedemütigt, sondern geschätzt zu werden, vor allem von denen, die Hoffnungen und Erwartungen in mich setzten. Aber es reicht! Schluss damit! Ich kann mich nicht länger verstellen. Ich kann nicht behaupten, dass alles in Ordnung sei, wenn es das nicht ist!"

Und immer noch fielen Tränen, Tropfen um Tropfen, sie kannten keine Ruhe. Ich wollte eingreifen, doch das schien nicht angebracht, also schwieg ich und wartete, bis er zu Ende geweint und seinen ganzen Schmerz herausgelassen hatte.

Ein unvermittelter Schrei zerriss die Stille und hallte durch die Luft: „MAMA!"

Ich war erstarrt. Es war ein Wort, das ich von Kindern hörte, nachdem sie eine prächtige Sandburg gebaut hatten oder wenn sie allein und ohne Hilfe schwimmen konnten. Ich hätte nie gedacht, es je so schmerzhaft und mit diesem Hauch des Bedauerns zu hören. In seiner Stimme lag blanke Angst, Qual, vielleicht ein Anflug von Wut. Aber noch immer verstand ich ihn nicht, vielleicht, weil ich noch nie eine Beziehung mit jemandem gehabt hatte, oder, weil es fremd war, jemanden zu sehen, der mit mir sprach. Ich hatte immer nur eine Aufgabe gehabt, zu glänzen, nun fühlte ich mich zum ersten Mal beachtet und bedeutsam.

„Sie war jung, mit einem schönen Lächeln, hellen Augen in der Farbe des Himmels und blonden Haaren, wie deine Strahlen. Sie war eine geliebte und geachtete Frau und hilfsbereit, sie half jedem, auch Fremden oder Obdachlosen. Sie war auch fordernd, von uns verlangte sie Ordnung, Anstand und Respekt. Sie erzog uns mit guten Prinzipien und Werten, denselben, die ihr in unserem Alter beigebracht worden waren."

Diese ganze Reihe an Erinnerungen ging er in einem Atemzug durch, den Blick in der Ferne verloren. Ich begann zu verstehen, was geschehen war. Bald wollte ich zum ersten Mal eingreifen, doch zunächst würde ich warten, bis er seine Erzählung beendet hatte.

„Ich war nicht ihr einziges Kind, aber immer so etwas wie ihr Liebling – vielleicht, weil ich der einzige Sohn war? Wer weiß. Ich war zehn Jahre alt, als ich zum ersten Mal verstand, dass sie mein Bezugspunkt war, mein Polarstern, die Orientierung inmitten der Ziellosigkeit, mein Kompass, kurzum, sie war mein Ein und Alles – und wird es sicher immer bleiben.

Ich schweife ab ... Ich war zehn Jahre alt, es war ein vollkommen gewöhnlicher Tag, wie jeder andere. Ich war in der Schule, glücklich, meine Freunde nach den langen Weihnachtsferien wiedersehen zu können. Plötzlich klopfte es an der Tür, eine Frau trat ein. Sie arbeitete schon seit Jahren an der Schule, ohne mir je aufgefallen zu sein. Sie rief meinen Namen und ergänzte lächelnd: ‚Deine Mama ist da.'

An diesem Morgen hatte Papa mich zur Schule gebracht, Mama hatte ich noch nicht gesehen, auch beim Frühstück nicht. Damals hatte ich vermutet, dass sie früh zur Arbeit gegangen sein musste. Aber im Rückblick hatte Papa ein gezwungenes Lächeln und verquollenen Augen getragen, als hätte er die ganze Nacht wach gelegen und geweint.

Ich stellte keine Fragen, sondern packte meinen Rucksack, verabschiedete mich von der Lehrerin und meinen Freunden und lief hinaus, zu Mama."

Er hielt inne, zog ein weiteres Taschentuch hervor und trocknete die hundertste Träne dieses Tages. Ich war versucht zu fragen, ob es ihm gut ging, konnte den Mut jedoch nicht aufbringen. Noch nicht. Doch er verstand mich auch so, las meine Gedanken: „Es geht mir gut, mir geht es gut."

Ich nickte leicht, um ihn zum Fortfahren aufzufordern und zu versichern, dass ich bis zum Schluss zuhören würde. Ein Grinsen erstrahlte auf seinem fahlen Gesicht: „Wo war ich? Ach ja, wie ich zu ihr lief und wir die Schule verließen. Wir kamen zum Auto und stiegen ein, zum ersten Mal saß ich vorne, wo sie mir näher war, nur mir gehörte. Während der Fahrt drehte sie sich hin und wieder zu mir, um sich zu vergewissern, dass alles in Ordnung war. Dann schenkte sie mir eines dieser Lächeln, die mich blendeten. Sie war wirklich schön.

Nach einigen Minuten Fahrt merkte ich, dass wir nicht auf dem Heimweg waren. Also fragte ich: ‚Mami, wohin fahren wir? Das ist doch nicht der Weg nach Hause, oder? Und warum hast du mich nach nicht einmal zwei Stunden von der Schule abgeholt? Hätte ich heute Morgen nicht zuhause bleiben können?'

Ich stellte Frage um Frage, bis sie erwiderte: ‚Was sind das für Fragen, Mäuschen?' Ich hasste es, wenn sie mich so nannte. Sie wusste genau, wie sehr ich Mäuse verabscheute – genau deshalb nannte sie mich so. Heute würde ich Geld bezahlen, um noch einmal zu hören, wie sie diesen Spitznamen aussprach.

Ich sah aus dem Fenster, ohne ihre Frage zu beantworten. Erst als sie weitersprach, drehte ich mich zurück: ‚Wir fahren ans Meer ...'

‚Ans Meer? Aber Mami, es ist Januar, es ist kalt!'

Ganz selbstverständlich antwortete sie: ‚Na und? Ich möchte etwas Zeit mit meinem Mäuschen verbringen.' Das brachte mich zum Schweigen ...

Nach einer Stunde Fahrt waren wir da. Ich zog meine Schuhe aus und rannte zum Strand. Meine Füße brannten in der eisigen Kälte, doch es war ein angenehmer Schmerz, so schön wie die friedliche Atmosphäre und die Ruhe, die mich umgaben. Mama kam zu mir – und sie überbrachte die grausamste und unerträglichste Nachricht, die man einem Kind nur bringen kann: ‚Ich bin krank, mein Mäuschen, an Krebs erkrankt. Ich weiß es erst seit Kurzem und ich weiß nicht, ob ich es überstehen werde.' Ich saß genau hier, wo ich jetzt sitze, als meine Mutter mich warnte, dass ich bald allein sein würde, ohne sie."

Die ganze Zeit hatte ich einem jungen Mann zugehört, der aus dem Nichts heraus sein Herz ausschüttete; ich fühlte viel Verantwortung auf mir ruhen. Nach allem, was er mir gestanden hatte, fasste ich Mut – aber er sprach, bevor ich es konnte: „Heute ist ihr Geburtstag, der erste Novembertag. Ich vermisse sie mehr denn je." Er sah zu mir auf und rief voller Zuversicht und Liebe: „Alles Gute zum Geburtstag, Mama!"

Jetzt war es an der Zeit, ihn zu unterstützen: „Du bist stark, weißt du? Ich habe nie deinen Schmerz erlebt, aber ich kann ihn mir vorstellen. Das Leben ist nicht leicht, man wird ständig auf die Probe gestellt. Man stößt oft auf Hindernisse, die größer als man selbst sind, aber das bedeutet nicht, dass man die Hoffnung verlieren sollte. Man muss immer weiterkämpfen, bis zum letzten Tag! Im Leben gibt es nichts zu befürchten, aber unglaublich viel zu entdecken, deshalb sollte man auch keine Zeit verlieren, sondern das Leben in vollen Zügen genießen!

Erinnere dich, junger Mann, dass die Seele deiner Mutter bei dir ist und dich beschützt, auch wenn du es nicht merkst, auch wenn du sie nicht sehen kannst. Bald werde ich gehen, aber du kannst in den Himmel schauen und einen Stern sehen, der heller als alle anderen leuchtet, das ist der Polarstern, dein Ein und Alles. Und jetzt lächle, das ist es, was sie sehen will.“

Er schenkte mir ein unerwartetes Lächeln; mit dieser schönen Geste verabschiedete ich mich von ihm und nahm die Erinnerung mit mir ...

Als ich am nächsten Ort ankam, hörte ich: „Endlich ist die Sonne da, wir haben so lange gewartet!“

Voller Stolz konnte ich antworten: „Ich weiß, dass ihr auf mich warten musstet, aber ich hatte eine wichtigere Aufgabe: das Gesicht eines großen und starken Mannes zu erleuchten!“

AUS DEM LEBEN VON
GEORG DEGENHARDT
TERESA PASCUAL FRIELINGHAUS

Wenn ich zurückdenke, an meine Kindheit, den Krieg, an Anne, die Geburt unserer Tochter und meine Enkelkinder, realisiere ich, wie alt ich eigentlich bin. Man vergisst so schnell, was man schon alles erlebt hat, ein ganzes Leben, das hinter einem liegt. Und noch immer folgt auf jeden Tag ein weiterer. Wenn man jung ist, misst man Zeit anders. Man setzt Zeit mit Erfahrung gleich und erlaubt sich den Gedanken, dass von beidem die Quelle unerschöpflich ist. Wenn man alt ist, lebt man in der Vergangenheit, schwelgt in der Erinnerung, und die Gegenwart tritt in den Hintergrund. Doch ist es nicht menschlich sich vom Jetzt zu distanzieren, wenn der Alltag einem laut schreiend die Eintönigkeit seines Lebens vorhält? Wer möchte schon gerne daran erinnert werden, dass das Beste schon hinter einem liegt.

Aber ich möchte mich nicht beschweren, dass das Leben zu kurz ist. Im Gegenteil, ich hätte nicht gedacht, dass ich einmal meinen 88-sten Geburtstag feiern würde. Anne aber hatte schon immer lange leben wollen und dann war sie es, die zuerst gestorben war. Ich heiße Georg Degenhardt, 1932 geboren. Meine Schwester hatte mir mal erzählt, dass an dem Tag, an dem ich geboren wurde, zum ersten Mal im Jahr Schnee fiel. Wir wohnten zu viert in einem kleinen Haus neben einer Wäscherei in einem Vorort von Dresden. Von meinem Zimmer aus konnte ich zu meinem besten und einzigen Freund ins Haus sehen. Wilhelm oder Willy, so wie ich ihn nannte, konnte, stolz wie er war, nicht aufhören zu erwähnen, dass seine Mutter gebürtige Engländerin war. Er schwärmte immer davon, dass er, sobald er 18 Jahre alt wäre, zu seiner Tante nach London fahren und dort Jura studieren würde. Willy war ein Junge, der sehnsüchtig und voller Träume von der Welt und was sie für ihn bereit hielt, sprach. Mein Vater mochte ihn nicht. Als ich ihn ein Mal nach dem Grund fragte, sagte er, Willy sähe die Welt mit den Augen eines Blinden und, dass ihm und auch mir, wenn ich mich davon beeinflussen ließe, dies zum Verhängnis werden würde. In den darauffolgenden Jahren hatte ich das Gefühl, legte er alles darauf an, mich vom Gegenteil zu überzeugen und mir die "wahre"

Welt zu zeigen. Dabei hatte er nie mehr als Dresden gesehen und nie woanders als im kleinen Haus neben der Wäscherei gewohnt. Vielleicht war aber auch genau das der Grund.

Ich weiß nicht, wo seine Wut auf alles ihren Ursprung hatte, nur, dass er laut meiner Großmutter sie von seinem Vater geerbt hatte. Letzten Endes sollte auch ich dazu bestimmt sein, sie eines Tages zu übernehmen. Aber zu jener Zeit war ich noch jung und voller Lebensfreude und die Welt, die mein Vater mir schreiend und unnachgiebig einbläute, war nicht die, die ich sehen wollte. Also versuchte ich vor ihr zu fliehen, indem ich nicht akzeptierte, was ich sah. So verstand ich auch nicht, die plötzliche Kälte und den Hass mit der meine Schwester und mein Vater sich begegneten, kurz nachdem er eines Tages seine Beherrschung vollends verlor und ich am nächsten Morgen Margareths Blutergüsse sah. Wie gesagt, ich war ein Kind, das versuchte mit Ignoranz Tatsachen zu verdrängen und in vielerlei Hinsicht habe ich auch heute, wie wir alle, nicht aufgehört es zu tun.

Die willkommene Zuflucht von Zuhause war der Buchladen eines jungen Mannes namens Siegfried, der die Verbitterung in meinen Augen las und in mir das Interesse an Literatur und Philosophie weckte. Er war das Inbild eines Philosophen, so wie man sich ihn vorstellt. Geduldig, mit dem aufmerksamen, träumerischen Blick, der Sachen wahrnahm, die für jedermanns Augen unsichtbar waren. Ich mochte und liebte ihn, wie ich mir gewünscht hätte meinen Vater lieben zu können. Er eröffnete mir eine neue Welt, die ich dankbar annahm, um mich von der meines Vaters zu distanzieren. Siegfried lehrte mich die höheren Fragen, die Kunst des Schreibens und machte mich mit den Worten Sokrates und Schopenhauers bekannt. Im Gegenzug fing ich an Bestellungen für ihn auszuführen, Kunden zu betreuen und die Regale zu sortieren. Es wurde mein größter Wunsch Philosophie und Literatur zu studieren und den Buchladen später zu übernehmen. Trotz all der Stunden, die wir zusammen verbrachten, wusste ich nach mehr als vier Jahren bis auf seinen Namen fast nichts über ihn.

Dann kam der Krieg. Es war eine schwierige Zeit, für alle. Schweigend sahen meine Schwester und ich vom Fenster aus zu, wie meine Mutter meinen Vater zum Abschied umarmte und schweigend akzeptierten wir, dass immer mehr Mahlzeiten ausfielen und unterdrückten unseren Hunger. Als im Februar 1945 meine Heimatstadt zu Staub bombardiert wurde und meine Mutter mich weinend im Arm hielt, beobachtete ich wie sich in den Augen meiner Schwester ein Entschluss bildete. Sie bemerkte, dass ich sie ansah und küsste mich auf die Stirn. Sie und ich wussten, dass Dresden ihr nichts mehr geben konnte. Mir war klar, dass sie gehen würde. Ich konnte es ihr nicht verübeln. Und während die Bomben fielen und ich mir mit den Händen die Ohren zudrückte, um von den Geräuschen der Explosionen und den Schreien in der Stille Zuflucht zu finden, konnte auch ich, nur an den Tag denken, an dem ich unser Haus verlassen würde. Und wäre da nicht der Buchladen gewesen, hätte ich meine Schwester gebeten mich mitzunehmen. Der 13. Februar 1945 ging als die Bombennacht in die Geschichte ein. Dresden glich einem Schutthaufen und auch wenn ich den Himmel danken sollte, dass unser Haus verschont geblieben war, richtete sich mein Blick einzig und allein auf den Buchladen. Siegfried ignorierend, der kritisch die Ruinen betrachtete, zog ich verzweifelt ein Buch nach dem anderen aus den Trümmern, fest entschlossen meinen Traum nicht zu verlieren. Doch bis der Laden die Schatten seines Daseins wiedererlangte, dauerte es lange. Während die Stadt sich dem Aufbau widmete, schlich sich meine Schwester fort. Gerade noch rechtzeitig, bevor unserer Vater mit einer diagnostizierten Lungenkrankheit nach Hause kam.

Siegfried starb an einem Mittwoch im Jahre 1951 und die letzten Worte, die er lächelnd zu mir sagte waren: "Siehst du sie?". Sein Blick war wie immer auf etwas gerichtet, das ich nicht erfassen konnte. Die Ärzte sagten, es war ein Herzinfarkt. Meinen Gefühlen entfliehend, versteckte ich mich tagelang in den Gerüchen der Buchseiten, wo man mich fand, um mir das Testament zu verlesen. Eine Woche später war mein Traum wahr geworden. Ich war der Inhaber des Buchladens geworden. Mein Vater lag mit durch seine Krankheit hervorgerufenem Fieber im Bett, in einem Wahn aus Träumen, die mit der Realität verschwammen und hatte keine Möglichkeit auch nur Einspruch zu erheben. Als ich ging, stand meine Mutter schweigend am Fenster.

Ersparen wir uns die vielen Monate meiner mühseligen Arbeit in der Buchhandlung und mein kläglicher Versuch sie zu retten. Mein treuer Freund Willy kam, um sich zu verabschieden und es stellte sich heraus, dass er kein Mann leerer Worte und Versprechen war. Kurze Zeit später erhielt ich eine Karte aus London mit der Nachricht, dass es ihm gut ginge und er soeben ein Zimmer im Unigebäude für Jurastudenten bezogen hatte.

Es waren schon vier Jahre vergangen, seit ich die Buchhandlung übernommen hatte. Die wenigen Kunden, die den Laden betraten, rieten mir, mich auf die Suche nach etwas anderem zu machen. Andere schlugen vor, mir das Grundstück abzukaufen, um es abzureißen und ein Wohngebäude zu bauen. Ich wusste, dass es für den Laden schlecht lief, aber ich konnte nicht anders als meine Nägel in meinen Traum zu krallen und ihn mit aller Kraft nachzujagen. In meiner Verbissenheit hatte ich meinen Blick nur auf den Rücken meines Traumes vor mir gerichtet und vergessen die Welt um mich zu betrachten. In Momenten der Untätigkeit wurde mir klar, wie einsam ich geworden war. Ich hatte immer nur meine Schwester, meine Eltern und Willy gehabt. Und obwohl ich die Gleichgültigkeit meiner Mutter, die Welt meines Vaters gehasst hatte, fehlten sie mir. Mir wurde klar, dass ich nicht mal mehr wusste, wie es meinem Vater in den letzten Jahren ergangen war. Ich hatte ihn fiebrig und schwitzend im Bett zurückgelassen ohne auch nur ein Mal zurückzublicken. Also stand ich auf, um sie zu besuchen. Es war der Moment, an dem ich vor der Tür stand, als ich sie traf. Anne.

Die Frau, die mich aus meinem Loch wieder hoch holen sollte und die, mit derer Hilfe ich Stück für Stück wieder ich selbst wurde. Anne Hattamann. Nach langer Zeit schrieb ich endlich wieder. Ich umwarb sie mit Gedichten, erzählte ihr Geschichten und lehrte sie die großen Fragen. Sie war eine gute Zuhörerin. Zu der Zeit war ich 23 Jahre alt und sie 20. Wir gingen zusammen im Park spazieren, besuchten ihre Eltern und Freunde und schmiedeten Pläne für die Buchhandlung. Anne arbeitete im Pflegeheim und erzählte mir von den bizarren Menschen. Manchmal benutzte ich sie als Figuren für meine Geschichten. Als ich meinem Vater, der sich mittlerweile weitgehend erholt hatte, von unserer Verlobung erzählte, verwünschte er mich und schrie das gesamte Haus zusammen. An seinen Verwünschungen jedoch war etwas dran. Ich konnte die Notlage meines Buchladens nicht mehr ignorieren und weiterhin an meinem Traum festhalten. Es war eine Jagd gewesen, die schon von vornherein zum Scheitern verurteilt gewesen war. Mein Vater hatte recht, ich musste den Tatsachen ins Auge sehen und Verantwortung übernehmen. Ich schloss mich für fünf Tage in den Buchladen ein und versank zum letzten Mal in den Buchseiten. 1958 zogen wir nach Dostbach und ich übernahm die Möbelfabrik meines Großonkels, der an den Verletzungen des Krieges gestorben war. 1960 heirateten Anna und ich. Die Arbeit war hart, aber ich war glücklich. Obwohl ich fort von meinen Träumen und der Sicherheit, die mir das Bekannte gegeben hatte, war, fühlte ich mich geborgen, glücklich. Und das nur ihretwegen. Zwei Jahre später kam Martina, ein grünäugiges Mädchen mit süßen kleinen Grübchen auf die Welt. Sie hatte einen aufmerksamen Blick, der versuchte alles in sich aufzunehmen und zu verstehen. Die Möbelfabrik verlangte mir zwar lange anstrengenden Arbeitstage ab, aber es machte mir nichts mehr aus, weil ich wusste, das ich einen Ort hatte, zu dem ich zurückkehren konnte. Ein kleines schäbiges Haus neben einer Wäscherei, unser Zuhause. Es waren glückliche Jahre. Aber alles hat sein Ende. Eines abends kam ich geschafft von der Arbeit wieder, aber Martina kam mir nicht wie sonst in die Arme gesprungen und die Stille im Haus ließ mein Herz schneller schlagen. Sie lagen nebeneinander im Bett und schauten mir mit niedergeschlagenen Augen entgegen. Ich weiß nicht, wie ich jenen Moment der Horrors beschreiben soll, drum belassen wir es dabei zu sagen, dass Anne einen bösartigen Tumor hatte, der sich immer weiter in ihr ausbreitete. Überspringen wir den Strudel meiner Gefühle, der mich mitriss und wie ich keinen Halt im Leben mehr fand, als meine geliebte Anne an einem Freitag 1971 in aller Frühe starb. Ich fing wieder an mich nicht umzuschauen, nur hatte ich diesmal keinen Traum, dessen Rücken mir eine Richtung geben könnte. Ich vergaß wie sehr ich in den letzten Jahren wieder die Gesellschaft derer, die ich kennengelernt hatte, schätzen gelernt hatte. Selbst Martina ließ ich hinter mir. Immer wenn ich sie ansah, erkannte ich in ihren Zügen nur die ihrer Mutter. Ich floh vor ihr und versteckte mich in der zermürbenden Arbeit der Möbelfabrik. Wie als Kind versuchte ich nicht wahrzunehmen und nicht zu verstehen. Dabei hätte ich nur ein Mal hochsehen müssen, um zu sehen wie sehr meine Tochter mich zu jener Zeit gebraucht hätte. Ich hätte nur ein Mal hochsehen müssen, um den Entschluss wiederzuerkennen, der sich in ihren Augen abzeichnete. Ich stand schweigend am Fenster, als sie im August 1980 das Haus verließ. Ich hatte niemanden mehr. Von meiner Schwester hörte ich nur etwas, wenn ich Geburtstag hatte. Sie hatte einen Lehrer geheiratet und einen Sohn namens Wolfgang bekommen. Margareth Richter hieß sie jetzt, froh den Namen unseres Vater abgelegt zu haben. Willy war viel unterwegs, vielleicht mit blinden Augen, aber er schien glücklich zu sein. Meine Mutter war vor drei Jahren gestorben und die Lunge bereitete meinem Vater immer mehr Schwierigkeiten. Martina. Nun, ich hörte lange nichts von ihr, bis sie mich eines Tages aufsuchte, um mir zu verkünden, dass sie schwanger sei. Sie erschrak vor dem, der ihr die Tür aufmachte. Vor mir, beziehungsweise dem, der ich geworden war. Das einzige, was ich tat, war arbeiten. Ich arbeitete bis spät in die Nacht, erleichtert vor den Gedanken fliehen zu können. Ich war verwahrlost und einsam, ungeübt in Konversationen. Ich konnte es meiner Tochter nicht verübeln, dass sie Tim, ein kleiner ernster Junge, von mir fern hielt. Wer war ich nur geworden? Was war aus dem Mann geworden, der Goethe rezitieren und Geschichten erzählen konnte? Der, der sich weigerte eine Welt zu akzeptieren, die geschaffen war für die Verdammnis? Zum Ersten Mal rettete mich Siegfried, der mir die Macht der Geschichten und des Denkens zeigte. Beim zweiten Mal rettete mich meine geliebte Anne, die mich aus den Fängen der Verbitterung befreite. Und beim Dritten Mal, fast schon zu spät, war es Katharina, mein zweites Enkelkind. Vielleicht war es Mitleid, welches Martina dazu brachte sie mir zu zeigen. Vielleicht las sie die Verbitterung in meinen Augen. Oder vielleicht wollte sie nur nicht, dass ihre Kinder so wie sie selbst ohne Großeltern aufwuchsen. Die Gründe sollen mir egal sein. Wichtig war nur, dass ich Katharina vergötterte und sie sich als einziger Mensch die Mühe machte, den Menschen, der unter dem Hass und der Wut begraben lag, geduldig Stück für Stück wieder herauszuholen. Sie fragte, ob ich sie die großen Fragen lehren könne. Sie war eine gute Zuhörerin. Ich genoss es sie aufwachsen zu sehen und dankte ihr, dass sie zu Besuch kam und von ihrem Traum Philosophie zu studieren erzählte. Ich würde jedoch lügen, wenn ich sagen würde, ich wäre der Alte. Mittlerweile war ich in Rente und hatte keine Arbeit mehr, mit der ich die Zeit hätte totschlagen können. Wenn Katharina nicht da war, saß ich also schweigend im Sessel und konnte nicht verhindern, dass die Gedanken auf mich einströmten. Als ich ihr das eines Tages mitteilte, führte sie mich zu meinen Bücherregalen. Ich entdeckte Bücher, die ich vor Ewigkeiten gelesen und denen ich seit Annes Tod keines Blickes mehr gewürdigt hatte. Nachdem Katharina an jedem Tag ging, saß ich lange da und starrte auf die Bücher. So verharrte ich die ganze Nacht, zu ängstlich Erinnerungen zu wecken und zu schwach sie standzuhalten, zu früh, die Wunden heilen zu lassen.

Kurz darauf erfuhr ich, dass mein Vater gestorben war. Alleine in dem kleinen Haus neben der Wäscherei.

Die Jahre vergingen und ich lebte für die Tage, an denen Katharina mich besuchen kam. Aber wie alles Gute in meinem Leben, fand auch das ein Ende. Ein Ende, was wohl niemand von uns heraus gesehen hätte. Im Jahr 2020 feierte ich meinen 88sten- Geburtstag. Und obwohl ich sagen kann, dass ich schon viel erlebt habe, war eine weltweite Pandemie nicht das, was ich mir für meine letzten Jahre gewünscht hatte.

VITA DI GEORG DEGENHARDT
TERESA PASCUAL FRIELINGHAUS
Traduzione di Paola Maria Frisa

Quando ripenso alla mia infanzia, alla guerra, ad Anne, alla nascita di nostra figlia e ai miei nipoti, realizzo davvero quanto sono vecchio. Si dimentica così velocemente ciò che si è vissuto, una vita intera che rimane alle spalle. Eppure ad ogni giorno, ne segue sempre un altro. Quando si è giovani, si misura il tempo in modo diverso: lo si paragona all'esperienza, e ci si abbandona al pensiero che la fonte di entrambi sia inesauribile. Quando si è anziani, si vive nel passato, si vaga nei ricordi, ed il presente passa in secondo piano. Ma non è forse umano prendere le distanze dal momento che si sta vivendo quando la quotidianità grida a squarciagola la monotonia della tua esistenza?

Chi vorrebbe che gli si ricordasse che il meglio della propria è ormai passato?

Ma non voglio lamentarmi di quanto la vita sia breve. Al contrario, non avrei mai pensato che sarei arrivato a festeggiare il mio ottantottesimo compleanno. Anne, invece, aveva sempre voluto vivere a lungo, ma fu lei a morire per prima. Mi chiamo Georg Degenhardt, sono nato nel 1932. Mia sorella mi raccontava sempre che il giorno in cui sono nato, nevicò per la prima volta dall'inizio di quell'anno. Vivevamo in quattro in una piccola casa, vicino ad una lavanderia, in un sobborgo di Dresda. Dalla mia stanza riuscivo a scorgere la casa del mio migliore ed unico amico: Wilhelm, o Willy, come ero solito chiamarlo, orgoglioso com'era, non riusciva a smettere di dire che sua mamma era inglese di nascita. Ripeteva sempre che, non appena avrebbe compiuto 18 anni, sarebbe andato a vivere da sua zia a Londra, dove avrebbe studiato giurisprudenza. Willy era un ragazzo che desiderava ardentemente conoscere il mondo e ciò che esso aveva in serbo per lui: a mio padre non piaceva. Quando una volta gli chiesi il motivo del suo disprezzo, mi disse che Willy guardava il mondo con gli occhi di un cieco e che, se avessi lasciato che mi influenzasse, sarebbe stata la mia rovina.

Durante l'anno successivo, ebbi come la sensazione che avesse fatto di tutto per convincermi e per mostrarmi il 'vero' mondo. Lui non aveva mai visto niente al di fuori di Dresda e non aveva mai vissuto in nessun luogo che non fosse la piccola casetta vicino alla lavanderia: e forse il motivo era proprio questo.

Non sapevo da dove derivasse la sua rabbia, solo che, secondo mia nonna, l'aveva ereditata da suo padre. Alla fine, anch'io sarei stato destinato ad essere come lui.

Ma a quel tempo ero ancora giovane e con molta voglia di vivere e il mondo che mio padre mi aveva dipinto come rumoroso ed intransigente, non era quello che volevo vedere.

Così cercai di scappare, in quanto non potevo accettare ciò che vedevo. Non capivo il freddo improvviso e l'astio che mia sorella e mio padre provavano, subito dopo il momento in cui lui, un giorno, aveva perso la pazienza: la mattina dopo, mi accorsi dei lividi di Margareth.

Come ho già detto, ero solo un bambino che cercava di reprimere i fatti con l'ignoranza e, per certi versi, non ho smesso di farlo neanche oggi, un po' come tutti.

L'accogliente rifugio da casa era la libreria di un giovane uomo di nome Siegfried, che percepiva l'amarezza nei miei occhi e suscitava in me l'interesse per la letteratura e la filosofia.

Era l'immagine perfetta del filosofo, esattamente come ce lo si immagina: paziente, con lo sguardo attento e sognatore di chi sa scrutare ciò che sarebbe invisibile agli occhi di tutti.

Gli volevo bene come avrei desiderato volere bene a mio padre. Mi aveva aperto un mondo nuovo, che accettai volentieri, per prendere le distanze da mio padre. Siegfried mi insegnò le domande fondamentali, l'arte della scrittura, e mi presentò le parole di Socrate e Schopenhauer: in cambio, lo aiutai con gli ordini, a gestire i clienti e a sistemare gli scaffali.

Il mio più grande desiderio era studiare filosofia e letteratura e prendere in gestione la libreria subito dopo. Nonostante tutte le ore che passavamo insieme, dopo quattro anni, di lui conoscevo solamente il nome.

E poi arrivò la guerra. Fu un periodo difficile, per tutti. In silenzio, io e mia sorella osservammo dalla finestra come mia madre abbracciò mio padre, salutandolo un'ultima volta, ed accettammo, in silenzio, che sarebbero mancati sempre più pasti e che avremmo dovuto reprimere la nostra fame. Quando nel febbraio 1945 la mia città fu rasa al suolo dalle bombe e mia madre mi strinse piangendo fra le sue braccia, vidi formarsi una decisione negli occhi di mia sorella: si rese conto che la stavo guardando e mi diede un bacio sulla fronte.

Io e lei sapevamo che Dresda non avrebbe potuto darle niente: era chiaro che se ne sarebbe andata, e non potevo biasimarla. E mentre le bombe cadevano ed io mi coprivo le orecchie con le mani per non sentire il rumore delle esplosioni e delle urla nel silenzio, riuscivo a pensare solamente al giorno in cui avrei lasciato la nostra casa. E se non fosse stato per la libreria, avrei chiesto a mia sorella di portarmi con lei.

Il 13 febbraio 1945 passò alla storia come la 'notte delle bombe': Dresda sembrava un cumulo di macerie e, nonostante dovessi ringraziare il cielo per aver risparmiato la nostra casa, il mio sguardo era rivolto solo ed unicamente alla libreria. Siegfried ignorava deliberatamente le rovine, mentre io strappavo disperatamente uno dopo l'altro i libri dalle macerie, deciso a non rinunciare al mio sogno. Ma ci volle molto tempo prima che il negozio tornasse ad avere l'ombra della sua esistenza. Mentre la città si dedicava alla ricostruzione, mia sorella fuggì: appena in tempo, prima che nostro padre tornasse a casa con la diagnosi di una malattia ai polmoni.

Siegfried morì in un mercoledì del 1951 e le ultime parole che mi disse sorridendo furono: "Li vedi?". Il suo sguardo, come sempre, era rivolto verso qualcosa che non riuscivo a percepire. I medici dissero che era stato un infarto. Per sfuggire ai miei sentimenti, mi rifugiai per giorni nei profumi delle pagine dei libri, dove mi trovarono quando arrivò il momento di leggere il testamento. Una settimana dopo, il mio sogno divenne realtà: ero diventato il proprietario di una libreria. Mio padre giaceva a letto con la febbre causata dalla malattia, in uno stato delirante di sogni annebbiati dalla realtà, e non ebbe la possibilità di obiettare. Quando me ne andai, mia madre era alla finestra, in silenzio.

Risparmiamoci i molti mesi di duro lavoro alla libreria ed il mio patetico tentativo di salvarla. Il mio fedele amico Willy venne a dirmi addio e realizzai che non era un uomo di poche parole e promesse: poco tempo dopo, ricevetti una mappa di Londra con un messaggio, in cui mi diceva che stava bene e che aveva affittato una stanza nell'edificio della facoltà di giurisprudenza.

Erano già passati quattro anni da quando avevo acquisito la libreria: i pochi clienti che entravano nel negozio, mi consigliavano di cercare un altro impiego. Altri mi proponevano di vendere loro l'edificio, per abbatterlo e costruire delle abitazioni. Sapevo che il negozio andava male, ma non potevo fare a meno di trattenere il mio sogno con le unghie ed inseguirlo con tutta la mia forza. Con la mia ostinazione, avevo tenuto lo sguardo fisso sul mio sogno, e mi ero dimenticato del mondo che mi circondava. Nei momenti di inattività mi era chiaro quanto fossi rimasto solo: avevo sempre solo avuto mia sorella, i miei genitori e Willy.

E nonostante avessi odiato l'indifferenza di mia madre ed il mondo di mio padre, mi mancavano. Mi resi conto di non sapere neanche come stesse mio padre nei suoi ultimi anni: l'avevo lasciato febbricitante ed in letto di sudore, senza mai voltarmi una volta a guardarlo. Così mi alzai per andarlo a trovare: fu in quel momento, mentre aspettavo davanti alla porta, che la incontrai. Anne.

La donna che mi salvò dal mio oblio e col quale aiuto tornai ad essere me stesso un po' alla volta. Anne Hattamann. Dopo molto tempo, finalmente, tornavo a scrivere. La corteggiavo con poesie, le raccontavo storie e la istruivo sulle grandi domande: sapeva ascoltarmi.

All'epoca, io avevo 23 anni e lei 20. Passeggiavamo insieme al parco, andammo a trovare i suoi genitori ed amici, e pensavamo a dei piani futuri per la biblioteca.

Anne lavorava in una casa di riposo, e mi raccontava sempre di queste persone bizzarre: talvolta, le facevo diventare i protagonisti delle mie storie. Quando si riprese, annunciai a mio padre che ci eravamo fidanzati: mi maledisse ed iniziò ad urlare per tutta casa. Eppure, c'era qualcosa di vero nelle sue folli maledizioni: non potevo continuare ad ignorare le difficoltà della libreria, solo per continuare a vivere il mio sogno. Era stata un'avventura destinata da subito a fallire: mio padre aveva ragione, avrei dovuto affrontare la realtà ed assumermi le mie responsabilità. Mi chiusi per cinque giorni in libreria e mi immersi per l'ultima volta nelle pagine di quei libri. Nel 1958 ci trasferimmo a Dostbach, dove avevo acquisito la fabbrica di mobili del mio prozio, morto a causa delle ferite di guerra.

Nel 1960, io ed Anne ci sposammo.

Il lavoro era faticoso, ma ero felice: nonostante avessi abbandonato i miei sogni e la sicurezza che solo la conoscenza riusciva a darmi, mi sentivo bene, e fuori pericolo. Ed era solo grazie a lei. Due anni dopo nacque Martina, una bambina dagli occhi verdi e con delle piccolissime ma bellissime fossette: aveva uno sguardo attento, che cercava di comprendere ed assimilare tutto. La fabbrica di mobili mi occupava per lunghissime giornate lavorative, ma non mi importava più, perché sapevo di avere un luogo dove potevo rifugiarmi. Una piccola, squallida casa vicino ad una lavanderia: la nostra casa. Furono anni felici: ma a tutto c'è una fine. Una sera tornai a casa dal lavoro, ma Martina non mi accolse a braccia aperte come era solita fare, ed il silenzio della casa mi fece accelerare il battito.

Erano tutti vicino al letto e mi guardavano con occhi affranti.

Non saprei come descrivere quegli orridi momenti, quindi mi limiterò a dire che Anne aveva un tumore maligno che aveva continuato a diffondersi in lei: non parlerò neanche del vortice di sentimenti che mi travolse, e di come non sia stato in grado di trovare un punto d'appoggio, al quale aggrapparmi, quando la mia amata Anne morì all'alba di un venerdì del 1971. Iniziai di nuovo ad ignorare tutto ciò che mi circondava, solo che questa volta non avevo un sogno che mi indicasse la strada da percorrere. Mi dimenticai quanto negli ultimi anni avessi imparato ad apprezzare la compagnia delle persone che avevo conosciuto.

Mi lasciai alle spalle anche Martina: quando la osservavo, riuscivo a vedere solo sua madre.

Mi allontanai da lei e mi precipitai nel lavoro estenuante che la fabbrica di mobili mi dava: come da bambino, cercai di isolarmi e di fingere di non capire.

Tutto ciò che avrei dovuto fare era rendermi conto di quanto mia figlia avesse bisogno di me.

Tutto ciò che avrei dovuto fare era osservare, nei suoi occhi, la decisione che aveva preso.

Ero alla finestra, in silenzio, quando nell'agosto del 1980 lasciò la nostra casa.

Non avevo più nessuno. Sentivo mia sorella solamente il giorno del mio compleanno: aveva sposato un insegnante, aveva avuto un figlio, Wolfgang, ed ora si chiamava Margareth Richter, felice di aver dimenticato il nome che nostro padre ci aveva dato.

Willy viaggiava molto, forse con gli occhi di un cieco, ma sembrava felice.

Mia madre era morta tre anni prima, ed i polmoni di mio padre costituivano sempre più un problema.

Martina. Non la sentivo da molto tempo quando, un giorno, venne a trovarmi per dirmi che era incinta: era terrorizzata dall'uomo che le aveva aperto la porta.

L'unica cosa che facevo era lavorare: lavoravo fino a notte fonda, ero sollevato dal pensiero di poter scappare. Ero solitario e non abituato alle conversazioni: non potevo biasimare mia figlia per aver tenuto Tim, un ragazzo serio, lontano da me.

Chi ero diventato? Dov'era finito l'uomo che sapeva recitare Goethe e raccontare storie?

Colui che si era rifiutato di accettare un mondo destinato alla dannazione?

La prima volta, mi aveva salvato Siegfried, mostrandomi la forza del pensiero.

La seconda volta, mi aveva salvato Anne, liberandomi dalle grinfie della rabbia.

E la terza volta, forse troppo tardi, c'era Katharina, la mia seconda nipote: forse era stata la pietà che Martina l'aveva portata a provare nei miei confronti, o forse era stata l'amarezza nei miei occhi. Forse mia figlia non voleva che i suoi bambini crescessero senza nonni, come lei.

I motivi non m'importavano, l'importante era che adoravo Katharina, e lei era l'unica persona che si fosse presa cura di me, dell'uomo sepolto dall'odio e dalla rabbia, che stava facendo tornare in sé stesso, un po' alla volta.

Mi chiese se potessi istruirla sulle grandi domande: sapeva ascoltarmi.

La osservai crescere con piacere e la ringraziai per essere venuta a trovarmi e per avermi raccontato del suo sogno di studiare filosofia.

Nel frattempo ero andato in pensione e non avevo più il lavoro ad occuparmi le giornate vuote. Quando Katharina non c'era, mi sedevo in silenzio sulla poltrona e non riuscivo ad impedire che i pensieri mi travolgessero: quando glielo dissi, mi portò alla libreria dove conservavo i libri in casa. Riscoprii dei libri che avevo letto anni prima e che non riuscivo più ad apprezzare dopo la morte di Anne.

Quando Katharina se ne andò quel giorno, mi sedetti ad osservarli a lungo.

Passai così tutta la notte, risvegliando i ricordi e la paura che ne conseguiva: ero troppo debole per resistere dal farlo.

Eppure, era forse troppo presto per permettere alle ferite di guarire.

Poco dopo, scoprii che mio padre era morto: da solo, nella piccola casa vicino alla lavanderia.

Gli anni passarono, ed io vivevo solo per i giorni in cui Katharina veniva a trovarmi: ma, come tutte le cose belle della mia vita, anche quella ebbe una fine.

Una fine che nessuno di noi avrebbe mai potuto prevedere.

Nel 2020 ho festeggiato il mio ottantottesimo compleanno e, nonostante io possa dire di aver vissuto molte esperienze, una pandemia non è mai stata tra le cose che mi sarei augurato per i miei ultimi anni di vita.

LUGLIO
PAOLA MARIA FRISA

Luglio non era mai stato così caldo, o almeno, non gli era mai sembrato così insopportabile: aveva sempre sostenuto che l'estate risultasse più calda quando c'era già anche un solo pensiero, in un angolo remoto, piccolissimo, della tua testa a dare fastidio, e quello che aveva in mente lui, in quel mercoledì afoso, era tutt'altro che irrilevante.

La strada sembrava infinita e si convinse che, a tratti, il sole stesse piegando davvero l'asfalto: non c'era una sola anima, non una macchina, neanche una di quelle piene di ragazzi impazienti di giungere alla spiaggia più vicina, tra chiacchiere biascicate, a causa dell'afa o l'alcol della sera prima, e capelli che si districano nel vento.

Sembravano spariti anche i contadini, che aspettano la mattina solo per poter prendersi cura dei propri campi e dei loro frutti, che venderanno al mercato settimanale del paese vicino.

E invece niente: solo un silenzio assordante, che temeva di dover riempire con i suoi pensieri.

Lui, al contrario degli agricoltori, temeva esageratamente i frutti della sua mente: abbandonò una mano dal volante per afferrare il telefono nello zaino, poi si fermò davanti al cancello di una casa apparentemente disabitata, e fece partire la sua playlist: più precisamente, la loro.

Chiuse gli occhi per pochi secondi, abbandonando la testa sul sedile: odiava ripensare ai momenti che avevano passato insieme, eppure continuava a farlo involontariamente.

Se si fosse concentrato, sarebbe riuscito persino a risentire il suo profumo, a rivedersi mentre la teneva per mano, mentre la baciava prima di lasciarla andare, mentre aspettava che salisse in casa dopo una serata insieme, a risentire tutti i 'ti amo' sussurrati al buio.

Non lo fece, scacciò quel pensiero: abbassò il finestrino perché entrasse quel leggero vento che sembrava sul punto di sollevarsi, staccò dalla pelle ormai sudata la maglietta blu scuro, premette lievemente il pedale dell'acceleratore e riprese a guidare con cautela, come se da un momento all'altro qualcuno avesse potuto attraversare la strada.

Procedette per qualche chilometro prima di scorgere una figura sfocata, ma impossibile da non notare, nel mezzo del nulla, sul ciglio della strada.

Quando aveva salutato i suoi genitori, subito dopo aver annunciato loro di aver intenzione di partire per un viaggio nel cuore del Mediterraneo, si era sentita libera: dopo essere salita sull'aereo, aveva immediatamente allacciato la sua cintura, quasi come se avesse paura che qualche forza misteriosa l'avrebbe riportata indietro, tra le quattro mura che non aveva mai avuto il coraggio di chiamare 'casa', ed aveva tirato un sospiro di sollievo.

Aveva osservato, per tutto il tragitto, i contorni delle nuvole e delle montagne, quest'ultime quasi impercettibili, nascoste sotto la foschia bianca del cielo, come fosse il velo di una sposa pronta per raggiungere l'uomo della sua vita: immaginava di poterle toccare, di poterle dipingere, su una tela infinita, di poter cogliere ogni sfumatura di azzurro, rosa, e poi verde e giallo.

In fondo, aveva sempre vissuto di arte: era una vocazione impossibile da reprimere, la sua unica via d'uscita, per sentirsi veramente libera. Ripensava al momento in cui aveva attraversato il confine della piccola cittadina in cui era cresciuta: non si sarebbe mai pentita di averlo fatto, e ancora meno di non esserci mai più tornata.

Alla fine, non si era lasciata indietro niente: non aveva mai amato coloro che per tutta la vita era stata costretta a chiamare 'papà' e 'mamma', ma che erano solo due sconosciuti che l'avevano salvata dall'orfanotrofio davanti al quale era stata abbandonata, né sarebbe mai riuscita a fingere di provare un sentimento così grande come l'amore per loro.

E non che fosse fiera di sé stessa per non essere mai riuscita ad apprezzare il miracolo di una famiglia che l'aveva accolta, tutt'altro: aveva studiato per così tanto tempo l'amore, l'oggetto prediletto dell'arte, della sua linfa vitale, fino a convincersi che non sarebbe mai stata capace di provare qualcosa di così bello e, allo stesso tempo, tremendo.

E così, seguendo l'esempio degli artisti che più di una volta l'avevano ispirata, era partita: sapeva dov'era diretta, non sapeva fin dove si sarebbe spinta.

Quando era giunta in quella terra a lei sconosciuta, aveva cercato per giorni i segni delle antiche civiltà che l'avevano abitata, le tracce che avevano lasciato: era stata colpita dritta nell'animo da un sentimento travolgente, una di quelle sensazioni che si possono provare solamente davanti ad una bellezza che toglie il fiato.

Si sentiva una bambina in un negozio di giocattoli, nel periodo di Natale, che viene rapita dalle luci, dalle risate degli altri bambini, dai colori vivaci delle bambole sistemate sugli scaffali: aveva lasciato la mano della mamma distratta, che la teneva stretta, e si era inevitabilmente persa.

La ragazza, che lo osservava da lontano, non era sparita quando si era tolto gli occhiali da sole: aveva pensato subito a quanto fosse bella: i capelli lunghi e bruni erano legati accuratamente in due trecce, gli occhi verdi risaltavano sulla pelle leggermente abbronzata, il vestito bianco, stretto in vita, seppur stropicciato, sembrava le fosse stato cucito addosso.

Aveva rallentato, per l'ennesima volta, quando lei aveva iniziato a muoversi verso il centro della strada, per farsi notare: aveva abbassato il finestrino e le aveva chiesto dov'era diretta.

"Ovunque, non importa" gli aveva risposto lei. Parlava perfettamente l'italiano, si capiva, seppur con un lieve accento di un paese probabilmente del nord Europa, che tuttavia non era ancora riuscito a decifrare nelle poche parole che gli aveva rivolto.

Avevano già percorso un tratto di strada discretamente lungo, quando lui le rivolse di nuovo la parola: moriva dalla curiosità di sapere chi fosse, ma non iniziò chiedendole come si chiamasse, oppure da dove venisse.

"Come mai anche tu da queste parti?" si rese conto subito dell'ambiguità della sua domanda, e se ne rese conto anche lei, che trattenne una risata per paura di offenderlo.

Si scusò, dando la colpa alla spossatezza e, ancora una volta, al caldo, ormai vittima indiscussa di quella giornata. Eppure gli aveva risposto: gli aveva raccontato di aver avvertito, da un momento all'altro, il bisogno di fare qualcosa per sé stessa, forse per scoprirsi, per conoscersi meglio. Era paradossale, ci pensava spesso: dal momento in cui la prima nota acuta del suo pianto da neonata aveva squarciato il silenzio di un mondo che l'avrebbe sempre sfidata, sembrava fosse destinata alla solitudine perenne, una condizione alla quale, nei primi anni di vita, era stata educata ad abituarsi: forse, era anche questo il motivo per cui la 'benedizione di una famiglia', come l'avevano chiamata le gentili suore dell'istituto, le era sembrato più un peso da portarsi dietro per tutta la vita. Si era invece ritrovata in mezzo alle persone, sconosciute, che la spingevano alla socializzazione, perché diventasse 'come gli altri bambini'. Aveva passato pochi momenti da sola: capitava solamente quando d'estate, veniva portata via dalla città in cui viveva per trascorrere qualche settimana nella casa di campagna dell'unica persona, di quella famiglia che l'aveva accolta, che aveva mai amato veramente: l'anziana nonna lasciava che lei si perdesse nei prati verdi, tra le margherite ed i papaveri, che puntualmente raccoglieva, formando un disordinato bouquet, e metteva sul comodino della sua piccola camera da letto.

Dall'ultima volta in cui si era sdraiata sull'erba ancora bagnata dalla rugiada delle prime ore del mattino, non erano passati neanche due anni: aveva saputo della morte della nonna la sera prima ed aveva guidato tutta la notte per darle un ultimo saluto. Una volta arrivata, aveva raggiunto il loro posto preferito, sotto l'imponente quercia, e le aveva parlato, guardando il cielo: le aveva promesso che non avrebbe rinunciato alla sua arte, che avrebbe seguito la sua indole, al contrario di quello che speravano per lei i due coniugi che l'avevano adottata, e che, un giorno, ovunque lei fosse, l'avrebbe resa forse l'unica ad essere fiera di lei.

L'aveva ascoltata con così tanta attenzione, che quasi ne era rimasto incantato: c'era qualcosa, nel suo modo di parlare, di spostare le ciocche di capelli dal viso, di girarsi i sottili anelli d'oro sulle dita, che lo attraevano. Quasi non l'aveva sentita quando, quasi sussurrando, come se si vergognasse, lei gli aveva chiesto: "E tu, invece, perché sei qui?".

Non avrebbe voluto raccontare la sua di storia, la sua vita non gli sembrava particolarmente interessante: l'unico talento che aveva mai pensato di avere era stato soffocato dall'ambiente del piccolo paese nel quale era cresciuto, che l'aveva sempre sminuito, fino a convincerlo che di speciale lui non avesse assolutamente niente. Anche lui aveva vissuto, per un periodo della sua esistenza, di arte, seppur diversa da quella alla quale si stava dedicando lei: sua mamma gli aveva raccontato che, sin da bambino, si era sempre fermato ad ascoltare il suono di ciò che aveva attorno. Cercava, e talvolta trovava, poesia e melodia in ogni conversazione che ascoltava, nel rumore del forte vento che rovesciava i vasi sul terrazzo in autunno, nel traffico delle città che visitava con i suoi genitori: la musica l'aveva accompagnato da sempre e, in un certo senso, gli aveva salvato la vita. Quando aveva riempito la stessa macchina che adesso lo stava riportando da dove era venuto con valigie piene di vestiti e quaderni ai quali per anni si era aggrappato, contenenti parole che aveva stretto forte per non cadere, come sull'orlo di un precipizio, la sua intera famiglia era lì per salutarlo: baciò sua madre e sua nonna sulla guancia, abbracciò suo padre e quasi non riuscì a fare lo stesso con suo fratello.

Se c'era una sola persona che gli aveva dato il coraggio di fare ciò che per fin troppo tempo gli era parso impossibile, allontanarsi da quel luogo che aveva sempre detestato, era proprio suo fratello maggiore: lo guardò negli occhi, ed i ricordi di tutte le volte in cui l'aveva stretto fra le sue braccia, nei momenti più bui degli ultimi anni, riaffiorarono inevitabilmente. Sapeva che avrebbe sempre creduto in lui, sapeva di star guardando negli occhi l'unica persona sinceramente convinta del fatto che ce l'avrebbe fatta: non molto tempo prima, gli aveva detto che un giorno non avrebbe potuto fare un passo senza che qualcuno nominasse il suo nome, che qualcuno lo riconoscesse e lo ringraziasse perché la sua musica l'aveva salvato: e quel giorno lui, che non avrebbe mai smesso di supportarlo, sarebbe stato lì, a ricordargli che i sogni non sono fatti per rimanere in un cassetto.

Fu così che si conobbero: in una danza di sguardi e parole, viaggiando per mille mondi, conversando di arte e di amore in un dolce simposio che non avrebbero voluto finisse mai.

Lei era così forte, lui così fragile: ma lei avrebbe compreso il suo dolore, lui sarebbe stato forte per entrambi.

Nessuno dei due aveva una meta precisa, a quel punto: fu allora che lui le chiese di accompagnarlo, di stargli vicino nel momento in cui dopo anni avrebbe attraversato i confini del suo paese, ritornando ai momenti in cui avrebbe voluto che il terreno si aprisse sotto di lui per sparire per sempre. Lo fissò per un attimo, si girò verso il finestrino dell'auto e guardò il paesaggio scorrere sotto il suo sguardo: l'arida campagna aveva lasciato il posto ad una distesa infinita di blu profondo, così immensa e travolgente, che quasi la fece emozionare.

In fondo, pensò, non aveva niente: non c'era nessuno ad aspettarla, sotto nessun portico di nessuna casa al mondo: forse, fidarsi del ragazzo che le aveva fatto posto nella sua macchina e nella sua anima, ne sarebbe valsa la pena.

Ben presto, si accorse anche lui di aver raggiunto il mare: guidò per pochi metri, poi si fermò, scese lasciandosi dietro la portiera aperta e la invitò a fare lo stesso.

Dal ciglio della strada che percorreva la pendice della collina, sembrava che l'orizzonte potesse essere toccato con un dito: si fecero cullare entrambi dal rumore delle onde, lontano ma non abbastanza per impedire di abbandonarsi a quell'armonia di note che la mente creava quando le acque irrequiete si schiantavano contro gli scogli.

Lei guardava oltre la sottilissima linea dell'infinito, lui guardava, avrebbe guardato per sempre, il suo incantevole volto: quando se ne accorse, gli prese la mano e gliela strinse forte, per poi appoggiare la testa sulla sua spalla e ripararsi dalla brezza marina.

Forse avrebbe imparato ad amare di nuovo, e lo avrebbero fatto insieme: un musicista col cuore a pezzi ed un'artista in cerca di nuovo inizio.

Venticinque anni dopo, a luglio faceva ancora un caldo insopportabile, lei portava ancora un vestito bianco e lui una maglia blu scuro, ma qualcosa era cambiato: in effetti, di cose ne erano cambiate parecchie, dal giorno in cui tutto era iniziato.

Erano riusciti a fare dell'arte la loro vita, del mondo la loro tela, bianca, purissima, e a dipingerci sopra la loro storia d'amore, ma anche le storie di dolore, che avevano attraversato quei cinque lustri che li separavano dai due giovani ragazzi che, sognanti, osservavano il mare.

Si erano svegliati molto presto quella mattina e, senza fare rumore, si erano vestiti e preparati: avevano preso la vecchia macchina, la stessa da anni, che si ostinavano a non cambiare, ed avevano guidato fino a raggiungere il punto in cui anni prima si erano giurati, forse ancora inconsapevolmente, amore eterno.

Lei si strinse ancora una volta a lui, e le loro mani si intrecciarono: proprio come Orfeo aveva cercato di portare la sua amata, Euridice, di nuovo alla luce, distraendo gli abitanti dell'Ade con la sua musica, anche lui l'aveva salvata dalle tenebre e dall'incertezza: le aveva dato sé stesso, e lei aveva fatto lo stesso con lui.

Lo guardò ancora, poi chiuse gli occhi e promise che non l'avrebbe mai lasciato andare: lui, mentre osservava il mare, ripensò al momento in cui aveva giurato a sé stesso di proteggerla per sempre.

JULI
PAOLA MARIA FRISA
Aus dem Italienischen von Teresa Pascual Frielinghaus

Der Juli war noch nie so heiß gewesen, oder zumindest war es ihm noch nie so unerträglich vorgekommen: Er hatte immer geglaubt, dass der Sommer noch viel heißer erschien, wenn auch nur ein einziger kleiner störender Gedanke in dem entlegensten Winkel deines Kopfes dich belastet. Aber das, was er an jenem schwülen Mittwoch im Sinne hatte, war alles andere als belanglos.

Die Straße schien endlos zu sein und der Asphalt erweckte förmlich den Eindruck, als ob die Sonne ihn krümme: Es war keine Menschenseele zu sehen, kein Auto, nicht einmal eines von denen, die voller junger Leute waren, die auf dem Weg zum nächsten Strand waren, ihr durch die Hitze und des Restalkohols der letzten Nacht gedrücktes, müdes Plaudern und ihre Haare, die sich flatternd dem Willen des Windes beugten.

Selbst die Bauern schienen verschwunden zu sein und warteten auf den frühen Morgen, nur um sich bei seinem Anbruch um ihre Felder und ihre Früchte zu kümmern, die sie anschließend auf dem Wochenmarkt in der nahegelegenen Stadt verkauften.

Aber nichts: nur eine ohrenbetäubende Stille, die er befürchtete, mit seinen Gedanken füllen zu müssen.

Im Gegensatz zu den Bauern, die ihre Früchte jeden Morgen begrüßten, fürchtete er die Früchte seines Geistes: Er ließ eine Hand vom Lenkrad los, um das Telefon aus seinem Rucksack zu greifen und blieb daraufhin vor dem Tor eines scheinbar unbewohnten Hauses stehen und startete seine Playlist: genauer gesagt, ihre.

Er schloss für ein paar Sekunden die Augen, lehnte sich zurück und ließ den Kopf auf den Sitz fallen: Er hasste es, an die Momente zurückzudenken, die sie zusammen verbracht hatten, doch er tat es unwillentlich immer wieder.

Wenn er sich auch nur noch ein wenig mehr konzentriert hätte, wäre er sogar in der Lage gewesen, ihr Parfüm wieder zu riechen, sich selbst zu sehen, wie er ihre Hand hielt, sie küsste, bevor er sie gehen ließ. Er hätte sich selbst sehen können, wie er darauf wartete, dass sie sicher ins Haus kam und sie beide selbst hören können, wie sich all die geflüsterten "Ich liebe dich" in der Dunkelheit verlieren.

Doch er tat es nicht, konzentrierte sich nicht, dachte nicht und verwarf jeglichen Gedanken daran: Er ließ das Fenster herunter, um den leichten Wind, der sich zu erheben schien, hereinzulassen. Er zog das dunkelblaue T-Shirt von der jetzt verschwitzten Haut, drückte leicht das Gaspedal und fuhr vorsichtig weiter, als rechne er damit, dass jeden Moment jemand die Straße überqueren könnte.

Er fuhr einige Meilen, bis er plötzlich mitten im Nirgendwo eine verschwommene, aber unübersehbare Gestalt am Straßenrand entdeckte.

Als sie sich von ihren Eltern verabschiedet hatte, gleich nachdem sie ihnen mitgeteilt hatte, dass sie eine Reise ins Herz des Mittelmeers plante, fühlte sie sich frei: Nach dem Einsteigen in das Flugzeug schnallte sie sich sofort an, fast wie aus Angst, dass eine mysteriöse Kraft sie zurückbringen könnte, in die vier Wände, die sie nie den Mut gehabt hatte, ihr Zuhause zu nennen und sie atmete erleichtert auf.

Sie hatte auf dem ganzen Weg die Umrisse der Wolken und der Berge beobachtet, letztere fast unmerklich, versteckt unter dem weißen Dunst des Himmels, als wäre er der Schleier einer Braut, die bereit ist, dem Mann ihres Lebens ihre Hand zu reichen: sie stellte sich vor, sie könnte sie berühren, sie auf einer unendlichen Leinwand malen, jede Schattierungen von Blau, Rosa und Grün bis Gelb einfangen.

Im Grunde hatte sie immer von der Kunst gelebt: Es war eine Bestimmung, unmöglich zu unterdrücken, ihr einziger Ausweg sich wirklich frei zu fühlen. Sie dachte an den Moment zurück, als sie die Grenze zur kleinen Stadt, in der sie aufgewachsen war, hinter sich gelassen hatte: Sie würde es nie bereuen, dies getan zu haben, geschweige denn, nie zurückgekehrt zu sein.

Denn schließlich gab es dort nichts und niemanden, der sie hätte zurückhalten können. Sie hatte nie diejenigen geliebt, von denen sie ihr ganzes Leben gezwungen wurde sie "Papa" und "Mama" zu nennen, die in Wahrheit aber nur zwei Fremde waren, die sie aus dem Waisenhaus gerettet hatten, vor dem sie ausgesetzt worden war, nie geliebt. Sie würde niemals so tun können, als hätte sie ein solches Gefühl wie Liebe zu ihnen verspürt.

Und nicht, dass sie nicht stolz auf sich war und das Wunder aufgenommen worden zu sein nie zu schätzen gewusst hätte, ganz im Gegenteil: Sie hatte die Liebe, das Lieblingsobjekt und die Lebensader der Kunst, für eine so lange Zeit studiert, bis sie überzeugt gewesen war, dass sie nie etwas so Schönes und zugleich Schreckliches würde empfinden können.

So machte sie sich, dem Beispiel der Künstler folgend, die sie mehr als einmal inspiriert hatten, auf den Weg: Sie wusste, wohin sie wollte, sie wusste nicht, wie weit sie gehen würde.

Als sie in diesem ihr unbekannten Land angekommen war, hatte sie tagelang nach den Spuren der alten Zivilisationen gesucht, die es bewohnt hatten, den Spuren, die sie hinterlassen hatten: Ein überwältigendes Gefühl, eines von jenen Empfindungen, die einen direkt bis in die Seele trifft und man nichts anderes machen kann, als sich von dieser Schönheit den Atem rauben zu lassen.

Sie kam sich vor wie ein kleines Mädchen in einem Spielzeugladen zur Weihnachtszeit, das von den Lichtern hingerissen ist, vom Lachen der anderen Kinder, von den bunten Farben der Puppen, die in den Regalen stehen: Sie hatte die Hand ihrer gedankenverlorenen Mutter, die sie festhielt, losgelassen und fühlte sich unvermeidlich verloren.

Das Mädchen, das ihn aus der Ferne beobachtete, war nicht verschwunden, als er seine Sonnenbrille abnahm: Er dachte sofort daran, wie schön sie war: Ihr langes braunes Haar war sorgfältig zu zwei Zöpfen zusammengebunden, ihre grünen Augen hoben sich von ihrer leicht gebräunten Haut ab, ihr weißes Kleid, eng an der Taille, wenn auch zerknittert, schien ihr wie angenäht zu sein.

Er war zum x-ten Mal langsamer geworden, als sie sich auf die Straßenmitte zubewegte: Er hatte das Fenster heruntergelassen und gefragt, wohin sie wollte.

„Überallhin, das spielt keine Rolle", antwortete sie. Sie sprach perfekt italienisch, das war eindeutig, wenn auch mit einem leichten Akzent aus einem Land wahrscheinlich in Nordeuropa, den er in den wenigen Worten, die sie an ihn gerichtet hatte, noch nicht entziffern konnte.

Sie hatten schon einen ziemlich langen Weg zurückgelegt, als er sie wieder ansprach: Er wollte unbedingt wissen, wer sie war, aber er fragte sie nicht, wie sie hieß oder woher sie kam.

"Wie kommt es, dass Sie auch in dieser Gegend sind?" er erkannte sofort die Zweideutigkeit in seiner Frage und sie ebenfalls, hielt jedoch ein Lachen zurück, aus Angst, ihn zu beleidigen.

Er entschuldigte sich und machte die Erschöpfung und erneut die Hitze, das unbestrittene Opfer dieses Tages dafür verantwortlich. Doch sie hatte ihm geantwortet: Sie hatte ihm gesagt, dass sie von einem Moment auf den anderen das Bedürfnis verspürt hatte, etwas für sich zu tun, vielleicht sich selbst zu entdecken, sich besser kennenzulernen. Es war paradox, sie dachte oft daran: von dem Moment an, an dem der erste hohe Ton ihres neugeborenen Schreies die Stille einer Welt durchdrungen hatte, eine Welt, die sie immer wieder herausfordern würde, schien sie für die ewige Einsamkeit bestimmt zu sein, ein Zustand, an den sie in den ersten Lebensjahren gewöhnt worden war: vielleicht war das auch der Grund, warum der 'Familiensegen', wie es die freundlichen Nonnen des Instituts genannt hatten, sich als eine Last entpuppte, die sie für ihr ganze Leben zu tragen scheinen musste. Denn stattdessen fand sie sich inmitten fremder Menschen wieder, die sie dazu drängten, Kontakte zu knüpfen, zu sozialisieren, damit sie "wie die anderen Kinder" wurde. Sie hatte nur einige wenige Augenblicke allein verbracht: Es geschah nur im Sommer, als sie aus der Stadt, in der sie lebte, weggebracht wurde, um einige Wochen im Landhaus der einzigen Person ihrer Familie zu verbringen, die sie aufgenommen hatte und die sie wirklich geliebt hatte: ihre ältere Großmutter ließ sie sich in den grünen Wiesen verirren, zwischen Gänseblümchen und Mohnblumen, die sie prompt pflückte und zu einem unordentlichen Strauß zusammenband und auf den Nachttisch ihres kleinen Schlafzimmers stellte.

Nicht einmal zwei Jahre waren vergangen, seit sie sich das letzte Mal auf das noch vom Tau des frühen Morgens nasse Gras gelegt hatte:

Sie hatte am Abend zuvor vom Tod ihrer Großmutter erfahren und war die ganze Nacht gefahren, um ihr ein letztes Mal Lebewohl zu sagen. Dort angekommen, hatte sie ihren Lieblingsplatz unter der imposanten Eiche erreicht und mit Blick in den Himmel zu ihr gesprochen: sie hatte ihr versprochen, dass sie ihre Kunst nicht aufgeben würde, dass sie ihrer Natur folgen würde, anstatt dem, was das Ehepaar, das sie adoptiert hatten, sich für sie erhofften und dass sie, ihre Großmutter, eines Tages, wo auch immer sie dann war, vielleicht die einzige sein würde, die stolz auf sie sein würde.

Er hatte ihr so aufmerksam zugehört, dass er fast wie verzaubert von ihr war: es lag etwas in ihrer Art und Weise zu sprechen und wie sie die Haarsträhnen aus ihrem Gesicht strich, die dünnen Goldringe an ihren Fingern drehte, was ihn anzog. In seiner Faszination versunken hätte er sie fast nicht gehört, als sie ihn fast flüsternd, wie beschämt fragte: „Und du, warum bist du hier?"

Er wollte seine Geschichte nicht erzählen, sein Leben schien ihm nicht besonders interessant: das einzige Talent, von dem er je geglaubt hatte es zu besitzen, war von der Kleinstadt, in der er aufgewachsen war, erstickt worden, die ihn immer so herabgesetzt hatte, dass er selbst überzeugt gewesen war, dass er wahrhaftig nichts Besonderes war. Auch er hatte eine Zeit lang von der Kunst gelebt, wenn auch anders als sie: Seine Mutter hatte ihm erzählt, dass er seit seiner Kindheit immer innegehalten hatte, um den Geräuschen seiner Umgebung zu lauschen, der Poesie und Melodie in jedem Gespräch, das er hörte, dem Klang des starken Windes, der im Herbst die Vasen auf der Terrasse umstürzte, dem Verkehr der Städte, die er mit seinen Eltern besuchte: Musik hatte ihn immer begleitet und in gewisser Weise war sein Leben ihr zu verdanken, da der Sinn, den er in ihr fand ihn gerettet hatte. Als er dasselbe Auto gefüllt hatte, das ihn jetzt wegbrachte, mit dem Koffer voller Kleider und Notizbüchern, an denen er sich jahrelang geklammert hatte und die Worte enthielten, die er fest gehalten hatte, um nicht zu fallen, war seine Familie wie auf Abruf da, um ihn zu verabschieden. Er küsste seine Mutter und seine Großmutter auf die Wange, umarmte seinen Vater und versäumte es fast, dasselbe mit seinem Bruder zu tun.

Wenn es nur eine Person gab, die ihm den Mut gegeben hatte, das zu tun, was ihm zu lange unmöglich schien, den Ort zu verlassen, den er immer verabscheut hatte, dann war es sein älterer Bruder: Er sah ihm in die Augen und die Erinnerungen an all die Male, an denen er ihn in den Armen gehalten hatte, in den dunkelsten Momenten der letzten Jahre, tauchten unwillkürlich wieder auf. Er wusste, dass er immer an ihn geglaubt hatte. Er wusste, dass er in die Augen der einzigen Person schaute, die aufrichtig daran glaubte, dass er es schaffen würde: Vor nicht allzu langer Zeit hatte er ihm gesagt, dass er eines Tages keinen Schritt mehr werde machen können, ohne dass jemand seinen Namen nannte, jemand ihn erkannte und ihm danken würde, weil seine Musik ihn gerettet hatte: und, dass er, nie aufhören würde, ihn zu unterstützen und an jenem Tag da sein würde, um ihn daran zu erinnern, dass Träume nicht dazu gemacht sind, in einer Schublade zu bleiben.

So lernten sie sich kennen: in einem Tanz aus Blicken und Worten, durch tausend Welten reisend, sich in einem süßen Symposium über Kunst und Liebe unterhaltend.

Sie war so stark, er so zerbrechlich: aber sie würde seinen Schmerz verstehen, er würde für sie beide stark sein.

Keiner von beiden hatte zu diesem Zeitpunkt ein genaues Ziel: Da bat er sie, ihn zu begleiten, in seiner Nähe zu bleiben, wenn er nach Jahren die Grenzen seines Landes überquerte und zu den Momenten zurückkehrte, in denen er sich wünschte, das Land würde sich unter ihm öffnen und für immer verschwinden. Sie betrachtete ihn für einen Augenblick bis sie sich schließlich zum Autofenster drehte, und sich der Landschaft zu wandte, die unter ihrem Blick floss: Die trockene Landschaft war einer unendlichen Weite von tiefem Blau gewichen, so groß und überwältigend.

Tief in ihr wurde ihr mal wieder schmerzend bewusst, dass sie nichts hatte: Es gab niemanden, der auf der Veranda irgendeines Hauses auf der Welt auf sie wartete. Vielleicht würde es sich lohnen, dem Jungen zu vertrauen, der in seinem Auto und in seiner Seele Platz für sie gemacht hatte.

Bald merkte er, dass sie das Meer erreicht hatten: Er fuhr ein paar Meter, hielt dann an, stieg aus, ließ die Tür hinter sich für sie offen und forderte sie auf, es ihm gleichzutun.

Von der Seite der Straße aus, die am Hang des Hügels entlang führte, schien es, als könnte man den Horizont mit einem Finger berühren: Beide ließen sich vom Rauschen der Wellen verführen, weit weg, aber nicht weit genug, um sie daran zu hindern, in der Harmonie der Töne zu schwelgen, die ihr Geist erzeugte, als das unruhige Wasser gegen die Felsen krachte.

Sie schaute über die dünne Grenze der Unendlichkeit hinaus während er in ihr bezauberndes Gesicht sah, das er für immer angucken könnte. Als sie es bemerkte, nahm sie seine Hand und drückte sie fest, dann lehnte sie ihren Kopf an seine Schulter und schützte sich so vor der Meeresbrise.

Vielleicht würde er wieder lieben lernen, und sie würden es gemeinsam tun: ein Musiker mit gebrochenem Herzen und eine Künstlerin auf der Suche nach einem Neuanfang.

Fünfundzwanzig Jahre später, im Juli, war es immer noch so unerträglich heiß, sie trug immer noch ein weißes Kleid und er ein dunkelblaues Hemd, aber etwas hatte sich verändert: Tatsächlich hatte sich seit dem Tag, an dem alles begonnen hatte, eine Menge verändert.

Sie hatten es geschafft, die Kunst zu ihrem Leben zu machen, die Welt zu ihrer reinen weißen Leinwand, und darauf ihre Liebesgeschichte zu malen, aber auch die Geschichten des Schmerzes, die diese fünfundzwanzig vergangenen Jahre durchzogen hatten, durch die sie sich von den beiden jungen Menschen, die träumerisch auf das Meer geblickt hatten unterschieden.

Sie waren an diesem Morgen sehr früh aufgewacht und hatten sich geräuschlos angezogen und vorbereitet: Sie hatten das alte Auto genommen, das auch noch nach so vielen Jahren dasselbe war, und fuhren, bis sie den Punkt erreichten, an dem sie sich, vielleicht noch unwissentlich die ewige Liebe geschworen hatten.

Sie klammerte sich wieder an ihn, und ihre Hände verschränkten sich: So wie Orpheus versucht hatte, seine Geliebte Eurydike wieder ans Licht zu bringen und die Bewohner des Hades mit seiner Musik abzulenken, er hatte sich ihr hingegeben und sie hatte dasselbe mit ihm gemacht.

Sie sah ihn noch einmal an, schloss dann die Augen und versprach, ihn niemals gehen zu lassen: Er dachte beim Beobachten des Meeres an den Moment zurück, an dem er sich geschworen hatte, sie für immer zu beschützen.

SCHWEIGEN IST NICHT IMMER NUR GOLD
JOLEEN CHEYENNE ERHARD

Die Sonne stand hoch am Himmel. Wieder einmal erfreute sie jegliche Gesichter, die zu ihr aufschauten. Es war ein warmer Herbsttag gewesen, als das wohl Schlimmste passierte, was die Sonne sich vorstellen konnte. Ihr Licht, ihr Strahlen, ihre Freude verschwand mit einem Mal, als sie ihn sah. Mit einer anderen an seiner Seite.

Es war noch nicht lange her, als ein kleiner Stern zu ihr kam und ihr von einem Mann erzählte, denn sie so schrecklich gut fand. Die Sonne freute sich für die neu gewonnene kleine Freundin und lauschte den Geschichten, die der Stern mit einem unwiderstehlichem Lächeln auf den Lippen erzählte.

Die Sonne war sehr gespannt darauf endlich den Freund des Sternes anzutreffen. Wer war wohl der geheime Prinz, der sie auf einem Ross abholen und ins Schloss bringen würde? Auch, wenn sie ihn nicht kannte, hatte sie eine gewisse Vorstellung von ihm. Er musste ein echter Mann sein. Die Geschichten, die der kleine Stern von ihm erzählte, waren atemberaubend.

Sie erzählte der Sonne einmal von einer Nacht, in der ihr Prinz mit seinem Lächeln wohl die ganze Welt zum Staunen brachte. Er hatte vor einem riesigen Publikum gespielt und alle schienen begeistert gewesen zu sein. Die Nächte waren keinesfalls vor dem sogenannten ‚Schatten der Nacht' sicher. Er stand wohl ständig auf der Bühne und wollte die halbe Welt verzaubern.

Ach, dachte sich die Sonne. Wie gerne wäre sie so einem Helden begegnet. Doch leider war ihr Herz bereits an jemanden vergeben, welcher keine Ahnung von Gefühlen hatte. Ein jemand, der nicht fähig war zu lieben, zumindest konnte das jeder annehmen, wenn man ihn genauer betrachtete. Doch die Sonne sah darin kein Problem. Sie wollte ihm ihr Strahlen schenken und ihn lehren zu lieben, sie zu lieben. Sie war fest davon überzeugt einen Weg zu finden, dass beide glücklich miteinander leben konnten und ihr Happy-End erlebten.

Der Tag war nun endlich gekommen. Es war immer noch ziemlich warm, aber kälter als die Tage zuvor. Die Sonne würde nun den

Freund von einer nun guten Freundin kennenlernen. Sie war aufgeregt und konnte es gar nicht mehr abwarten. Dabei würde sie nur einen Mann kennenlernen, der in einer noch sehr frischen Beziehung mit dem Stern war. Alleine die Vorstellung brachte der Sonne ein Lächeln ins Gesicht. Sie freute sich sehr für ihre kleine Freundin.

Die drei hatten sich zum Eis essen verabredet, da der Stern Eis über alles liebte. Es war ein Café, in welchem jede durchschnittliche Person gerne essen gehen würde. Es schien sehr rustikal zu sein und das Sternchen verliebte sich sogleich in diesen Ort. Jenes nicht nur, weil sie hier ihren Traummann zum ersten Mal getroffen, sondern weil sie eine Leidenschaft für Design hatte.

Als sie durch die Tür gingen und der Stern sich schon über beide Ohren freute, stockte der Sonne auf einmal der Atem. War das möglich? Sie konnte sich kaum fassen; wollte am Liebsten losschreien; fühlte sich, als würde sie gleich in Ohnmacht fallen. Vor ihr, an dem Tisch, den sie reserviert hatten, saß der Mond! Der Mond, den sie doch so sehr liebte. Vor den Augen aller Cafébesucher verlor die Sonne augenblicklich ihr Licht. Ihr Strahlen verschwand und ihre Welt verdunkelte sich. Das vor kurzem noch unglaublich schöne Wetter verwandelte sich in einen tobenden Sturm, vor dem niemand sicher sein würde. Sie sah schwarz vor ihren Augen. Sie hörte, wie ihr Herz in tausend kleine Stücke zerbrach, keine Hoffnung, dass diese Stücke je wieder zusammenfinden würden.

Ohne es zu bemerken, blieb sie im Türrahmen stehen und starrte ihren Helden an, welcher im Begriff war den kleinen Stern zu umarmen. Die Sonne war bewegungsunfähig. Immer nur konnte sie die beiden, die sich so glücklich anlächelten, anschauen, in der Hoffnung aus einem Traum zu erwachen und alles zu vergessen.

Sie war der Situation vollkommen ausgeliefert. Sie konnte dem Stern nicht mehr absagen, da sie schon vor Ort waren. Und obwohl sie so gerne diesen Ort des Schreckens verlassen würde, brachte sie sich dazu zu bleiben. Wer konnte es ihr verübeln? Sie fühlte sich betrogen, bloßgestellt und hintergangen. Der Mann, mit dem sie eine Zukunft geplant hatte; der Mann, der in ihren Träumen erschien, hatte eine andere gefunden. Ein Mädchen, einen wahrhaften Stern, mit dem sie befreundet war. Das konnte nur ein schlechter Witz sein. Wie konnte ausgerechnet ihr so etwas passieren? Der Mond in den Geschichten des Sternes klang ganz anders, viel mutiger als der Mond, den die Sonne kannte.

Hatte der Mond sich nach all den Jahren wirklich so sehr verändert? Hatte er seine Träume wahr werden lassen? Konnte er nun wirklich eine echte Beziehung eingehen, ohne davor weglaufen zu wollen? Die Sonne musste sich zusammenreißen. Sie bemerkte, wie sich ihre Augen mit Tränen füllten, doch sie musste nun stark bleiben. Es war nicht fair gegenüber des Sternes und auch nicht gegenüber des Mondes. Wenn er nun wirklich jemanden gefunden hatte, jemanden, der ihn glücklich machte, dann musste sie es akzeptieren.

Doch so sehr sie es auch wollte, sie konnte es nicht. Immer zu schwirrten Erinnerungen in ihrem Kopf umher. Aus der Ferne hatte sie den Mond oft betrachtet. Auch hatte sie ein paar Mal mit ihm gesprochen, doch sich eine lange Zeit nicht getraut ihn anzusprechen. Und als es dann endlich geschah, wurde daraus eine entfernte Freundschaft, über die nie gesprochen wurde. Immer nur war sie die Unbekannte für ihn gewesen. Die Unbekannte, die ihn verstand, wie niemand sonst. Aber das hatte die Sonne nie gestört. All diese kleinen Momente waren ihr genug gewesen. Seine Anwesenheit, seine Nähe waren genug gewesen.

Ihr Strahlen konnte sie nicht wieder zurückgewinnen und dennoch gab sie ihr Bestes, um den Tag zu überstehen. Nach einer Ewigkeit bewegte sie sich in Richtung des Tisches, wo der Stern und der Mond gemütlich saßen und sich schon unterhielten. Sie setze sich zu dem Stern und grüßte die beiden. Die Augen von Mond und Sonne begegneten sich. Es war einer dieser Momente, die man nie im Leben vergessen würde. Es herrschte eine Art Bindung zwischen den Beiden, wie sie noch nie zuvor gesehen wurde. Doch der Moment dauerte nicht lange an. Sieben Sekunden später, die Aufmerksamkeit auf den Stern gerichtet, führten der Mond und der Stern das Gespräch fort, ohne jegliche Rücksicht auf die Sonne.

Viele Besucher wunderten sich über den derartigen Wetterwechsel, kaum einer verstand, was hier vor sich ging. Doch, die wohl verwirrteste Person, war die Sonne gewesen. Denn nun müsse sie sich, wann immer sie den Stern und den Mond traf, verstellen und auf die Zunge beißen, um ihr kleines Geheimnis nicht preiszugeben.

Die zwei Stunden, die sie da alle gemeinsam saßen, fühlten sich wie ein gesamtes Jahr an. Die Sonne sagte kaum etwas, aus Angst, etwas falsches zu sagen. Teilweise nickte sie und lächelte, wenn der Mond von seinen lustigen Abenteuern berichtete. Doch auch die zwei Stunden vergingen und sie verabschiedeten sich von einander. Beiden gab der Mond eine Umarmung, wobei die Umarmung der Sonne länger andauerte.

Er wusste, dass die Sonne sich unwohl fühlte und hielt sie trotzdem in seinen Armen. Er selbst erinnerte sich an die gemeinsamen Zeiten, er hatte nur nichts gesagt. Es war ihm ähnlich ergangen, wie ihr. Er wollte die Sonne festhalten und nicht loslassen. Doch es war zu spät. Das wusste er.

Die Sonne genoss ein letztes Mal die Nähe ihres Helden und ging davon. Jetzt, wo sie keiner sah, dort, wo sie niemanden kannte, begann sie zu weinen. Sie weinte bitterlich, voller Schmerz und klagte. Sie musste mehrmals nach Luft schnappen, um nicht an ihren roten Tränen zu ersticken.

Und wann immer sich die Sonne hinter ihren Wolken versteckt, weint sie in ihre Kissen aus Luft, darüber nachdenkend, was gewesen wäre, wenn sie nicht geschwiegen hätte.

IL TACERE NON È SEMPRE SOLTANTO ORO

JOLEEN CHEYENNE ERHARD
Traduzione di Susanna Perini

Il Sole era alto nel cielo. Ancora una volta si compiaceva per i molti volti che lo contemplavano. Era stata una calda giornata autunnale, quando accadde il peggio. La sua luce, la sua radiazione e la sua gioia scomparvero tutti in una volta, non appena lo vide. Con un'altra al suo fianco.

Non era passato molto tempo, che una piccola stella gli si fece vicino e iniziò a parlargli di una certa persona –che trovò terribilmente interessante. Il Sole si compiacque della sua nuova piccola amica e ascoltava con interesse la storia che la stella gli stava raccontando, con un sorriso irresistibile sulle labbra.

Il Sole, dopo un po', era incuriosito di conoscere questo amico della stellina. Chi era questo misterioso principe, che l'avrebbe prelevato con il suo destriero e condotto nel suo castello? Non lo conosceva, ma aveva un'idea ben precisa di come potesse essere. Doveva essere un vero uomo. Le storie che la stella gli aveva raccontato erano sensazionali.

Una volta, la stella gli aveva raccontato di una notte in cui il suo principe aveva meravigliato il mondo intero solo con il suo sorriso. Si era esibito di fronte ad una folla gremitissima e tutti parevano entusiasti. Le notti non erano in nessun modo sicure dalla cosiddetta "Ombra della Notte". Dominava continuamente il palco, smanioso di impressionare mezzo mondo.

Ahimè! Pensò il Sole. Quanto gli sarebbe piaciuto incontrare un simile eroe. Purtroppo, però, il suo cuore era già votato a qualcuno che non conosceva i sentimenti. Qualcuno che –chiunque l'avesse conosciuto da vicino avrebbe potuto definirlo totalmente incapace di amare. Tuttavia, il Sole non riteneva questo affatto un problema. Voleva donargli il suo splendore, voleva insegnargli ad amare –ad amare lui. Era fermamente deciso a trovare una soluzione che potesse accontentare entrambi, per cui potessero entrambi vivere felici insieme e realizzare il loro lieto fine.

Il giorno dell'incontro era finalmente arrivato. Faceva ancora abbastanza caldo, ma era più freddo dei giorni precedenti. Il Sole avrebbe adesso conosciuto il compagno di quella che era diventata una sua buona amica. Si sentiva eccitato e non vedeva l'ora di incontrarlo. Intanto, avrebbe avrebbe fatto la conoscenza soltanto di un uomo che aveva da poco iniziato una relazione con la stella. Già solo immaginare la cosa gli fece nascere un sorriso sul volto; Il Sole era contento per la sua piccola amica.

I tre si accordarono per andare a mangiare insieme un gelato, siccome la stellina amava il gelato sopra ogni altra cosa. Si trattava di un locale in cui ogni persona comune avrebbe voluto recarsi e mangiare. Il posto era molto minimalista molto minimalista e la stellina si innamorò immediatamente del luogo. Non soltanto perché qui aveva incontrato per la prima volta la persona della sua vita, ma anche perché aveva un debole per gli arredamenti di quel tipo.

Appena ebbero varcato la soglia, la stella era felice ogni oltre immaginazione, ma al Sole si mozzò il fiato. Poteva essere possibile? Non riusciva a capacitarsi; avrebbe voluto urlare; gli sembrava di essere sul punto di svenire. Davanti a lui, al tavolo che avevano riservato, sedeva la Luna! La Luna, che lui amava così tanto. Davanti agli occhi dei commensali, il Sole perse tutta la sua luce in meno di un istante. Il suo bagliore scomparve e tutto il suo mondo si rabbuiò. Il bel tempo, splendido fino a pochi istanti prima, si trasformò in una violenta tempesta davanti a cui nessuno era al sicuro. Improvvisamente vide tutto nero. Percepì chiaramente il suo cuore frantumarsi in mille pezzi, consapevole che mai più si sarebbe aggiustato.

Senza rendersene conto, rimase ritto sulla soglia e squadrò il suo idolo, che era in procinto di abbracciare la piccola stella. Il Sole era incapace di reagire. L'unica cosa che poteva fare era stare lì, a guardare i due che si sorridevano –così felici-, sperando di svegliarsi da quell'incubo e di dimenticare ogni cosa.

Era completamente in balia della situazione. Non poteva nemmeno ritrattare con la stella, dal momento che erano ormai arrivati. E, sebbene volesse allontanarsi da questo terribile luogo, si costrinse e convinse a restare. Come biasimarlo? Si sentiva ingannato, esposto e tradito. La persona con cui aveva pianificato il suo futuro –la persona che appariva nei suoi sogni- aveva trovato un'altra persona. Una ragazza, una stella in carne ed ossa, di cui era diventata amica. Poteva essere solo un brutto scherzo. Come poteva succedere proprio a lui una cosa del genere? La Luna nelle storie della stella era ben diversa –molto più audace- della Luna che conosceva il Sole.

La Luna era dunque cambiata così tanto dopo tutti questi anni? Aveva realizzato i suoi sogni? Poteva davvero impegnarsi in una relazione duratura senza sentire il desiderio di scappare? Il Sole dovette riprendersi. Si rese conto che i suoi occhi si stavano colmando di lacrime, ma adesso doveva solo dimostrarsi forte. Non era giusto né nei confronti della stella e nemmeno nei confronti della Luna. Se la Luna aveva veramente incontrato qualcuno che la rendesse felice, allora il Sole avrebbe dovuto accettarlo.

Ma, per quanto lo volesse, il Sole non ci riusciva. I ricordi gli ronzavano sempre nella testa. Aveva spesso osservato la Luna, da lontano. Le aveva anche parlato, un paio di volte, ma per molto tempo non aveva osato rivolgerle la parola. E, quando alla fine successe, il loro rapporto si era trasformato in una relazione a distanza, rispetto al quale non si erano mai confrontati. Lui, per lei, era sempre rimasto un estraneo. Uno sconosciuto che la capiva come nessun altro. Ma questo non aveva mai turbato il Sole. Si era fatto bastare tutti quei piccoli momenti. Si era fatto bastare la sua presenza, la sua vicinanza.

Non riusciva a far riaffiorare il suo bagliore, nonostante facesse del suo meglio per affrontare la giornata. Dopo un tempo infinito si mosse in direzione del tavolo, dove la stella e la Luna erano sedute comodamente e facevano conversazione. Si accomodò accanto alla stella e salutò entrambi. Gli occhi della Luna e del Sole si incrociarono. Fu uno di quei momenti che non si scordano nella vita. C'era una sorta di legame, tra loro, che non si era mai visto prima. Tuttavia il momento non durò a lungo. Sette secondi più tardi, riportata l'attenzione sulla stella, la stella e la Luna ripresero la loro conversazione senza il minimo riguardo per il Sole.

Molti ospiti del locale rimasero stupiti dal repentino cambio climatico; quasi nessuno comprese cosa stava succedendo. Anzi, la persona più confusa era proprio il Sole. Perché ora, ogni volta che avrebbe incontrato la stella e la Luna, avrebbe dovuto regolarsi e mordersi la lingua per non rivelare il suo piccolo segreto.

Le due orette che trascorsero assieme sembrarono durare un anno intero. Il Sole non proferì quasi parola, per paura di dire qualcosa di sbagliato. Di tanto in tanto annuiva e sorrideva, mentre la Luna narrava delle sue divertenti avventure. Tuttavia anche le due ore trascorsero e i tre si salutarono. La Luna diede un abbraccio ad entrambi, però l'abbraccio al Sole durò più a lungo. Era consapevole che il Sole si sentisse a disagio ma lo trattenne comunque tra le sue braccia. La Luna stessa ricordava i momenti che avevano trascorso insieme, solo non ne aveva parlato. Al Sole era successo lo stesso. La Luna avrebbe voluto trattenere il Sole e non lasciarlo andare. Ma era troppo tardi. Ne era consapevole.

Il Sole si godette un'ultima volta la vicinanza del suo idolo e poi se ne andò. Ora che nessuno lo vedeva, dove nessuno lo conosceva, scoppiò in lacrime. Pianse amaramente, colmo di dolore, e si lamentò. Dovette più volte prendere fiato, per per non soffocare nelle sue lacrime rosse.

E ogni qual volta il Sole si nasconde dietro le nuvole, piange nei suoi cuscini d'aria, pensando a cosa sarebbe potuto succedere se non avesse taciuto.

IL FABBRICANTE DI STORIE
SUSANNA PERINI

In una zona di campagna ai piedi delle montagne non è considerato insolito trovare la casa sperduta di qualche cacciatore o pescatore di fiume sporadico, lo è trovare una locanda di un commerciante.

L'edificio, di legno scuro con profonde venature rosse brunastre, era una caratteristica casetta di montagna a due piani, che ricordava un po' un cottage d'altri tempi, con il suo portico il legno e le tegole del tetto dagli angoli smussati.

Un'unica peculiarità la distingueva dalle classiche abitazioni inglesi: ovunque si posasse lo sguardo di chi la osservava, ondeggiavano nel vento dei rocchetti di filo. Ce n'erano di tutti i colori, tutti di varie lunghezze e spessori: fili blu, fili arancio, rocchetti in legno e in metallo argentato. Erano appesi ovunque, alle finestre e ad ogni porta. In ogni fessura tra due assi di legno, era fissata l'estremità di un filo.

L'ingannevole cottage era abitato da una figura assai curiosa: un uomo di mezza età con grandi occhi color nocciola e capelli neri da tagliare, seduto al tavolo con un puntaspilli accanto. Le sue mani ossute ed allo stesso tempo abili lasciavano intravedere un ditale dorato all'estremità dell'indice. L'uomo era un l'ultimo artigiano del suo genere rimasto a perpetrare la singolare ed unica tradizione del luogo. Lui non intesseva elaborate stoffe o preziosi ricami, né cuciva abiti eleganti destinati all'alta società: lui fabbricava storie. Storie di tutti i generi: dal lieto fine, dal gran finale, storie d'amore e storie dal finale non proprio lieto. Il fabbricante pensava che esistesse un filo per ogni creatura, e di conseguenza una storia per qualunque vita... proprio per questo li teneva a disposizione di chiunque volesse prendere uno, purché fosse uno soltanto.

In una fresca sera di fine inverno, proprio mente la neve sui fili d'erba si stava trasformando in rugiada, il sommesso cantare del fabbricante fu interrotto da alcuni suoni ovattati: qualcuno bussava alla sua porta come la primavera nascente.

Si trattava di una donna con indosso un abito costituito interamente di fiori freschi: delicate rose bianche erano intrecciate a piccole margheritine gialle, in mezzo a cui spuntavano piccole viole e vellutati non-ti-scordar-di-me. Il profumo inebriante che ne derivava accompagnava deliziosamente la donna dai ricci ambrati, che le coprivano gran parte del viso giovane mentre indugiava sulla soglia scura. L'uomo invitò la donna misteriosa ad entrare, offrendole una sistemazione per la notte e, nel caso in cui avesse declinato, un cavallo per procedere più sicura e più in fretta; la donna, tuttavia, rifiutò cordialmente.

I due si guardarono negli occhi per dei lunghi minuti, comunicando in una lingua solo loro, e che nessuno avrebbe mai capito... perché il cuore non conosce parole o gesti, ma solo il suono di note calde e la trama di un mantello fatto di stelle.

"Raccontami una storia." Mentre parlava, la donna aveva preso tra le dita un rocchetto argentato e adesso porgeva al suo ospite l'estremità di un filo rosso, talmente brillante da far invidia ad un caldo tramonto in giugno.

Il fabbricante cominciò ad intrecciare il filo che si snodava dalle dita della donna di fronte a lui, intessendo la storia più bella che avesse mai ideato.

"Molti anni prima che il mondo venisse generato, nelle profondità delle fucine del Sole, esisteva la Fortuna. Nata dalla nebulosa di una supernova, teneva le redini del Destino, srotolando i fili dai loro rocchetti, intrecciandoli tra loro per divertimento.

"L'attività preferita da Fortuna era passeggiare: ogni giorno si avventurava in un differente meandro dell'universo che lei stessa aveva contribuito a creare, compiacendosi della magnificenza dell'Universo. Giorno dopo giorno, vagando senza una meta precisa, trovò un pianeta sorprendentemente ospitale per delle forme di vita.

"Dopo che ebbe scelto un albero con centinaia di foglie appese ai suoi rami nodosi, staccò una foglia e la tenne sospesa sul palmo della mano, mentre vi trasferiva una piccolissima parte di sé. Dopo che con un soffio lo ebbe trasportato sulla Terra, andò via, lasciando quel frammento della sua anima a vegliare sul destino di ciò che sarebbe venuto in seguito." Il narratore si era fermato per qualche secondo, estasiato dall'espressione serena e sognante della sua ospite, poi prese un respiro un po' incerto e proseguì. "Dopo un bel po' di tempo, il seguito che tanto era stato agognato arrivò, e con esso il bocciolo di un fiore. Era una nota inedita: una creatura tanto delicata in un ambiente ancora inospitale per l'ingenuità di un fiore; eppure, a discapito delle aspettative di Fortuna, il tenero bocciolo si rivelò essere più tenace del previsto. Tuttavia, da quella gemma colorata di speranza non nacque mai un fiore: qualcosa di ancora più nobile e brillante sbocciò in quell'alba rosa pallido. Una sottile brezza calda accarezzava i capelli morbidi della bambina che se ne stava inginocchiata su quella terra infeconda, più bella di qualsiasi fiore... il modo in cui sembrava essere a proprio agio in quella sterile realtà era sorprendente: emanava un profumo fresco e gentile, mentre instillava il seme prosperoso della speranza; gli occhi chiusi in un'espressione assorta, concentrata e in pace allo stesso tempo.

Una zaffata d'aria trasparente come un mattino di maggio inondò il piccolo corpo celeste del suo messaggio dal fresco profumo, diffondendo nell'aria un silenzio carico di sogni; l'atmosfera era alleggerita dal suono leggero delle note dell'universo, frizzante di desideri inespressi, delicati come bolle di sapone sul pelo dell'acqua."

La donna vestita di fiori ascoltava la storia di quel mondo con espressione assorta, quella di una persona con troppi ricordi per aver vissuto una vita sola. Il fabbricante concluse il suo racconto con la stessa delicatezza di un petalo che si poggia sull'erba soffice di un vasto prato incontaminato.

"...e, proprio come bolle di sapone, quei desideri esplosero nell'aria, colorando quella mattina limpida dei vivaci colori della Primavera."

Come il narratore aveva pronunciato l'ultima parola, la figura accanto a lui riaprì gli occhi lentamente, concedendosi tutto il tempo per staccarsi dalla storia che aveva appena sentito: grandi e penetranti, le sue iridi brillavano della stessa sfumatura di uno smeraldo al sole e fecero tornare in mente all'uomo quello stesso bocciolo, sbocciato in mezzo alle asperità del suo mondo immaginario. D'improvviso, il fabbricante di storie fu pervaso da una sensazione di estranea consapevolezza: forse, quel fiore non era esistito solo su quel filo ancora teso tra le sue dita. Sulle labbra della donna misteriosa sbocciò un sorriso cauto, splendente come il primo raggio di sole in una giornata di pioggia. Adesso tra le mani del tessitore di storie si ergeva in tutto il suo splendore un ingenuo bocciolo, carico di speranza e desiderio quanto di tenacia e forza di volontà. Quando la donna lo prese tra le dita, questo tremò un poco, quasi fosse carico di un'energia nuova e potente; si avvicinò poi al suo narratore, posandogli un bacio dolce e fresco sulle labbra. Il fabbricante di storie si sentì di colpo rinascere, quasi come se un fiore stesse sbocciando nelle profondità della sua anima, subito accanto al battito del suo cuore.

Fuori dalla finestra, erano passate placidamente le ore notturne, estraniando quelle due figure dallo scorrere del tempo e lasciandole ferme in un momento ai confini dello spazio e del tempo. Erano due elementi così differenti, belli come una stella nascente, persi nello spazio di una storia, confinati alla durata di un respiro... eppure così simili, preziosi come quella gemma tardiva che sboccia dopo le altre ma che, alla fine, si rivela essere la più bella.

Quasi fossero stati petali dei fiori nel vento, le loro dita si cercavano caute nell'atmosfera di quell'alba argentata, carica di tutti i desideri inespressi.

Quando finalmente le loro mani si toccarono, ogni tensione scomparì in quella febbrile alba, dissolvendosi come granelli di cenere in mezzo ad un manto di stelle. Con la Luna testimone, la Fortuna intrecciava le strade dei due, intrecciando i loro destini con un morbido filato rosso e si diceva disposta a proteggerli a qualsiasi costo. Sotto la stessa coperta di stelle, l'inaspettata donna dal profumo di primavera e il suo ospite s'incamminavano a passo di danza verso un futuro plausibile soltanto nello spazio compresso tra le loro anime, totalmente incapaci di sottrarsi a quell'inebriante sensazione di benessere. Nella profumata atmosfera di quel mattino più mite dei precedenti, sbocciava il fiore più bello e, al tempo stesso, il fragile di tutti, mentre un filo suggellava l'unione del fabbricante di storie con la donna vestita di fiori.

Così, in quel primo mattino di primavera, nasceva un nuovo e inaspettato amore, con la stessa intensità e delicatezza con cui sboccia un fiore.

DER GESCHICHTENERZÄHLER
SUSANNA PERINI
Aus dem Italienischen von Joleen Cheyenne Erhard

In einer ländlichen Gegend am Fuße der Berge wäre es nicht ungewöhnlich das Haus eines Jägers oder eines Fischer an solch einem Ort zu finden. Dennoch ist keines dieser beiden Gebäude in Sicht. Nur das Gasthaus eines Händlers.

Das Gebäude, aus dunklem Holz mit dunkelroten Adern gebaut, war ein typisches zweistöckiges Berghaus, das mit seinem hölzernen Vorbau ein wenig an eine altmodische Hütte erinnerte. Es gab nur eine Besonderheit, die es von den klassischen englischen Häusern unterschied: Wohin man auch blickte, bewegten sich Garnspulen im Wind.

Es gab Spulen in allen Farben und in verschiedenen Längen: blauer Draht, orangefarbener Draht, Holz- und silberne Metallspulen. Sie wurden überall aufgehängt, in den Fenstern und an jeder Tür. In jeder Lücke zwischen zwei Holzbrettern wurde das Ende eines Drahtes befestigt.

Das Haus wurde von einer sehr seltsamen Gestalt bewohnt: einem Mann mittleren Alters mit großen haselnussbraunen Augen und tiefschwarzem Haar, der an einem Tisch saß und ein Nadelkissen neben sich hatte. Seine groben, aber geschickten Hände zeigten einen goldenen Fingerhut am Ende seines Zeigefingers.

Der Mann war der letzte verbliebene Handwerker seiner Art, der die einzigartige lokale Tradition aufrechterhielt. Er webte weder aufwändige Stoffe noch kostbare Stickereien, noch nähte er elegante Kleidung für die gehobene Gesellschaft. Er schrieb mit den Garnspulen Geschichten aller Art:

Geschichten mit glücklichem Ende, Erfolgsgeschichten, Liebesgeschichten und Geschichten, die trauriger nicht hätten sein können. Dieser Mann war der Meinung, dass es für jedes Lebewesen einen Faden und somit für jedes Leben eine Geschichte gab. Deshalb stellte er sie jedem zur Verfügung, der einen Faden nehmen wollte.

An einem kühlen Winterabend, als sich der Schnee auf den Grashalmen gerade in Tau verwandelte, wurde der sanfte Gesang des Mannes durch ein paar dumpfe Geräusche unterbrochen: Jemand klopfte an der Tür.

Es war eine Frau, die ein Kleid trug, das ganz aus frischen Blumen bestand: zarte, weiße Rosen waren mit kleinen gelben Gänseblümchen verflochten, in deren Mitte wuchsen kleine Veilchen und Vergissmeinnicht. Der berauschende Duft der Blumen begleitete die Frau mit den bernsteinfarbenen Locken, die den größten Teil ihres jungen Gesichts bedeckten. Der Mann lud die geheimnisvolle Frau ein, hereinzukommen, und bot ihr einen Platz für die Nacht und, falls sie ablehnte, ein Pferd an, um sicherer und schneller voranzukommen; die Frau lehnte jedoch herzlich ab. Die beiden schauten sich lange Minuten in die Augen und kommunizierten in einer Sprache, die nur sie verstehen konnten, mithilfe der Sprache des Herzens.

"Erzähl mir eine Geschichte." Während sie sprach, hatte die Frau eine silberne Spule zwischen ihren Fingern hervorgeholt und hielt ihrem Gegenüber das Ende eines roten Fadens hin, der so hell leuchtete, dass ihn ein Sonnenuntergang im Juni beneiden würde. Der Geschichtenerzähler begann, den Faden aus den Fingern der Frau vor ihm zu weben und erzählte die schönste Geschichte, die er sich je ausgedacht hatte: "Viele Jahre vor der Erschaffung der Welt, gab es Fortuna. Sie wurde aus dem Nebel einer Supernova geboren und hielt die Zügel des Schicksals in der Hand, indem sie die Fäden von ihren Spulen abwickelte und sie miteinander verwebte.

Fortunas Lieblingsbeschäftigung war das Wandern: Jeden Tag wagte sie sich in einen anderen Teil des Universums, den sie miterschaffen hatte, und erfreute sich an der Pracht des Universums. Tag für Tag wanderte sie ziellos umher und fand einen Planeten, der überraschend gastfreundlich für Lebensformen war.

Nachdem sie sich einen Baum ausgesucht hatte, an dessen knorrigen Ästen Hunderte von Blättern hingen, pflückte sie eins dieser Blätter, eine Tochter, und hielt es in ihrer Handfläche, während sie einen ganz kleinen Teil von sich selbst in sie hineinlegte. Nachdem sie es mit einem Atemzug auf die Erde gebracht hatte, ging sie fort und ließ dieses Fragment ihrer Seele zurück, um über das Schicksal dessen zu wachen."

Der Erzähler hielt einige Sekunden lang inne, hingerissen von dem heiteren und verträumten Gesichtsausdruck seines Gastes, dann holte er etwas unsicher Luft und fuhr fort.

"Mit der Zeit begann eine Blütenknospe sich zu bilden. Es war ein so zartes Geschöpf, geboren in einer Umgebung, die für die Naivität einer Blume noch unwirtlich war; doch entgegen Fortunas Erwartungen erwies sich die zarte Knospe als hartnäckiger als erwartet. Aus dieser hoffnungsvollen Knospe wuchs nie eine Blume: Etwas noch Edleres erblühte in der Morgendämmerung. Eine zarte warme Brise streichelte das weiche, rosafarbene Haar des kleinen Mädchens, das in der kargen Erde kniete, schöner als jede Blume. Die Art und Weise, wie sie sich in dieser einsamen Realität wohlzufühlen schien, war erstaunlich: Sie verströmte einen frischen und sanften Duft und flößte gleichzeitig die blühende Saat der Hoffnung ein."

Die Augen der Frau schlossen sich zu einem nachdenklichen Ausdruck, konzentriert und ruhig zugleich.

„Ein Lufthauch, so klar wie ein Maimorgen, überflutete den kleinen Himmelskörper mit seiner Botschaft und verbreitete eine traumhafte Stille in der Luft; die Atmosphäre wurde durch den leichten Klang der Töne des Universums erhellt, die vor unausgesprochenen Wünschen funkelte, so zart wie Seifenblasen auf der Wasseroberfläche."

Die mit Blumen gekleidete Frau hörte der Geschichte dieser Welt mit einem versunkenen Ausdruck zu, dem eines Menschen, der zu viele Erinnerungen hatte, um nur ein Leben gelebt zu haben. Der Erzähler beendete seine Geschichte mit der gleichen Zartheit wie ein Blütenblatt, das auf dem weichen Gras einer weiten, unberührten Wiese ruhte.

"und wie Seifenblasen zerplatzten diese Wünsche in der Luft und färbten diesen klaren Morgen mit den leuchtenden Farben des Frühlings."

Als der Erzähler sein letztes Wort gesprochen hatte, öffnete die Frau neben ihm langsam wieder die Augen und ließ sich Zeit, sich von der soeben gehörten Geschichte zu lösen: Groß und durchdringend leuchteten ihre Augen mit demselben Farbton eines Smaragdes in der Sonne und brachten dem Mann dieselbe Knospe zurück, die inmitten der Härte seiner imaginären Welt erblüht war.

Plötzlich wurde der Erzähler von einem Gefühl der Fremdheit durchdrungen: Vielleicht hatte diese Blume nicht nur auf dem Faden existiert, der noch zwischen seinen Fingern gespannt war. Ein vorsichtiges Lächeln erblühte auf den Lippen der geheimnisvollen Frau, so hell wie der erste Sonnenstrahl an einem regnerischen Tag. In den Händen des Geschichtenwebers erblühte eine naive Knospe in ihrer ganzen Pracht, voller Hoffnung und Sehnsucht, aber auch voller Zähigkeit und Willensstärke. Als die Frau seine Hand nahm, zitterte er ein wenig, als wäre er mit einer neuen und starken Energie aufgeladen.

Dann näherte sie sich dem Geschichtenerzähler und drückte ihm einen süßen und frischen Kuss auf die Lippen. Der Erzähler fühlte sich plötzlich wie neugeboren, als würde eine Blume in der Tiefe seiner Seele erblühen, direkt neben dem Schlag seines Herzens.

Während vor dem Fenster die Nachtstunden ruhig verliefen, hatten die beiden Gestalten sich dem Lauf der Zeit entzogen. Sie waren zwei so unterschiedliche Lebewesen, verloren im Raum einer Geschichte, beschränkt auf die Dauer eines Atems und doch so ähnlich, so kostbar wie die späte Knospe, die als letztes erblühte und sich dennoch am Ende als die Schönste erweist.

Als wären sie Blütenblätter im Wind, tasteten sich ihre Finger vorsichtig in der Atmosphäre dieser silbernen Morgendämmerung voller unausgesprochener Sehnsüchte aneinander heran. Als sich ihre Hände schließlich berührten, löste sich alle Spannung auf. Mit dem Mond als Zeuge webte Fortuna die Wege der beiden, verknüpfte ihre Schicksale mit einem weichen roten Faden und war bereit, diese beiden, um jeden Preis zu schützen. Unter demselben Sternenhimmel tanzten die unerwartete Frau mit dem Frühlingsduft und ihr Geschichtenerzähler, welcher es liebte zu weben, einer Zukunft entgegen, die nur in dem Raum zwischen ihren Seelen denkbar war, völlig unfähig, sich dem berauschenden Gefühl des Wohlbefindens zu entziehen. In der duftenden Atmosphäre dieses milden Morgens erblühte die schönste und zugleich zerbrechlichste Blume und ein Faden, welcher die Verbindung zwischen dem Geschichtenerzähler und der mit Blumen gekleideten Frau besiegelte. So wurde an diesem Frühlingsmorgen eine neue und unerwartete Liebe geboren, mit der gleichen Absicht und Zartheit, mit der eine Blume blüht.

FLORA VON DEUTSCHLAND

JAGNA M. SCHEERER

Hinter Nataniel fiel die Autotür laut zu. „Nataniel! Wie oft muss ich dir sagen, dass du aufzuhören sollst, Türen zuzuschlagen!", ermahnte ihre Mutter sie, während sie in der Tasche nach ihrem handlichen Desinfektionsgel kramte. Nataniel murmelte nur ein leises: „'Tschuligung..." und zog die Augenbrauen mit einem Augenrollen nach oben, sobald ihre Mutter sich von ihr abwandte, um der Klinik entgegenzueilen.

„Mama, wie lange dauert das jetzt?"

„Schatz, das habe ich dir schon gesagt; ich weiß es nicht, okay? Ein, zwei Stündchen."

Wenn Erwachsene Wörter wie 'Stündchen', oder 'Minütchen ' benutzen, dann bedeutet das immer; sie wissen dass es länger dauert. So dachte Nataniel und nahm ihrer Mutter das Desinfektionszeug ab, um sich selbst die Hände damit einzureiben.

Mit einem Zungenschnalzen fuhr ihre Mutter fort: „Es tut mir leid, dass du mitkommen musstest, es war nun mal die einzige Lösung!"

„Ich hätte einfach bei Oma bleiben können?", widersetzte Nataniel, deren aufgerissene Fingernagelhäute wegen dem Desinfektionsmittel mit scharfem Schmerz pulsierten.

„Wir werden nicht wieder darüber diskutieren! Deine Oma hat gerade genug Sorgen mit ihrem Hund und Covid."

'Ha, Covid.' Das sagen die, die so intellektuell wirken wollen, und nicht wie jeder andere Mensch einfach Corona sagen möchten, fand Nataniel.

„Aber-'', setzte sie an.

„Aber gar nichts! Hier. Maske aufsetzen.", seufzte ihre Mutter und hielt die Tür zum Personaleingang offen.

Mit einem Schnauben zog sich Nataniel die nach Essig stinkende FFP2-Maske über die Nase und folgte ihrer Mutter durch die Gänge der Klinik. Sie konnte sich nicht mehr daran erinnern, wie es war, ohne Abstand, Masken und den beißenden Geruch von Desinfektionsmittel in der Nase irgendeinen Ort zu betreten.

Ihre Freunde sah sie nur noch selten, entweder über Videochats, in denen jeder lieber auf die Kamerafunktion verzichtete, oder alle paar Monate mal, wenn entschieden wurde, dass die Inzidenzzahlen tief genug waren. Allerdings hielt diese Regellockerung dann meistens auch nur eine Woche, bevor es wieder 'Risikogebiet' hieß, und man zurück zum Versauern in seinem Zimmer gehen konnte.

„Also, wie gesagt. Ich weiß wirklich nicht, wie lange das jetzt dauern wird. Du bleibst am besten sitzen und wartest, bis ich fertig bin. Sei niemandem im Weg, und wenn jemand fragt, sagst du, dass du auf mich wartest, okay? ", erklärte sie Nataniel, als wenn diese eines dieser Elternteile aus der Notaufnahme wäre, die nichts verstehen, weil sie zu sehr darüber geschockt sind, dass drei Tropfen Blut aus der Schürfwunde, die sich ihr vierjähriges Kind beim Laufradfahren zugezogen hat, kamen.

Nachdem sie den Weg vom Personaleingang, der mindestens doppelt so lange dauerte wie der vom Haupteingang, den alle anderen benutzten, zur Station ihrer Mutter gemacht hatten, ließ Nataniel sich auf einen Sessel fallen, der blau und mit komischen gelben Spiralen und orangen Dreiecken gemustert war.

„Mhm. Ja, ja.", sie nickte ihrer Mutter zu, die durch ihre Haare wuschelte und bestimmt gerade dieses 'mütterliche Lächeln' unter der Maske auf dem Gesicht hatte, das Eltern immer dann benutzen, wenn ihnen angeblich gerade jemand ganz besonders leid täte, es sie aber eigentlich nicht wirklich interessiert, und sie nur schnell über ein Thema hinwegwollen.

Mit einem „Bis gleich, Schatz" beeilte sich ihre Mutter, den Gang hinunterzulaufen, der sie dahin führen würde, wo auch immer sie um sieben Uhr abends so dringend gebraucht wurde.

'Sieht aus wie in der S-Bahn', dachte Nataniel, die nichts Besseres zu tun hatte, als weiter ihre Sitzgelegenheit zu betrachten. 'Haben sie bestimmt schon seit der DDR hier stehen, bestimmt super steril auch'.

Nachdem es ihr zu langweilig wurde, den vorbeigehenden Patienten Namen und Berufe zu geben, beschloss Nataniel, sich vielleicht nicht ganz an die Worte der Mutter zu halten. 'Wenn jemand fragt, sag ich, dass ich 's Klo such`, vereinbarte sie mit sich selbst, und begann einer älteren Dame auf Krücken zu folgen, die Nataniel Annemarie von Köping getauft hatte.

Annemarie von Köping hatte eine ungleiche Glatze, die ihren Kopf wie einen Mond aussehen ließ, und sie trug eine grässliche grüne Krankenhausschürze, die mit lila Rosen besprenkelt war.

`Die ist bestimmt auch seit der DDR schon hier drin`, schätzte Nataniel.

Plötzlich blieb Annemarie von Köping stehen und drehte sich so schnell um, wie es ihr ihre Krücken erlaubten; also ziemlich langsam.

„Hast du dich verlaufen, junger Mann?", fragte sie Nataniel und schielte ihr durch eine für ihr Gesicht viel zu kleine, gelb umrahmte Brille ins Gesicht.

„Kinderstation ist im sechsten Stock", äußerte sich Annemarie von Köping.

Nataniel räusperte sich, zum einen, um den Eindruck einer tieferen Stimme zu vermitteln, sie war vor einiger Zeit zu dem Schluss gekommen, dass alte Leute einem nichts glaubten, wenn sie nicht von Anfang an derselben Ansicht sind. Da konnte man sagen, was man wollte; die Senioren würden einen für frech erklären, sobald man widersprach.

„Tut mir leid, da muss ich im falschen Stockwerk ausgestiegen sein! Danke für die Auskunft."

„Hör mal, bist du überhaupt ein Kind?"

Nataniel beschloss, ihr in allem recht zu geben.

„Jaja, aber natürlich."

„Ja, ich glaube, die sollten dich noch 'n Weilchen hier behalten. Da is was mit deiner Stimme nicht ganz richtig."

Annemarie von Köping machte eine undeutbare Duckbewegung und begann ihre Fingerknöchel zu massieren.

„Wirklich komisch, die Kinder hier. Hat doch vorhin schon dieses Madl gefragt, wo ich mein schönes Kleid her hab. Nirgends gibt's das, selbstgemacht."

Ohne zu wissen, wie sie darauf antworten sollte, nickte Nataniel ganz eifrig, wobei ihr Nacken wie die hervorstehenden Knöchel der Seniorin knackste.

„Ist ein wirklich schönes Kleid, das sie da haben, wirklich!"

„Kind, ich hab für diesen Unfug jetzt keine Zeit, ich muss zur Bingogruppe. Sprich mit wem anderen über deinen Modegeschmack, ich find mein' Kittel abscheulich."

„Ah", war alles, das Nataniel darauf sagen konnte, denn Annemarie von Köping humpelte bereits mit ihren ungleich hohen Krücken davon.

'Wenn ich mal Bingo in nem Krankenhaus spiel, dann werd ich alle meine Klamotten, die ich nicht mag, verbrennen. Ich lauf nich so rum, Annemarie, und lass mich von Kindern blöd anquatschen, nee, nee, vielen Dank auch', schrieb sie sich dann auf einen mentalen Denkzettel, während sie drei Stufen auf einmal nehmend die Treppe in den sechsten Stock nahm. Aufzüge riefen bei ihr aus irgendwelchen Gründen Panik hervor: 'einfach nicht genug Platz'.

Obwohl sie erst vergeblich versuchte, eine Tür aufzuziehen, gelang es Nataniel dann irgendwann doch, die Kinderstation zu betreten, indem sie einfach tat, worauf der kleine rote Aufkleber neben der Türklinke riet: Push.

Doch schon nach fünf Schritten in dem mit Bildern und schlechter Dekoration ausgestatteten Korridor wurde Nataniel wieder für jemand anderen gehalten.

„Tanja, Tanja, die Cousine von Zimmer 14 ist da!", rief eine Krankenschwester mit pinken Zöpfen, die aus dem Nichts neben Nataniel aufgetaucht war.

„Schick sie gleich rüber, lang darf die eh nicht bleiben, sonst gibt's wieder Stress von oben!", antwortete eine noch höhere Stimme aus einem der Zimmer mit Tierbildchen an der Tür.

„Da vorne, die Tür mit dem Elefanten ist's, gell. Aber du, nimm nich deine Maske ab, ja?", wies die Schwester mit den pinken Haaren sie an.

„Danke", brachte Nataniel hervor, die nicht daran dachte, die Schwester auf ihr Missverständnis hinzuweisen. Ihr blieb also keine andere Wahl als Zimmer 14 zu betreten.

Der Elefant sah von Nahem noch kitschiger aus als von Nataniels vorherigem Standpunkt aus. Mit einem rosa-gelb gestreiften Partyhütchen auf dem Kopf und blutroten Wangen lächelte der Dickhäuter mit einem blumenbestückten Rüssel dem Betrachter in die Seele.

Nataniel klopfte zweimal an die Tür, wo auf dem Elefantenposter der Schädel war, und fragte sich dabei, was für ein Kind da wohl hinter der Tür residierte, als auch schon ein genervtes „Herein" aus dem Raum kam.

„Du bist kein Kind", stellte Nataniel fest, als sie die Tür hinter sich schloss neben dem kleinen, türlosen Bad unentschlossen stehenblieb.

„Ach was. Und du bist nicht meine Cousine", erwiderte das Mädchen, das vor dem Fenster in einem Rollstuhl saß und anscheinend gerade noch ein Buch gelesen hatte.

Sie hatte kurze schwarze Locken und dunkle mandelförmige Augen, die von unglaublich vielen Sommersprossen umrahmt waren. Sie trug einen hellblauen Oversize-Pullover, der über weißen Tennisshorts endete. Ihre Socken gingen ihr fast bis zu den Knien und rosa und mit kleinen lila Blümchen verziert waren

„Deine Socken."

„Meine Socken?"

„Die sehen aus wie das Kleid von Annemarie von Köping."

„Wer?"

„Die wohnt hier irgendwo."

Für einen Moment waren beide still und musterten sich gegenseitig.

„Meinst du die Käsekopf-Frau?", fragt das fremde Mädchen schließlich.

„Mondkopf eher. Ja."

„Findest du's schön? Das Muster?"

„Jeder wie er meint."

Das Mädchen legte den Kopf schief und verkündete, dass sie das Muster wirklich hässlich finde.

Nataniel erwiderte, das Annemarie von Köping das genauso sehe.

„Nimm deine Maske ab", verlangte das Mädchen.

„Die soll ich zu deinem Schutz tragen."

„Bin doch schon krank, was soll da noch ein bisschen Keim dies, Keim das ausmachen."

Nataniel nahm die Maske ab. Sie hatte sich frische Luft ersehnt, aber in dem Zimmer roch es genauso steril wie unter der Maske.

„Wie heißt du?"

„Nataniel."

„Rea."

Rea dreht sich weg, schaute aus dem Fenster, von wo aus man den Krankenhausgarten sehen konnte, und erzählte, dass sie seit drei Jahren nichts Anderes gesehen hätte.

„Was?"

„Wie, was?"

„Du hast seit drei Jahren nur den sterilen Garten da gesehen?"

Mit den Schultern zuckend wandte Rea sich wieder Nataniel zu.

„Jap. Und es hat sich seit drei Jahren kein Blatt verändert. Und ich kann nicht mal rausgehen, um irgendwas Interessantes zu machen"

Die zwei Mädchen sahen sich erneut stumm an, aber diesmal begann sich eine Idee in Nataniel zu formen.

„Soll ich dich hier mal rausholen?"

„Was?"

„Willst du, dass ich dich mal mit rausnehme?"

Rea zog erst ihre Augenbrauen zusammen, dann grinste sie.

„Irgendein Fremder bietet mir an, mich spazieren zu fahren! Da sagt man nicht nein, das wär unhöflich."

Das brachte Nataniel zum Lachen, und sie fragte Rea, ob sie Schuhe hätte, welche zurückfragte, ob es aussähe, als ob sie welche brauche, und somit hatte sich das Thema geklärt.

Einen Spalt breit öffnete Nataniel die Tür, um zu sehen ob eine Krankenschwester in der Nähe sei. Zu ihrem Glück schien keine da zu sein, und so ergriff Nataniel sowohl die Initiative als auch Reas Rollstuhl und schob sie so schnell wie möglich in den Aufzug.

Sie erklärte Rea, dass sie ins Erdgeschoss fahren müsse, wo Nataniel dann auf sie warten würde.

Auf die Frage, warum sie denn nicht einfach mit in dem Aufzug fahre, antwortete sie, dass sie Aufzüge nicht ausstehen könne, und Treppen seien ihre Alternative zum ausfallenden Sportunterricht.

Diesmal sprang sie immer gleich fünf Stufen auf einmal hinunter, und als sie unter Keuchen sechs Stockwerke weiter unten ankam, wartete Rea auf sie.

„Du bist langsam", sagte sie nur mit einem Grinsen, und schob sich selbst an Nataniel vorbei auf den Ausgang zu.

Das Glück spielte ihnen in die Hände, da auch im Erdgeschoss gerade nicht viel Personal zu sein schien. `Kaffeepause und Wechsel zur Nachtschicht wahrscheinlich`, spekulierte Nataniel, als sie und Rea sich hinter eine Wand ins menschenleere Wartezimmer, welches auch mit den S-Bahn-Sesseln ausgestattet war, retteten, um den Blicken einer vorbeieilenden Schwester zu entgehen.

Kaum hatten sie das große Gebäude verlassen, drängte Rea Nataniel dazu, sie so schnell wie möglich irgendwohin zu fahren, wo es schön war, und so kam es, dass wenige Minuten später zwei Teenager sich alleine in einer Einkaufsstraße wiederfanden. Es war März, und so war es schon recht dunkel. Licht kam von den Schaufenstern und den vereinzelten, mit Stickern und Kaugummis beklebten Laternen.

Man hörte das leise Echo von Nataniels Schuhen, ihr Atem, der - obwohl Nataniel es als nicht sonderlich kalt empfand - Wölkchen bildete, der leichte Wind, der hin und wieder zwei, drei Blätter über das Pflaster fegte, sanfte Klaviermusik, die aus irgendeinem offenen Fenster drang, und im Hintergrund ein stetiges leises Rattern, das Reas Rollstuhl verursachte.

Ohne zu sprechen, fuhren sie an beleuchteten und unbeleuchteten Schaufenstern vorbei, an Geschäften, an deren Scheiben noch die `Ausverkauf`-Aufkleber klebten, die so viele wegen der Pleite anbringen mussten. Sie passierten Blumenkästen, die einmal liebevoll versorgt und ein andermal verwahrlost und vergessen aussahen.

Mit einem Handzeichen bedeutete sie Nataniel, stehen zu bleiben, und lehnte sich über einen solchen Blumenkasten, um zwei zierliche Krokusblüten aus der Erde zu zupfen.

„Da. Eine für dich", sie reichte Nataniel eine Blüte mit einem Lächeln, „und eine für mich."

Ab und zu zeigte Rea dann auf einen Kram und schüttelte den Kopf oder nickte, und Nataniel würde dann bekräftigend noch einmal mit ihrem eigenen Kopf dasselbe nachmachen, auch wenn sie manchmal gar nicht wusste, was ihre neue Bekanntschaft gerade erblickt hatte.

Irgendwann, als sich Nataniel neben Rea auf eine Bank setzte und sie zusammen ein beleuchtetes Wasserspiel betrachteten, das sie ganz für sich alleine hatten, fragte Rea, ob es immer so leer dort sei.

„Nein. Eigentlich nicht. Ich glaub die meisten Geschäfte machen erst um acht zu."

„Wie viel Uhr ist es denn?"

Beide Mädchen kramten ihre Smartphones hervor und hielten sie sich gegenseitig unter die Nase:

„20 Uhr 42", stellten sie zur gleichen Zeit fest und mussten lachen.

„Und da sind die ne halbe Stunde nach Schluss alle schon weg? Was ist mit den Restaurants?"

„Grad ist gar nix. Wegen Corona. Alles hat zu, man kann nichts mehr machen."

Rea nickte verständnisvoll.

Unangekündigt riss sie dann Nataniel das Handy aus der Hand, und bevor diese protestieren konnte, verkündete Rea, dass Nataniel jetzt ihre Nummer bekommen würde und sie gefälligst häufiger aus dem Krankenhaus holen sollte.

Nataniel musste lachen, das würde sicher kein Umstand für sie sein. Tatsächlich freute sie sich, einen Anlass zu haben, wieder an die frische Luft zu gehen. Da sie seit Monaten hauptsächlich in ihrem Zimmer herumsaß und nicht viel von der Außenwelt mitbekam.

Plötzlich ergriff Rea Nataniels Flanellärmel, was Nataniel fast dazu brachte, die Krokusblüte fallen zu lassen, mir der ihre Finger gespielt hatten, und flüsterte: „Guck mal!"

Als sich Nataniel in die Richtung drehte, in die Rea mit großen Augen schaute, erkannte sie eine Silhouette im Schatten einer anderen Parkbank.

„Ich liebe Katzen…", vertraute Rea ihr an.

Nataniel schaute Rea kurz an, machte ihren Ärmel dann von Reas Hand los, steckte die Blume mit dem Stängel hinter ein Ohr und näherte sich mit einem „pss,pss,pss" der Katze. Der Vierbeiner stellte sich als ein sehr zutrauliches Kerlchen heraus, und bald schon trug Nataniel den weichen Fellballen zu ihrer neuen Freundin zurück.

Vorsichtig, als wäre die Katze aus Glas, nahm Rea das Tier aus Nataniels Armen und begann sie unterm Kinn zu kraulen.

„Ich habe noch nie eine Katze gestreichelt", wisperte sie: „Hab sie immer nur in Videos und Bildern gesehen. Meine Familie mochte keine Tiere…"

Nataniel schaute in ihr Gesicht, dessen Wangen und Nase begannen, rot wegen der Abendkälte anzulaufen, und sie musste darüber lächeln, wie schön es war, einen Menschen so glücklich zu sehen, und zu wissen, dass man zu diesem Glück beigetragen hatte.

„Jetzt hast du eine Katze", wisperte Nataniel zurück, „wie nennst du sie?"

„Soph."

Rea schmunzelte. Sie schaute auf: „Das Buch das ich vorher gelesen habe. Die Hauptperson heißt Sophie. Ich mag das Buch, es erklärt mir die Welt, ohne dass ich meine Beine benutzen muss, um es nachvollziehen zu können."

Die zwei Mädchen saßen noch eine Weile dort und hörten Soph beim Schnurren zu, bis sie genug hatte und in den Schatten einer Seitengasse verschwand.

Es war ein Zeichen, zurückzugehen.

Sie hatten nicht gemerkt, dass die Klaviermusik verstummt war, jetzt war es seltsam ruhig ohne die sanften Töne, die sie unterbewusst genossen hatten.

„Wie lange waren wir weg?", überlegte Rea, als sie schon fast zurück am Krankenhaus waren.

„Es ist jetzt viertel nach neun", antwortete Nataniel, die ihr Handy gezückt hatte.

„Glaubst du, sie haben bemerkt, dass ich fehle?"

„Weiß nicht."

„Wenn doch, sag ich, dass ich Bauchweh hatte und eine Schwester gesucht hab."

„Ha, klar."

Sie lachten, und Rea sagte Nataniel an der Aufzugtür, dass sie sie nicht ins Zimmer begleiten müsse, weil sie dort wahrscheinlich von ihrer echte Cousine bereits erwartet wurde. Sie winkten sich noch einmal zu, bevor die Aufzugtür ihre Sicht versperrte und beide Mädchen ihren eigenen Weg gingen. Oder fuhren.

„Es tut mir so leid, Schätzchen, es hat ein wenig länger gedauert!", erklärte Nataniels Mutter, als sie von ihrer plötzlichen Nachtschicht zurückkam und ihre Tochter friedlich unter ihrer Maske dösend auf dem S-Bahn-Sessel, auf dem sie sie zuletzt gesehen hatte, wieder vorfand.

„War dir sehr langweilig?", erkundigte sie sich mit dem Mutterblick, als sie Nataniel von ihrem Sessel hochzog.

„Nee", antwortete Nataniel, hielt die kleine Krokusblüte fest in ihrer Hand und drehte ihren Kopf, sodass ihre Mutter nicht das weite Lächeln, das auf ihrem Gesicht saß, an ihren Augen erkennen konnte: „War eigentlich ganz okay."

FLORA DELLA GERMANIA
JAGNA M. SCHEERER
Traduzione di Sara Novembre

Dietro Nataniel, la porta dell'auto sbatté forte. "Nataniel! Quante volte devo dirti di smetterla di sbattere le porte!" la ammonì sua madre mentre cercava nella borsa il suo pratico gel disinfettante. Nataniel mormorò solo un sommesso: "Scusa..." e alzò le sopracciglia alzando gli occhi non appena sua madre si allontanò da lei per affrettarsi verso la clinica.

"Mamma, quanto tempo ci vorrà?"

"Tesoro, te l'ho già detto; non lo so, ok? Un'oretta o due".

Quando gli adulti usano parole come 'oretta' o 'minutino', significa sempre che sanno che ci vorrà più tempo. Così pensò Nataniel e prese il disinfettante da sua madre per strofinarlo sulle proprie mani.

Con uno schiocco di lingua, sua madre continuò: "Mi dispiace che tu sia dovuta venire, era l'unica soluzione!".

"Potevo restare con la nonna!" ribatté Nataniel, con le pellicine delle unghie strappate che pulsavano di dolore acuto a causa del disinfettante.

"Non ne parleremo più! Tua nonna ha già abbastanza di cui preoccuparsi con il suo cane e il Covid".

"Ah, Covid." Questo è quello che dicono quelli che vogliono sembrare così intellettuali e non dire semplicemente Corona come qualsiasi altra persona", ha pensato Nataniel.

"Ma...", ha aggiunto lei.

"Ma niente di niente! Qui. Mettiti la mascherina", sospirò sua madre e aprì la porta dell'ingresso di servizio.

Con uno sbuffo, Nataniel si tirò su la mascherina FFP2 dall'odore di aceto sul naso e seguì sua madre attraverso i corridoi della clinica. Non riusciva a ricordare com'era entrare in qualsiasi posto senza distanza, mascherine e l'odore acre di disinfettante nel naso.

Vedeva raramente i suoi amici, o tramite video chat, dove tutti preferivano non usare la funzione della videocamera, o una volta ogni pochi mesi, quando si decideva che i numeri di incidenza erano abbastanza bassi. Tuttavia, questo allentamento delle regole durava di solito solo una settimana prima che fosse di nuovo "zona a rischio" e si potesse tornare a indugiare nella propria stanza.

"Beh, come ho detto. Non so davvero quanto tempo ci vorrà. La cosa migliore che puoi fare è sederti e aspettare che io abbia finito. Non essere d'intralcio a nessuno, e se qualcuno te lo chiede, di' che mi stai aspettando, ok? ", ha spiegato a Nataniel come se fosse uno di quei genitori del pronto soccorso che non capiscono niente perché sono troppo scioccati dal fatto che tre gocce di sangue siano uscite dall'escoriazione che il loro bambino di quattro anni si è procurato mentre andava in bicicletta di corsa.

Dopo aver fatto il tragitto dall'ingresso del personale, che richiedeva almeno il doppio del tempo rispetto a quello dell'ingresso principale che tutti gli altri usavano, fino al reparto di sua madre, Nataniel si lasciò cadere su una poltrona blu decorata con strane spirali gialle e triangoli arancioni.

"Mhm. Sì, sì", annuì a sua madre, che si stava arruffando i capelli e probabilmente aveva quel "sorriso materno" sotto la mascherina sul viso che i genitori usano sempre quando si suppone che si sentano particolarmente dispiaciuti per qualcuno, ma non gli importa davvero e vogliono solo superare rapidamente un argomento.

Con un "A presto, tesoro", sua madre si affrettò lungo il corridoio che l'avrebbe portata dove c'era così disperatamente bisogno di lei alle sette di sera.

'Sembra la ferrovia urbana', pensò Nataniel, che non aveva niente di meglio da fare che continuare a guardare quel posto. Devono averlo qui dai tempi della DDR, e deve essere anche super sterile.

Dopo essersi annoiata di dare nomi e occupazioni ai pazienti che passavano, Nataniel decise forse di non seguire del tutto le parole di sua madre. "Se qualcuno me lo chiede, dirò che sto cercando il bagno", concordò con se stessa, e cominciò a seguire un'anziana signora con le stampelle che Nataniel battezzò come Annemarie von Köping.

Annemarie von Köping aveva una testa calva irregolare che la faceva sembrare una luna, e indossava un orribile grembiule verde da ospedale cosparso di rose viola.

„Sono sicuro che anche lei è qui dentro dai tempi della DDR", indovinò Nataniel.

Improvvisamente, Annemarie von Köping si fermò e si girò alla velocità che le sue stampelle le consentivano; in altre parole, abbastanza lentamente.

"Ti sei perso, giovanotto?" chiese a Nataniel, strizzando l'occhio attraverso gli occhiali con la montatura gialla troppo piccola per il suo viso.

"Il reparto dei bambini è al sesto piano", ha commentato Annemarie von Köping.

Nataniel si schiarì la gola, tanto per dare l'impressione di una voce più profonda; era giunta da tempo alla conclusione che i vecchi non credevano a niente di quello che dicevi se non condividevano la stessa opinione fin dall'inizio. Potevi dire quello che volevi; gli anziani ti chiamavano insolente non appena li contraddicevi.

"Scusate, devo essere sceso al piano sbagliato! Grazie per l'informazione".

"Senti, ma sei almeno un bambino?".

Nataniel ha deciso di essere d'accordo con lei su tutto.

"Sì sì, ma certo".

"Sì, penso che dovrebbero tenerti qui per un po'. C'è qualcosa che non va nella tua voce".

Annemarie von Köping fece un movimento indistinto di abbassamento e cominciò a massaggiarsi le nocche.

"Davvero divertenti, i bambini qui. Questa ragazza mi ha chiesto prima dove ho preso il mio bellissimo vestito. Non si trova da nessuna parte, è fatto a mano".

Non sapendo come rispondere, Nataniel annuì abbastanza avidamente, il suo collo si incrinò come le nocche sporgenti dell'anziana.

"È davvero un bel vestito quello che hanno lì, davvero!"

"Bambino, non ho tempo per queste sciocchezze ora, devo andare al gruppo di bingo. Parla con qualcun altro del tuo senso della moda, penso che il mio camice sia orribile".

"Ah." fu tutto quello che Nataniel poté dire in risposta, perché Annemarie von Köping stava già zoppicando via con le sue stampelle irregolari. "Se dovessi mai giocare a bingo in un ospedale, brucerei tutti i vestiti che non mi piacciono. Non vado in giro così, Annemarie, e lascio che i bambini mi parlino in modo stupido, no, no, grazie mille", scrisse su un taccuino mentale mentre prendeva le scale del sesto piano, facendo tre passi alla volta. Gli ascensori le causavano il panico per qualche motivo: "non c'è abbastanza spazio".

Anche se all'inizio cercò invano di aprire una porta, Nataniel alla fine riuscì ad entrare nel reparto pediatrico facendo semplicemente ciò che consigliava l'adesivo rosso accanto alla maniglia della porta: spingere.

Ma dopo solo cinque passi nel corridoio fiancheggiato da quadri e povere decorazioni, Nataniel fu di nuovo scambiata per qualcun altro.

"Tanja, Tanja, la cugina della stanza 14 è qui!" gridò un'infermiera con i codini rosa che era apparsa dal nulla accanto a Nataniel.

"Mandatela subito, tanto non può restare a lungo, altrimenti ci sarà di nuovo lo stress del piano di sopra!" rispose una voce ancora più alta da una delle stanze con immagini di animali sulla porta.

"Quella è la porta con l'elefante, giusto? Ma tu, non toglierti la maschera, ok?", le ha detto la sorella con i capelli rosa.

"Grazie", disse Nataniel, non pensando di far notare il suo malinteso all'infermiera. Quindi non aveva altra scelta che entrare nella stanza 14.

L'elefante sembrava ancora più carino da vicino che dal precedente punto di vista di Nataniel. Con un cappello da festa a strisce rosa e gialle in testa e guance rosso sangue, il pachiderma dalla proboscide fiorita sorrideva all'anima dello spettatore.

Nataniel bussò due volte alla porta dove c'era il teschio sul poster dell'elefante, chiedendosi che tipo di bambino risiedesse dietro la porta, quando un seccato "Entra" venne dalla stanza.

"Non sei un bambino", osservò Nataniel mentre si chiudeva la porta alle spalle, in piedi irresolutamente accanto al piccolo bagno senza porta.

"No merda. E tu non sei mia cugina", rispose la ragazza che era seduta su una sedia a rotelle davanti alla finestra e aveva apparentemente appena finito di leggere un libro.

Aveva corti riccioli neri e scuri occhi a mandorla incorniciati da un incredibile numero di lentiggini. Indossava un maglione blu chiaro oversize che finiva su pantaloncini da tennis bianchi. Le sue calze rosa arrivavano quasi alle ginocchia ed erano decorate con piccoli fiori viola.

"I tuoi calzini."

"I miei calzini?"

"Sembrano il vestito di Annemarie von Köping".

"Chi?"

"Vive qui intorno da qualche parte".

Per un momento rimasero entrambi in silenzio e si guardarono l'un l'altro.

"Intendi la donna con la testa di formaggio?" chiede finalmente la strana ragazza.

"Testa di luna, piuttosto . Sì".

"Pensi che sia bella? La fantasia?"

"A ciascuno il suo".

La ragazza inclinò la testa e annunciò che trovava il disegno davvero brutto.

Nataniel rispose che Annemarie von Köping la vedeva allo stesso modo.

"Togliti la mascherina", chiese la ragazza.

"Dovrei indossarla per la tua protezione".

"Sono già malata, cosa importa un germe qui, un germe là".

Nataniel si è tolta la mascherina. Aveva desiderato l'aria fresca, ma la stanza aveva lo stesso odore sterile che c'era sotto la mascherina.

"Come ti chiami?"

"Nataniel".

"Rea".

Rea si voltò, guardò fuori dalla finestra da dove si poteva vedere il giardino dell'ospedale, e le disse che non aveva visto altro per tre anni.

"Cosa?"

"Come cosa?"

"Tutto quello che hai visto per tre anni è quel giardino sterile lì?"

Scrollando le spalle, Rea si voltò verso Nataniel.

"Sì. E non ha cambiato una foglia in tre anni. E non posso nemmeno uscire a fare qualcosa di interessante".

Le due ragazze si guardarono di nuovo in silenzio, ma questa volta un'idea cominciò a formarsi in Nataniel.

"Vuoi che ti porti fuori di qui?"

"Cosa?"

"Vuoi che ti porti fuori qualche volta?"

Rea ha prima aggrottato le sopracciglia, poi ha sorriso.

"Uno sconosciuto si offre di portarmi a fare una passeggiata! Non si dice di no, sarebbe scortese".

Questo ha fatto ridere Nataniel che ha chiesto a Rea se avesse delle scarpe, lei ha risposto se sembrava che ne avesse bisogno, e questo ha risolto la questione.

Nataniel aprì la porta di uno spiraglio per vedere se c'era un'infermiera nelle vicinanze. Fortunatamente per lei, non sembrava essercene una, così Nataniel prese sia l'iniziativa che la sedia a rotelle di Rea e la spinse nell'ascensore il più velocemente possibile.

Ha spiegato a Rea che doveva andare al piano terra, dove Nataniel l'avrebbe aspettata.

Quando le è stato chiesto perché non ha semplicemente preso l'ascensore, ha risposto che non sopportava gli ascensori e le scale erano la sua alternativa per saltare la lezione di ginnastica.

Questa volta saltò giù per cinque scale alla volta, e quando raggiunse i sei piani più in basso, ansimando, Rea la stava aspettando.

"Sei lenta", disse solo con un sorriso, spingendosi oltre Nataniel verso l'uscita.

La fortuna ha giocato a loro favore, dato che al momento non sembrava esserci molto personale al piano terra. "Pausa caffè e passaggio al turno di notte probabilmente", ipotizzò Nataniel mentre lei e Rea si rifugiavano dietro un muro nella sala d'attesa deserta, arredata anche con le sedie della ferrovia urbana, per evitare lo sguardo di un'infermiera di passaggio.

Non appena lasciarono il grande edificio, Rea sollecitò Nataniel a portarla in un posto carino il più presto possibile, e così accadde che pochi minuti dopo le due adolescenti si trovarono sole in una strada commerciale. Era marzo, quindi era già abbastanza buio. La luce proveniva dalle vetrine dei negozi e dalle occasionali lanterne coperte di adesivi e gomme da masticare.

Si poteva sentire l'eco soffice delle scarpe di Nataniel, il suo respiro, che - sebbene Nataniel non trovasse particolarmente freddo - formava piccole nuvole, il vento leggero che di tanto in tanto spazzava due o tre foglie sull'acciottolato, una morbida musica di pianoforte che proveniva da qualche finestra aperta, e in sottofondo un costante e morbido sferragliare causato dalla sedia a rotelle di Rea.

Senza parlare, passarono davanti a vetrine illuminate e non, negozi con gli adesivi "vendita libera" ancora attaccati alle loro vetrine che molti hanno dovuto mettere a causa della bancarotta. Sono passati davanti a fioriere che sembravano amorevolmente curate in un momento e trascurate e dimenticate in un altro.

Con un segnale della mano, disse a Nataniel di fermarsi e si chinò su una di queste fioriere per cogliere da terra due delicati fiori di croco.

"Ecco. Uno per te", porse a Nataniel un fiore con un sorriso, "e uno per me".

Di tanto in tanto, Rea indicava alcune cose e scuoteva la testa o annuiva, e Nataniel faceva lo stesso con la propria testa, anche se a volte non sapeva nemmeno cosa la sua nuova conoscenza avesse appena intravisto.

A un certo punto, quando Nataniel si sedette accanto a Rea su una panchina e insieme guardarono uno specchio d'acqua illuminato che avevano tutto per loro, Rea chiese se lì era sempre così vuoto.

"No. Non proprio. Credo che la maggior parte dei negozi non chiuda prima delle otto".

"Che ora è?"

Entrambe le ragazze hanno tirato fuori i loro smartphone e li hanno tenuti sotto il naso dell'altra:

"20.42", notarono allo stesso tempo e dovettero ridere.

"E se ne sono andati tutti mezz'ora dopo l'orario di chiusura? E i ristoranti?"

"E' tutto normale a causa del Corona. Tutto è chiuso, non si può fare nulla. "

Rea annuì in segno di comprensione.

Senza preavviso, ha poi strappato il cellulare dalle mani di Nataniel e prima che lei potesse protestare, Rea ha annunciato che Nataniel ora avrebbe avuto il suo numero e avrebbe dovuto portarla fuori dall'ospedale più spesso.

Nataniel dovette ridere, questa non sarebbe stata certamente una circostanza per lei. In effetti, era contenta di avere una ragione per uscire di nuovo all'aria aperta. Dato che era stata principalmente seduta nella sua stanza per mesi e non aveva notato molto del mondo esterno.

Improvvisamente Rea afferrò la manica di flanella di Nataniel, facendo quasi cadere il fiore di croco con cui le sue dita stavano giocando, e sussurrò: "Guarda!"

Quando Nataniel si voltò nella direzione in cui guardava Rea con gli occhi spalancati, riconobbe una sagoma all'ombra di un'altra panchina del parco.

"Amo i gatti...", le confidò Rea.

Nataniel guardò brevemente Rea, poi si tolse la mano di Rea dalla manica, infilò il fiore con lo stelo dietro un orecchio e si avvicinò al gatto con un "pss,pss,pss". L'amico a quattro zampe si è rivelato un piccolo compagno molto fiducioso e presto Nataniel stava portando la morbida palla di pelo alla sua nuova amica.

Con attenzione, come se il gatto fosse fatto di vetro, Rea prese l'animale dalle braccia di Nataniel e cominciò a graffiarlo sotto il mento.

"Non ho mai accarezzato un gatto", ha sussurrato, "Li ho solo visti in video e in foto. La mia famiglia non amava gli animali..."

Nataniel guardò il suo viso, le cui guance e il naso cominciavano a diventare rossi a causa del freddo della sera, e dovette sorridere a quanto fosse bello vedere qualcuno così felice, e sapere che tu avevi contribuito a quella felicità.

"Ora hai un gatto", sussurrò Nataniel, "come lo chiami?".

"Soph. "

Rea ha sorriso. Ha alzato lo sguardo: "Il libro che ho letto prima. Il nome della protagonista è Sophie. Mi piace il libro, mi spiega il mondo senza che io debba usare le mie gambe per comprenderlo".

Le due ragazze rimasero sedute lì ancora per un po', ascoltando le fusa di Soph, finché lei non ne ebbe abbastanza e scomparve nell'ombra di un vicolo laterale.

Era un segno per tornare indietro.

Non avevano notato che la musica del pianoforte si era fermata, ora era stranamente silenziosa senza i toni morbidi che avevano inconsciamente apprezzato.

"Quanto tempo siamo stati via?", pensò Rea quando erano quasi tornati all'ospedale.

"Sono le nove e un quarto", rispose Nataniel, tirando fuori il suo cellulare.

"Pensi che abbiano notato la mia assenza?"

"Non lo so".

"Se lo faccio, dirò che avevo mal di pancia e che stavo cercando un'infermiera. "

"Ah, certo".

Risero e Rea disse a Nataniel alla porta dell'ascensore che non c'era bisogno di accompagnarla nella stanza perché la sua vera cugina probabilmente la stava già aspettando lì. Si salutarono ancora una volta prima che la porta dell'ascensore bloccasse la loro vista ed entrambe le ragazze andarono per la loro strada.

"Mi dispiace tanto tesoro, ci è voluto un po' di più!" spiegò la madre di Nataniel quando tornò dal suo improvviso turno notturno per trovare sua figlia che sonnecchiava tranquillamente sotto la sua mascherina sulla sedia della ferrovia urbana dove l'aveva vista l'ultima volta.

"Ti sei annoiata molto?", chiese con uno sguardo materno mentre tirava su Nataniel dalla sua sedia.

"No", rispose Nataniel, tenendo il piccolo fiore di croco ben stretto in mano e girando la testa in modo che sua madre non potesse vedere l'ampio sorriso che risiedeva sul viso vicino agli occhi, "realmente tutto ok".

LO SGUARDO È NELL'ANIMO
SARA NOVEMBRE

CARTELLA 1

Sai, basta veramente poco o nulla per cambiare la visuale della propria vita, letteralmente. A me ad esempio è bastato aprire gli occhi per ribaltare la mia. Lo ricordo ancora come se fosse ieri...

Aprii gli occhi e caddi nel vuoto, nell'eterno infinito del niente, nel buio più totale, nell'oscurità più estrema che possa esistere. E da lì, urlai. Quelle grida ancora le sento rimbombare nella mia mente, non le dimenticherò mai. Per non parlare delle lacrime. Esse strisciavano sul viso ardenti, come se acqua e fuoco si stessero unendo creando un dolore ancora più trafiggente. I brividi scorrevano dal capo fin giù ai piedi. Mi sentivo morire.

-Tranquilla, ora ti spieghiamo...- Non lasciai nemmeno parlare il dottore, le mie urla e i miei pianti erano troppo potenti per essere sovrastati. -Tesero, per favore, tranquillizzati-. Disse mia madre, anche lei in lacrime. Le mie urla d'un tratto si placarono, solo il mio pianto faceva da sottofondo a quell'atmosfera. I miei genitori si sedettero sul mio letto e mi abbracciarono. Quel calore infuocò un po' quell'oscurità, ma essa era troppo forte.

-Eva, cara- una mano calda si incontrò col mio viso bagnandosi delle mie stesse lacrime -C'è stato un'incidente...- Non riuscivo a dire nulla. La mia mente non si riusciva a concentrare, le parole entravano nelle mie orecchie senza alcuno scopo, facevano solo da sfondo a quel momento di disperazione che mi tormentava. Ma ebbero subito la mia attenzione quando udì: -La zia Michelle non c'è l'ha fatta...-. Rimasi immobile senza saper cosa dire... Zia era molto importante per me, c'è sempre stata, in quel momento il mondo mi è letteralmente crollato addosso...

CARTELLA 2

Quella doveva essere una mattina come le altre anche se molto cupa e triste. Il sole era coperto da enormi nubi grigie e il freddo invadeva la casa. Mi svegliai in ritardo, mi infilai le prime cose che trovai e corsi verso l'autobus. Durante il tragitto ripassai per l'interrogazione di storia dell'arte. Avevo studiato molto per riuscire a prendere un bel voto ma tutto il mio sforzo non servì a nulla. Tornata a casa ero stanchissima ma soprattutto demoralizzata. Così mi sfogai un po' sulle note del mio amato pianoforte, unico e vero amico che mi rimaneva. Si era fatto tardi. Oggi né mamma e né papà potevano accompagnarmi a scuola di musica, così feci un colpo di telefono a mia zia. Ovviamente super disponibile, decise di portarmi. I miei ricordi si bloccano così: me e zia nell'auto e ho un vago ricordo di un camion e di urla. Nulla di più e nulla di meno. Pensai: "Zia non doveva essere lì, non avrebbe dovuto accompagnarmi quel giorno. È solo colpa mia, dei miei vizi." Dissi: -Mamma, papà. Scusate. Se in questo momento siete arrabbiati con me, delusi, lo capisco. È inutile che nascondiate questo sentimento semplicemente per il fatto che... Sono cieca... Io almeno la vita ce l'ho e zia doveva essere dappertutto tranne che lì. Non potrò mai chiederle scusa e vivrò per sempre con questo peso sulla coscienza. Me lo merito...- Mia madre scoppiò in lacrime: -Ma...- -Non dire nulla-. Ma lei insistette: -Non è colpa tua...- -Zitti! -Ho urlato. -Via! Andate via. Lasciatemi sola! -Ma continuarono a restare lì quasi ignorando quelle urla. -

Sarò cieca ma non stupida. Andatevene... Voglio solo stare sola...- E così fecero.

CARTELLA 3

Intanto cercavo di metabolizzare tutto, ma era un macigno troppo grosso per essere contenuto dalle mie lacrime. Si aggiunsero mille pensieri che mi punzecchiavano. Sentivo che la mia vita era ormai finita lì. Non riuscivo a trovarle un senso. "La tua carriera da pianista?" "L'arte e la pittura?" "I luoghi?" "Le piccole cose?" ... Ogni pensiero era come un mattone e ognuno di essi si attaccava alla mia testa uno dopo l'altro fino a costruire una torre infinita.

Ormai devastata crollai nel sonno. Fu uno dei sogni che mai dimenticherò... Vidi mia zia. Le dissi tutto quello che avevo dentro, i miei sensi di colpa, le mie scuse. Lei rimase lì, immobile ad ascoltare le mie parole. Fin quando non mi disse: -Gli occhi sono solo una superficie, lo sguardo è nell'animo-. E scomparve. Appena se ne andò aprii gli occhi.

Sentii l'odore di mia madre vicino a me. -Mamma...- Dissi quasi sussurrando. -Tesoro... Sei tutta sudata e il tuo volto è bagnato dalle lacrime. Tranquillizzati dai. Io sarò sempre qui per te. È inutile dirti che va tutto bene, perché non va tutto bene, lo so, ma tu...- La interruppi: -No mamma. Va tutto bene. Zia sta bene. Io anche. Devo solo imparare a guardare-. E le diedi una carezza.

Da quel momento abbandonai le lacrime, i pianti e i rancori e mi dedicai a me e alla mia vita cercando di viverla al meglio come se la stessi vivendo in un certo modo anche per lei.

CARTELLA 4

Inutile dire che fu facile. Fu tutto tranne che facile. Inizialmente mi sentivo persa, non sentivo la percezione dello spazio che mi circondava, ero smarrita, come se non vivessi su quella terra, ero in una dimensione differente, tutta buia. Fu come se il buio che viveva dentro di me da ormai troppo tempo, si fosse manifestato e fosse diventata l'unica cosa visibile, finalmente ho visto coi miei occhi quell'oscurità devastante che era intrappolata nel mio animo.

Poi pian piano ho iniziato a vedere qualcosa in quel buio, ho trovato il modo per evadere da quella situazione: cercavo di immaginare i posti e proiettarli nel mio sguardo, magari cambiando la realtà, pensando a cose che mai avrebbero potuto esserci, cose fantastiche, creando così un mondo intorno a me completamente immaginario.

Certo mi mancano le piccole cose della vita, come vedere il sole sorgere e sentire la propria anima che si colora appena i raggi la toccano, vedere l'infinita meraviglia dell'oceano, una foglia rossa che cade in pieno autunno dandoti un senso di malinconia, la neve che mi faceva sentire pura e immensa col suo manto bianco, la vista di un uccellino che si appoggiava sul davanzale della mia finestra...

Ogni mattina alzarsi diventava devastante. I sogni erano l'unico modo per vedere concretamente le cose, ma anche per illudersi, ogni notte speravo sempre di più, che la realtà fosse quella. Ad ogni risveglio piangevo, mentre sentivo il calore del sole sulla mia pelle e ricordavo quando ancora potesse riscaldarmi anche lo sguardo, ravvivandomi per iniziare un nuovo giorno. Le mie giornate inizialmente erano sempre monotone: mi alzavo, mangiavo mi lavavo e basta, non andavo neppure a scuola. La vita non aveva più molto senso. Ogni giorno sembrava infinito e inutile.

CARTELLA 5

Una sera andai a letto, mi coricai e pensai "Basta". Non riuscivo più a vivere in quel modo, se quello poteva chiamarsi "vivere".

Non dormii tutta la notte pensando a come stessi sprecando la mia vita, pensando al fatto che mi sembrava quasi di essere morta quando in realtà ero ancora in carne ed ossa. "Se il mondo mi vuole ancora, forse una ragione ci sarà...". Decisi di non dar retta ai pregiudizi delle persone e presi consapevolezza del fatto che sarei stata al centro dell'attenzione, che mi avrebbero trattata come quella "malata", ma decisi comunque di andare a scuola.

Così aspettai che il sole si alzasse, andai da mia madre che si stava preparando per andare al lavoro e le chiesi di portarmi a scuola senza dare molte spiegazioni. Lei un po' incredula di ciò mi aiutò comunque a prepararmi e mi accompagnò.

Si fermò e io capii che era ora di scendere, però mi immobilizzai, non riuscivo ad aprire quello sportello. -Ehi tesoro, non devi farlo se non sei ancora pronta-. Mi disse. -No, no vado-. Dissi decisa. -Ti accompagno? - -No tranquilla, vado sola, se puoi lasciami all'entrata-. -Va bene, ma per qualunque cosa chiama. Ti voglio bene-. E mi accarezzò. Scesi dalla macchina. Sentii il calore di mille persone attorno a me e nonostante non potessi vedere i loro volti, li riuscivo benissimo ad immaginare. Percossi il corridoio della scuola scontrandomi continuamente con persone che al vedermi rimanevano incredule e come per magia sembrò che tutti si fossero interessati a me. -Buongiorno-. Dissi entrando in classe. -E-Eva... Che piacere averti qui cara? Ho saputo... Mi...- -Si lo so, le dispiace. Anche a me ma non facciamone un dramma-. La interruppi. Odiavo ricevere d'un tratto tutte queste false attenzioni.

I giorni passarono, ma le cose non cambiarono molto...

CARTELLA 6

Ogni tanto nella mia mente risuonavano i tasti del pianoforte. Non ho osato toccarlo, avevo paura, mi spaventava non poter riuscire più a suonare, preferivo rimanere nel dubbio e nell'incertezza di non riuscirci che provare e rimanerne delusa. Ogni tanto le dita della mia mano si muovevano quasi spontaneamente come se mi implorassero di portarle su quei tasti. Qualche volta pensavo di potercela fare, così mi prendevo di coraggio, mi sedevo lì, poggiavo le mani sulla tastiera ma senza dare peso su essa, non ne trovavo il coraggio. Una lacrima scendeva e bagnava quei tasti ormai stanchi di non sentire il mio calore. Rimanevo immobile mentre nella mia mente risuonavano motivetti a me noti distruggendomi ancora di più. Così mi buttavo straziata sul mio letto. Questa scena si ripeteva circa una volta al giorno se non più e nei giorni più cupi nemmeno trovavo la forza di alzarmi da quel letto.

Un giorno, mentre stavo pensando alla mia "nuova" vita, ebbi un attacco di panico improvviso: mi mancava il respiro, le mani sudavano, le gambe tremavano e scendevano mari di lacrime. Ed è proprio in quel momento che nel panico più totale, mi diressi su quella tastiera quasi spontaneamente e iniziai a suonare come se fosse l'unica cosa di cui il mio corpo avesse bisogno. E tutte le emozioni, tutte quelle preoccupazioni che ormai mi stavano prosciugando, si sono ramificate in tutto il corpo, sino alla punta delle dita, che, premendo i tasti le rilasciavano e le incatenavano lì e più suonavo e più il mio animo si alleggeriva, riusciva a volare.

CARTELLA 7

Gli anni passarono, e io crebbi. E crescendo anche il ricordo della realtà è quasi del tutto scomparso, ormai ricordo poco e nulla. Siamo rimasti solo io e il buio a combattere contro la vita. Insieme stiamo vincendo, ci sto riuscendo. Il mio cammino è ormai quasi finito in questa vita ed è stato, non peggiore, ma "diverso" rispetto a quello degli altri. Il loro sguardo si ferma all'aspetto superficiale della vita, non riesce a guardare oltre, non può. Prima di riuscire a capire quanto fossero speciali i miei occhi credevo di non riuscire a vedere, e che non avrei mai più visto nulla, ed effettivamente è così! Ma la realtà è che io ho imparato ad usare il mio sguardo e ho capito che quella speciale tra tutti sia io. Grazie a questi occhi, grazie a questa "nuova" vita sono riuscita a vedere le persone più di quanto esse riescano a vedere me con i loro occhi "funzionanti". Vedere le anime delle persone e non tutto il resto è una dote speciale, bisogna solo saperla usare e non aver paura del buio, ma riuscire ad essere padroni di esso senza alcun timore perché "Lo sguardo è nell'animo".

DER BLICK LIEGT IN DER SEELE
SARA NOVEMBRE
Aus dem Italienischen von Jagna M. Scheerer

ERSTES BLATT

Weißt du, es braucht wirklich wenig oder nichts, um das Leben völlig neu zu sehen, buchstäblich. Für mich zum Beispiel reichte es, die Augen zu öffnen, und meines stürzte in sich zusammen. Ich erinnere mich noch daran, als wäre es gestern gewesen ...

Ich öffnete die Augen und fiel ins Leere, in die ewige Unendlichkeit des Nichts, in die völlige Dunkelheit, in die extremstmögliche Finsternis. Von dort habe ich gerufen. Die Schreie, noch immer dröhnen sie in meinem Kopf, ich werde sie nie wieder los. Ganz zu schweigen von den Tränen. Sie rannen mir übers glühende Gesicht, als hätten Wasser und Feuer sich zusammengetan, um den Schmerz noch furchtbarer zu machen. Ein Schauer lief mir vom Kopf hinab bis zu den Füßen. Ich glaubte zu sterben.

„Ruhig, jetzt erklären wir dir mal ..."

Ich ließ den Arzt nicht einmal aussprechen, mein übermächtiges Schreien und Weinen war nicht zu übertönen.

„Liebes, bitte beruhige dich", sagte meine Mutter, auch sie unter Tränen. Da ließ auf einmal mein Schreien nach. Vor dem atmosphärischen Hintergrund meines Schluchzens saßen meine Eltern auf dem Bett und umarmten mich. Etwas Wärme leuchtete in die Finsternis hinein, doch die Finsternis war zu stark.

„Eva, Liebes," - eine warme Hand berührte mein verheultes Gesicht - „es gab einen Unfall."

Ich konnte nicht sprechen. Mein Geist vermochte sich nicht zu sammeln. Ziellose Worte drangen in meine Ohren, nicht mehr als ein Hintergrundgeräusch für diesen Moment quälender Verzweiflung. Mit einem Mal war die Aufmerksamkeit zurück, als ich hörte: „Tante Michelle hat es nicht geschafft ..." Ich erstarrte, ohne etwas sagen zu können. Tante Michelle hatte mir viel bedeutet, sie war immer da gewesen. In diesem Moment brach für mich wahrhaftig eine Welt zusammen ...

ZWEITES BLATT

Jener Morgen war wohl wie jeder andere, wenn auch sehr dunkel und traurig. Graue Wolkenberge verdeckten die Sonne, und die Kälte drang ins Haus. Ich hatte verschlafen, zog das Erstbeste an, das ich fand, und rannte zum Bus. Unterwegs wiederholte ich den Stoff für die Abfrage in Kunstgeschichte. Um eine gute Note zu bekommen, hatte ich fleißig gelernt, doch all die Mühe war vergebens. Wieder zu Hause, war ich völlig erschöpft, aber vor allem frustriert. Also tobte ich mich ein wenig an den Tasten meines geliebten Klaviers aus, des einzig wahren Freundes, den ich noch hatte.

Es war spät geworden. Weder Mama noch Papa konnten mich heute zur Musikschule fahren, also rief ich Tante Michelle an. Total selbstlos wie immer, war sie bereit, mich hinzubringen. Hier stocken meine Erinnerungen: Ich und die Tante Michelle im Auto, und da ist eine vage Erinnerung an einen Lastwagen und Schreie. Nicht mehr und nicht weniger. Tante Michelle hätte nicht dort sein müssen, so dachte ich, sie hätte mich nicht fahren müssen an jenem Tag. Es ist allein meine Schuld, mein Fehler.

Ich sagte: „Mama, Papa, es tut mir leid. Wenn ihr in diesem Augenblick wütend auf mich seid, enttäuscht – ich verstehe es. Versucht nicht, dieses Gefühl zu verbergen, nur weil ... ich blind bin. Wenigstens bin ich am Leben. Tante Michelle hätte überall sonst sein sollen, bloß nicht dort. Ich werde mich niemals bei ihr entschuldigen können und auf ewig mit dieser Last auf dem Gewissen leben. Ich habe es nicht besser verdient ..."

Meine Mutter brach in Tränen aus: „Aber ..."

„Sag nichts."

„Es ist nicht deine Schuld ...", beteuerte sie.

„Halt die Klappe", schrie ich, „Weg, haut ab! Lasst mich allein!"

Doch sie blieben und überhörten mein Schreien.

„Ich werde blind sein, aber nicht dumm. Geht! Ich will einfach nur alleine sein."

So gingen sie.

DRITTES BLATT

Inzwischen habe ich versucht, dies alles zu verarbeiten, aber einen so mächtigen Felsen konnten meine Tränen nicht bändigen. Hinzu kamen tausend quälende Gedanken. Ich fühlte, dass mein Leben hier zu Ende war. Es war sinnlos geworden.

„Deine Karriere als Pianistin?" – „Kunst und Malerei?" – „All die Orte?" – „Die kleinen Dinge?" ... Jeder Gedanke war wie ein Ziegelstein, einer auf dem anderen drückten sie auf meinen Kopf - ein Turm ins Unendliche.

Am Boden zerstört schlief ich ein. Es war einer der Träume, die ich nie vergessen werde ... Ich sah Tante Michelle. Ich erzählte ihr alles, was ich in mir trug. Schuldgefühle, Rechtfertigungsversuche. Sie stand da und hörte meinen Worten regungslos zu. Bis sie endlich zu mir sagte: „Augen sind nur Oberfläche. Der Blick liegt in der Seele."

Und sie verschwand. Als sie weg war, öffnete ich die Augen. Ich spürte den Geruch meiner Mutter, die neben mir saß.

„Mama ...", flüsterte ich.

„Schatz ... Du bist ganz verschwitzt und dein Gesicht ist voll Tränen. Bitte beruhige dich. Ich werde immer für dich da sein. Es wäre sinnlos, dir zu sagen, alles sei in Ordnung – denn es ist nicht alles in Ordnung ist, ich weiß, aber du ..."

Ich unterbrach: „Nein, Mama. Alles ist gut. Tante Michelle geht es gut. Mir auch. Ich muss nur lernen, zu sehen."

Und ich streichelte sie.

Von diesem Moment an entsagte ich den Tränen, dem Weinen und dem Groll und verschrieb mich mir selbst und meinem Leben. Ich beschloss, zu leben, so gut ich es vermochte, so als täte ich es auf eine bestimmte Art auch für sie.

VIERTES BLATT

Man kann nicht sagen, es wäre leicht gewesen. Es war alles andere als leicht. Anfangs wähnte ich mich verloren in einem Raum, der nicht spürbar war; ich war verwirrt, als lebte ich nicht auf dieser Erde. Ich war in einer anderen Dimension, einer ganz finsteren. Es war, als hätte die Dunkelheit, die zu lange in mir gelebt hatte, sich verfestigt und wäre nun selbst das einzig Sichtbare geworden. Endlich sah ich jene verheerende Finsternis, die in meiner Seele gefangen war, mit eigenen Augen. Dann, langsam, fing ich an, etwas darin zu erkennen, und ich fand einen Ausweg aus meiner Lage: Ich versuchte, mir Orte vorzustellen und sie mit meinem Blick abzubilden, veränderte dabei sogar die Wirklichkeit, erdachte Dinge, die nie hätten sein können, fantastische Dinge. So umgab ich mich mit einer erfundenen Welt.

Gewiss vermisse ich die kleinen Dinge des Lebens: das Schauspiel der aufgehenden Sonne, und dabei zu spüren, wie meine Seele sich bunt färbt, wenn die Strahlen sie berühren; das unendliche Wunder des Ozeans; ein rotes Blatt, das in der Fülle des Herbstes fällt und dich melancholisch macht; der Schnee, der mir die Empfindung von Reinheit und Unermesslichkeit schenkte mit seinem weißen Mantel; der Anblick eines kleinen Vogels, der auf meinem Fensterbrett landet ...

Morgens aufzustehen war grausam. Nur in meinen Träumen konnte ich die Dinge klar sehen - und mich zugleich selbst betrügen. Jede Nacht hoffte ich mehr, sie würden Wirklichkeit. Beim Erwachen weinte ich jedes Mal, wenn ich die Sonnenwärme auf meiner Haut spürte, und erinnerte mich an die Zeit, da auch mein Augenlicht mich noch zu wärmen und zu beleben vermochte am Beginn eines neuen Tages. Anfangs waren all meine Tage eintönig: Ich stand auf, aß, wusch mich - fertig. Ich ging ja auch nicht zur Schule. Das Leben hatte nicht mehr viel Sinn. Jeder Tag schien endlos, nutzlos.

FÜNFTES BLATT

Eines Abends ging ich zu Bett, legte mich hin und dachte: Genug! Ich konnte so nicht weiterleben, wenn man es überhaupt „leben" nennen konnte.

Ich habe die ganze Nacht nicht geschlafen und über mein vergeudetes Leben nachgedacht, darüber nachgedacht, dass ich mich - ein Wesen aus Fleisch und Blut – fühlte, als wäre ich tot: Wenn die Welt mich immer noch will, dann wird es dafür wohl einen Grund geben ...

Ich beschloss, nichts auf die Vorurteile der Menschen zu geben. Obwohl mir bewusst war, dass ich im Mittelpunkt der Aufmerksamkeit stehen würde, dass sie mich wie eine Kranke behandeln würden – entschied ich mich, zur Schule zu gehen.

Also wartete ich auf den Sonnenaufgang, ging zu meiner Mutter, die sich gerade auf den Weg zur Arbeit machen wollte, und bat sie ohne große Erläuterung, mich zur Schule zu bringen. Sie war etwas verwundert, aber sie half mir, mich fertig zu machen, und brachte mich hin.

Wir hielten an und ich wusste, es war Zeit zum Aussteigen, doch ich erstarrte und konnte die Tür nicht öffnen.

„Schatz, du musst das nicht tun, wenn du noch nicht bereit bist", sagte sie mir.

„Nein, nein, ich gehe", sagte ich entschlossen.

„Soll ich mitgehen?"

„Keine Sorge, ich gehe allein, wenn du mich am Eingang rauslassen kannst."

„Ist gut, aber wenn was passiert, ruf an. Ich hab dich lieb."

Und sie streichelte mich. Ich stieg aus dem Auto. Ich fühlte die Hitze von tausend Menschen um mich herum, und obgleich ich ihre Gesichter nicht sehen konnte, vermochte ich sie mir doch sehr gut vorzustellen. Ich betrat den Gang der Schule und stieß ständig mit Leuten zusammen, die über meinen Anblick erstaunten, und wie durch Magie schien jeder sich für mich zu interessieren.

„Guten Morgen", sagte ich, als ich den Klassenraum betrat.

„E-Eva, ... was für eine Freude, dich hier zu sehen. Du Arme, ich habe davon erfahren. Ich ..."

„Ja, ich weiß, es tut Ihnen leid. Mir auch, aber machen wir kein Drama draus", unterbrach ich sie. Ich hasste es, plötzlich all diese verkehrte Aufmerksamkeit zu bekommen.

Tage vergingen, aber es änderte sich nicht viel ...

SECHSTES BLATT

Hin und wieder regten sich die Klaviertasten in meinem Kopf. Ich wagte nicht, das Klavier zu berühren, hatte Angst, nicht mehr spielen zu können, und zog es vor, in Zweifel und Ungewissheit darüber zu verharren, anstatt es zu versuchen und eine Enttäuschung zu erleben.

Hin und wieder bewegten sich die Finger meiner Hand wie von selbst, als flehten sie mich an, sie auf die Tasten zu legen. Manchmal meinte ich, es könnte gelingen, also nahm ich meinen Mut zusammen, setzte mich hin und legte die Hände ohne Druck auf die Klaviatur, doch der Mut verließ mich. Eine Träne fiel und benetzte die Tasten, die sich nach meiner Wärme sehnten. Ich blieb regungslos, während in meinem Kopf Melodien, die ich kannte, widerhallten und mich nur weiter kaputtmachten.

Also warf ich mich gequält aufs Bett. Die Szene wiederholte sich ungefähr einmal täglich, wenn nicht öfter, und an den finstersten Tagen fand ich keine Kraft mehr, aus dem Bett zu kommen.

Eines Tages, als ich über mein „neues" Leben nachdachte, überfiel mich plötzliche Panik: Meine Atmung stockte, meine Hände schwitzten, meine Beine zitterten und Tränen flossen in Strömen. Und exakt in diesem Moment völliger Panik ging ich in wie von selbst zur Klaviatur und begann zu spielen, als wäre es das Einzige, was mein Körper brauchte. Und all die Gefühle, all die Sorgen, die mich verzehrten, breiteten sich überall im Körper aus, bis in die Fingerspitzen hinein, und dort verließen sie mich und hefteten sie sich an die Tasten, die ich anschlug. Je länger ich spielte, desto leichter wurde meine Seele; ich konnte fliegen.

SIEBTES BLATT
Die Jahre vergingen, ich wurde älter. Und während dieses Älterwerdens schwand die Erinnerung an die Realität fast vollständig; jetzt erinnere ich mich an wenig und nichts. Es sind nur ich und die Dunkelheit geblieben, die gegen das Leben ankämpfen. Gemeinsam gewinnen wir, ich schaffe es. Die Reise meines Lebens ist fast zu Ende. Es war nicht schlimmer, nur „anders" als das der Anderen. Ihr Blick haftet an der Oberfläche des Lebens, sie können nicht darüber hinausschauen, das schaffen sie nicht. Bevor ich die Besonderheit meiner Augen begreifen konnte, dachte ich, ich könnte nicht sehen und würde nie wieder etwas sehen, und letztlich ist es ja auch so. Doch in Wahrheit habe ich gelernt, meinen Blick zu nutzen; ich habe verstanden, dass das Besondere letztlich ich selbst bin. Dank dieser Augen, dank meines „neuen" Lebens konnte ich die Menschen besser sehen als sie, mit ihren „funktionierenden" Augen, mich sehen konnten. Die Seelen der Menschen zu sehen anstatt alles anderen, das ist eine besondere Gabe. Man muss sie nur zu nutzen wissen und darf keine Angst vor der Dunkelheit haben; man muss ihr gewachsen sein ohne Furcht, denn „Der Blick liegt in der Seele".

SIE
EMMA AMALIA KOSMALLA

Die Rosen waren noch kleine Knospen, als sie angekommen waren. Jetzt sah man schon, wie die Blätter sich leicht öffneten und das Rot war kräftig geworden, so wie es sein sollte. Wir geben ihnen noch ein, zwei Tage, dachte Harriet, dann können wir sie zum Verkauf rausstellen. Im vorderen Teil des kleinen Blumenladens hörte sie ein Lachen, schallend und doch leicht, wie ein Wasserfall. Es war IHR Lachen. SIE unterhielt sich mit einer Kundin, die fünfzehn Minuten später mit einer geraden Anzahl von Sonnenblumen den Laden verließ. Sonnenblumen, die konnte SIE einfach jedem verkaufen. Sie waren IHRE Babies, die Sonnenblumen, und für Harriet war SIE selbst eine. SIE war sonnengelb, wie das Shirt, das SIE heute trug. Harriet wusste nicht, wie sie selbst war, aber SIE hatte gesagt, Harriet sei eine Rose und nach langer Überlegung hatte sie dem schließlich zugestimmt. Am Zeigefinger trug sie einen Ring mit einer Rose, der sie daran erinnern sollte. Sie war eine Rose und sie gehörte hierher, wo Blumen waren, wo die Vögel so schön zwitscherten wie jetzt, wo SIE war und wo sich Harriet so richtig glücklich fühlte. Das ging nur hier und sonst nirgendwo, zumindest an keinem Ort, an dem Harriet je gewesen war. Schon gar nicht im Gerichtssaal. Die Vögelchen zwitscherten lauter. Sie schob den Gedanken weg. Jetzt hatte sie wichtigeres zu tun, nämlich, was war es doch gleich, ach ja, einen Strauß binden. Einen Strauß für, ähm, eine Hochzeit. Ja, eine Hochzeit, genau. Was hatte das Brautpaar sich gewünscht? Die Vögel wurden lauter und lauter. Rosen, natürlich, fiel es ihr ein und sie machte sich an die Arbeit, als-

Der Flur war völlig überfüllt, so wie an jedem Tag, wenn die Schulglocke laut schrillte und alle schnell nach Hause wollten. Ein paar Fünftklässler schlängelten sich an Harriet vorbei. Ihre Freundin Nele tippte ihr auf die Schulter. „H, alles gut? Du hast nicht auf meine Nachrichten reagiert..." „Ja, sorry, das tut mir Leid, ich habe gestern den ganzen Nachmittag gelernt, du weißt schon, wegen dem Test. Wie lief er bei dir?" Eine Lüge. „Gut", sagte Nele, „Willst du später bei mir vorbeikommen? Lea wird auch da sein." „Heute kann ich leider nicht, meine Mutter wollte mit mir noch irgendwo hinfahren... Aber wir können die Woche auf jeden Fall noch was ausmachen." Zwei Lügen. Harriet wollte sich nicht mit ihren Freundinnen treffen. Sie würden über das Praktikum reden, die tollen Plätze, die sie ergattert hatten, den Debattierwettbewerb, ihre Uni-Bewerbungen und all die Sachen, die wichtig waren und die Harriet eigentlich so gar nicht mochte. Nele und Lea, die mochte sie eigentlich schon, doch gerade war alles so schwer, so schleppend und sie musste in der Schule schon den halben Tag so tun, als hätte sie eine Ahnung von dem, was sie da eigentlich machte. Zugegebenermaßen, akademisch gesehen hatte sie die, denn Harriet war ein fleißiges Mädchen, aber glücklich war sie in der Schule nicht. Schule bedeutete Erwartungen und dafür war sie nicht bereit.

Das Wasser spritzte ein bisschen, als Harriet das Boot vom schlammigen Ufer aus hineinschob. Harriet stieg hinein, dann reichte sie IHR die Hand. SIE betrat das Holzboot, setzte sich, und nahm die Ruder in die Hand. „Ich fange an", sagte SIE zu Harriet und lächelte. Harriet nickte und sah zu, wie sie sich immer weiter von Ufer entfernten, das Haus am See immer kleiner wurde. Heute war frei. Es war Feiertag und es fühlte sich auch so an, als gäbe es etwas zu feiern. Das Haus wurde kleiner, die Ruder machten gleichmäßige Bewegungen und zogen dabei kleine Wellen in den See. Unter dem Wasser konnte Harriet Fische sehen. Die Fische hatten es gut. Sie konnten jeden Tag hier sein. Für sie musste sich jeder Tag anfühlen wie ein Feiertag. Die Sonne strahlte auf Harriets Gesicht wie eine Warme Umarmung des Universums, die sagte „Alles ist gut. Das Leben ist schön." Nach einer Zeit fragte SIE, ob Harriet nun rudern wolle. Harriet spürte das weiche Holz der Ruder unter ihren rauen Händen und SIE begann leise zu singen. SIE war die beste Freundin, die Harriet je gehabt hatte. SIE hatte dieselben Träume wie Harriet, dieselben Wünsche und Ängste. SIE war nicht so wie Lea und Nele. IHRE Eltern wollten, dass sie Medizin studierte. SIE wollte lieber Blumen verkaufen, mit Harriet. Und SIE ruderte jetzt mit ihr über den See und sah dabei so glücklich aus, wie Harriet sich fühlte. Die Vögel stimmten in ihr Lied mit ein, ganz leise erst. Harriet ruderte heftiger und plötzlich war es, als versuchte sie, vor etwas wegzurudern. Die Vögel wurden lauter und lauter und plötzlich sangen sie nicht mehr, sie schrien. SIE wurde leise. „Geh noch nicht, Harriet", sagte sie, doch Harriet verschwand.

An diesem Morgen rieb sich Harriet besonders heftig die Augen. Ihr Traum hatte ihren Kopf noch immer nicht verlassen. Der Traum war heute intensiver gewesen als sonst, wenn sie in ihren Träumen mit IHR nur im Blumenladen war.

Ihre Mutter saß bereits am Tisch, als Harriet die Küche betrat. Harriet setzte sich dazu. „Ich hoffe, du hast gut geschlafen", sagte die Mutter, „heute ist schließlich die Klassenarbeit. Du hast doch alles gut verstanden, oder?" „Ja, natürlich", antwortete Harriet. „Gut, es tut mir leid, dass ich das immer so hinterfrage, aber du weißt ja, seit du angefangen hast, allein zu lernen, habe ich den Überblick darüber verloren, was du da in der Schule machst." „Ich weiß, mach dir keine Sorgen, ich habe gelernt", erwiderte Harriet. Sie hatte nicht gelernt, aber das war okay. Mathe war eine ihrer leichtesten Übungen. Ihre Mutter würde sie trotzdem umbringen, wenn sie wüsste, dass sie die Themen nicht wenigstens einmal überflogen hätte.

„Schön. Miriam hat mir übrigens geschrieben, das mit dem Praktikum in ihrer Kanzlei klappt, es steht jetzt fest. Ist das nicht erfreulich? Du wirst einmal eine tolle Anwältin sein, da bin ich sicher."

Harriet war still und aß ihr Müsli, ihre Mutter stand auf und verließ die Küche. Das Gespräch war beendet.

Die Klassenarbeit lief wie erwartet gut, Harriet hatte keine Schwierigkeiten. Wie immer. Nele beneidete sie sehr darum, wie ihr in der Schule alles zuflog, wie sie in der Pause wieder betonte.

Nun saß die Klasse wieder im Unterricht, Biologie. Harriet mochte Biologie sehr. Heute wurde noch einmal die Fotosynthese am Beispiel einer Sonnenblume wiederholt. Darüber musste Harriet lächeln. Sonnenblumen, die würden immer für SIE stehen. Wer war SIE nur? Harriet kannte SIE nicht, sie waren sich nie begegnet, doch jede Nacht besuchte SIE sie in ihren Träumen, SIE kam immer wieder, war Harriet vertraut geworden.

Die Tür zum Klassenzimmer öffnete sich und herein kam die Schulleiterin. Im Schlepptau hatte sie ein zierliches Mädchen, die Haare haselnussbraun. Man konnte ihr Gesicht nicht sehen.

„Bitte entschuldigen Sie die Störung, hier ist die neue Schülerin", sagte die Schulleiterin und ließ das Mädchen allein vor der Klasse stehen. Harriets Augen weiteten sich. Das stand SIE nun, ein wahrgewordener Traum, wortwörtlich. Der Lehrer räusperte sich und lächelte

IHR zu. SIE lächelte zurück. „Liebe Klasse, wir haben eine neue Schülerin, seid nett zu ihr. Das ist-"

Harriet blieb der Mund offen stehen.

„Louise."

L E I
E M M A   A M A L I A   K O S M A L L A
Traduzione di Giorgia Pizzo

Le rose erano ancora piccoli boccioli quando sono arrivate, ma adesso le foglie si aprivano già facilmente e il colore rosso diventava forte e marcato come dovrebbe essere. Daremo loro ancora uno o due giorni per essere più belle, pensò Harriet, poi le metteremo in vendita. Nella parte anteriore della piccola fioreria si sentì una risata, tanto sonora quanto delicata. Era proprio la SUA risata. LEI si intratteneva con una cliente, che poco dopo uscì dal negozio con un numero pari di girasoli. Questi fiori facevano parte di LEI, Harriet pensava fosse LEI stessa uno di loro. LEI a sua volta identificava Harriet con una rosa; a tal proposito indossava un anello con questo simbolo. Entrambe appartenevano a questa fioreria , era un posto sicuro in cui stare, un luogo speciale che le rendeva felici. Ciò accadeva solo qui e da nessun'altra parte, o quantomeno in nessun posto in cui Harriet era già stata. Grazie agli uccellini che cantavano dolcemente Harriet ha allontanato il pensiero, adesso aveva cose più importanti da fare, come ad esempio preparare un bouquet per un matrimonio. Come lo volevano gli sposi? Ah si, fatto di rose naturalmente; appena se ne è ricordata ha iniziato nuovamente a lavorare.

Il corridoio era pieno di gente, proprio come ogni giorno, quando la campanella della scuola suonava e tutti sgomitavano nella folla per correre a casa. Alcune ragazze si sono scontrate con Harriet e a seguito dell'accaduto la sua amica Nele le ha dato un colpetto alla spalla "H, tutto bene? non hai risposto ai miei messaggi…" "Si scusa, mi dispiace, ieri ho studiato tutto il pomeriggio, perché come sai c'è la verifica. Com'è andata?". Una bugia, "Bene", ha detto Nele, "Vuoi venire da me più tardi? Anche Lea verrà." "Oggi non posso, mia madre ha deciso di trascorrere il pomeriggio insieme… però in settimana possiamo vederci". Era un'altra bugia, Harriet non voleva incontrare le sue amiche, perché avrebbero parlato del tirocinio, della gara di dibattito, dell'iscrizione all'università e altre cose importanti che ad Harriet non piacevano per niente. Nele e Lea erano simpatiche, però era tutto così difficile... Da un punto di vista scolastico Harriet era una ragazza tanto diligente, quanto infelice in questo ambiente sinonimo di aspettative e apparenze, per le quali lei non era pronta.

Harriet si affrettò a spingere la barca dalla riva paludosa, salì e poi porse a LEI la mano, perché entrasse nella barca di legno, dove si è seduta prendendo tempestivamente i remi in mano. "Comincio io", ha detto LEI ad Harriet sorridendo. Quest'ultima annuì. Videro la riva del lago allontanarsi sempre di più, mentre una casetta lì vicino diventava sempre più piccola e i remi si muovevano regolarmente creando piccole onde sulla superficie del lago. Harriet vedeva i pesci sott'acqua aprire le danze felici, quasi come se sapessero che era un giorno di festa. Il sole risplendeva dolcemente sul viso di Harriet, come un caldo abbraccio dell'universo che la coccolava e rassicurava. Dopo un po' iniziò a remare, sentiva il legno ruvido tra le sue mani. LEI era la migliore amica che Harriet avesse mai avuto, avevano gli stessi sogni, gli stessi desideri e le stesse paure. LEI non era come Lea e Nele. I SUOI genitori volevano che studiasse medicina, ma LEI avrebbe preferito lavorare in fioreria con Harriet.

Dopo aver remato a lungo, si sentivano parte della natura, danzavano con i pesci sott'acqua e cantavano con gli uccellini, LEI disse:" Harriet, non andare!", ma scomparve improvvisamente.

Quella mattina Harriet si strofinò gli occhi con una particolare energia, aveva ancora in mente quel sogno, così intenso e reale.

Sua madre era già seduta al tavolo quando Harriet entrò in cucina e si sedette vicino a lei, "Spero tu abbia dormito bene" disse, "oggi c'è la verifica, hai capito tutto, vero?" "Si certo!" rispose Harriet. "Bene, mi dispiace aver dubitato, ma sai, da quando hai iniziato a studiare da sola, ho perso il controllo di ciò che fai a scuola" "Non preoccuparti, ho studiato" replicò Harriet, anche se non era vero. La matematica era una delle materie più facili per lei, tuttavia sua madre si sarebbe infuriata se avesse saputo che non aveva neanche chiesto la lista degli argomenti da studiare. "Miriam mi ha scritto che il tirocinio sta andando bene, c'è da festeggiare! Sarà un fantastico avvocato, ne sono sicura." Harriet taceva e guardando in basso mangiava i cereali silenziosamente, la conversazione era finita.

La verifica è andata bene come previsto, Harriet non ha avuto difficoltà ed è proprio per questo che Nele la invidia molto. Adesso la classe aveva lezione, era l'ora di biologia; Harriet amava questa materia. Oggi l'insegnante ha spiegato la fotosintesi, portando un girasole come esempio, Harriet sorrise perché questo fiore rappresenta LEI. Ma chi era LEI? Harriet non LA conosceva, non si erano mai incontrate nella vita reale, ma ogni notte LEI andava a trovarla nei suoi sogni, LEI tornava sempre. I pensieri della ragazza furono interrotti dal rumore della porta dell'aula, aperta dalla preside. Vicino a quest'ultima c'era una ragazza graziosa con i capelli color nocciola, che non facevano intravedere il suo volto. "Ecco la nuova alunna" disse, lasciando la ragazza davanti alla classe. Harriet spalancò gli occhi, questa era LEI e ciò che stava vivendo era un sogno che si avverava. "Cari ragazzi, abbiamo una nuova studentessa, siate accoglienti; questa è…

Harriet spalancò di colpo la bocca e disse "Louise".

IL CORAGGIO DI ESSERE LIBERA

GIORGIA PIZZO

Mi trovo qui, a passare l'ennesima giornata seduta su questa sedia a dondolo che sembra ormai essere diventata parte di me, sono circondata dal verde, è primavera, la natura si sta risvegliando, è così piena di vita e armoniosa che mi fa capire ancora una volta quanto il mio stato d'animo sia tormentato, impetuoso, burrascoso come un mare in tempesta, fragile come una zattera sommersa dalle onde, triste e grigio, come se mi trovassi in Inghilterra negli anni della rivoluzione industriale, come se fossi un tronco di betulla annerito dalla fuliggine emessa dalle ciminiere, mi sento debole, incapace di ricordare il presente, tormentata dai ricordi del passato, non riesco più a parlare, a farmi capire, sono disorientata, smarrita, turbata e costantemente confusa. Vorrei sentirmi come la libellula che vedo fuori dalla finestra, libera di poter volare, ma coccolata dai petali del fiore su cui si appoggia, è l'insetto più aggraziato nell'intonare la sua danza nell'aria, ma la sua eleganza e la sua libertà si contrappongono a me, che mi sento ingabbiata nel mio corpo, è come se fossi chiusa in una scatola e provassi in ogni modo ad uscire, sono incapace di interagire con il mondo esterno, di comprendere e di farmi capire, sono vincolata a questo involucro, intrappolata, confinata in me stessa, ma questa esistenza non è degna di essere chiamata vita. Sono imprigionata fisicamente, ma la mia mente vola, viaggio leggera con il mezzo più potente, la fantasia, ed lì, nel mondo ideale, che mi trovo tutto il giorno, mentre la gente mi parla e non capisco, quando mi sforzo di ricordare, quando mi sento debole, quando i medici mi visitano e nei momenti in cui mi sento imprigionata, vivo viaggiando con l'anima, ed è come se la parte interiore di me volasse via come un aereo di carta per separarsi dal mio corpo e mi facesse perdere il filo che mi lega alla vita; quando sto lì i miei occhi grigi si illuminano e si dipingono di emozioni, sogno e rivivendo le mie debolezze divento più forte. E sono io, una donna anziana fuori, ma forte dentro a decidere di rivivere il viaggio più difficile, la sfida della mia vita, il sudore, le lacrime, la paura, per prendere per mano come un'ombra la me bambina che sta facendo questo percorso, regalandole l'esperienza acquisita negli anni e una figura di fiducia, tesoro prezioso soprattutto in una vita fatta di pugnalate; si tratta quindi di affiancare la bambina che è in me all'adulta che sono diventata, di far convivere queste due personalità così diverse ma così complementari. La mia vita è stata un lungo viaggio, fatto di errori, ma più mi allontano con la mente dal mio corpo, più sto bene, è come se fosse un faro che osserva la mia anima che come una barca si allontana dal porto, fino ad arrivare al Mar Nero, in particolare in Moldavia. Nel 1991 vivevamo sepolti sotto le macerie dell'impero sovietico, l'economia era completamente distrutta e la situazione politica nel paese era alquanto complessa, la produzione era soprattutto di carattere agricolo, lavoravo come una schiava la mattina, il pomeriggio, la sera e la notte per potermi permettere il lusso di recarmi ai magazzini a rubare del pane ammuffito dalle immondizie pur di sopravvivere. Mi sentivo costantemente una ladra fuggitiva, ma per tenermi aggrappata alla vita non c'erano altre alternative; mi tremavano le gambe perché non mangiavo, non dormivo, non avevo acqua da bere, o vestiti caldi con cui proteggermi, ero sola in mezzo alla crudeltà del mondo, piccola come un uomo paragonato all'immensità del deserto. Non mi capacito ancora adesso di come io sia riuscita a vivere in un contesto così infelice, ma la verità è che non sapevo nemmeno cosa fosse la felicità. Sono stati anni difficili, dominati dalla brutalità, dalla povertà, dalla mancanza di istruzione, da condizioni di vita e di lavoro disumane, dalla fame, dall'assenza di cure mediche, dalla confusione con cui la mia vita è iniziata e a causa della quale essa ora che ho l'Alzheimer sta finendo. Una notte, spinta dall'angoscia, dal desiderio di una vita migliore, dal fascino e dalla paura dell'ignoto, che mi laceravano e mi stringevano la gola, ho deciso di scappare. Appena ho visto le prime luci dell'alba, nonostante mi mancassero le forze, alimentata dal coraggio e dalla fame di vita mi sono recata alla capitale per incontrare un uomo che godeva di una modesta fama nel mio paese, perché aiutava chi aveva sete di libertà a scappare da una realtà così pressante. Ho attraversato i campi, i prati inariditi, il vento soffiava forte, ma ero mossa dalla gioia di liberarmi dalla prigione in cui vivevo, un senso di costrizione e privazione come quello che provo oggi sentendomi intrappolata nel mio corpo. È stato un cammino lungo e faticoso, come se stessi scalando una montagna altissima, ma grazie alla mia determinazione ho raggiunto la meta. Era una sera d'inverno, mi sono distesa su una panchina, i vestiti rosicchiati dai topi che indossavo facevano entrare il vento pungente come una spina, ma ero riscaldata dal pensiero dolce e avvolgente di poter desiderare una vita nuova e migliore. Il giorno dopo, con l'aiuto di alcuni passanti, ho trovato la dimora di colui che mi avrebbe donato il regalo più grande: la libertà. Mi sembrava un castello, non avevo mai visto così tanto lusso, soprattutto dopo l'indipendenza della Moldavia a seguito della caduta dell'unione sovietica, non capivo come fosse possibile che allo stesso tempo la massa vivesse disarmata dalla miseria, ma appena mi sono stati chiesti mille euro per avere un passaporto falso e potermi fingere un'altra persona per scappare, ho appreso che l'uomo costruiva la sua fortuna basandosi sulle disgrazie altrui; la verità era che, come chi mi ha preceduto, non avevo altra scelta che assecondarlo. Finito il colloquio mi sono precipitata in banca per chiedere un prestito, una somma che io stessa sapevo già che non sarei mai riuscita a restituire, era un muro troppo alto per essere scavalcato, ma quando, dopo aver sgomitato tra la massa ed essermi imposta ho ottenuto il denaro e poi il passaporto, mi sentivo libera di volare via. Ho preso lo zaino contenente tutti i miei averi e sono subito scappata, ho iniziato a correre tra i campi, in quella spaventosa e buia notte illuminata dalla luna. Guardavo quel paesaggio tanto familiare quanto nemico, i ruscelli erano gonfi d'acqua come i miei occhi erano pieni di lacrime di gioia, tristezza, speranza e paura. Ho vissuto in Romania, ho attraversato la Bulgaria, mi sono trattenuta in Turchia, finché ho deciso di raggiungere l'Italia, in particolare il luogo in cui viveva mia zia: Castelfranco Veneto, la mia meta finale, la felicità tanto agognata, la gioia mai provata. Ho così sperimentato la vita in società diverse, accomunate tra loro per essere dominate dai pregiudizi dall'apparenza, dalle barriere culturali, un mondo non adatto a chi come me è trattato come un animale, costretto a una mole di lavoro disumana, retribuito miseramente; solo il fatto di non essere un cittadino locale dava alla gente la facoltà di sfruttarmi. Mi sentivo come i nativi americani soffocati, sottomessi dai conquistatori europei, uccisi, schiavizzati, annullati come persone e ridotti ad essere bestie da lavoro. Questa condizione, questo mondo chiuso nei confronti del diverso, del nuovo, questa smania di sottomettere il prossimo, di prevalere, di trattare le persone con una misera apparenza come oggetti, ha accomunato la mia vita in ogni società. Quando sono finalmente giunta al porto di Ancona e poi a Castelfranco Veneto, mi sono sentita finalmente libera di vivere e di essere me stessa, abbandonando l'identità parallela che mi ero creata con il passaporto falso. Ho vissuto tre anni con mia zia, che mi aveva ospitato e trovato lavoro in una stalla vicino a casa, lavoravo tantissimo, guadagnavo quattrocento euro al mese, trecento dei quali erano impiegati per pagare l'affitto, e nonostante molti reputino questa una vita misera e ingiusta, mi sentivo finalmente libera. Credevo di aver trovato la mia stabilità accanto a una persona fidata, finché un giorno ho scoperto per caso che mia zia, colei alla quale mi ero appoggiato, colei che credevo essere il mio porto sicuro, si stava arricchendo alle mie spalle rubandomi i soldi dello stipendio, frutto di duro lavoro, sudore, fatiche e dolori. Ho deciso quindi di prendere nuovamente il mio zaino da viaggio e scappare un'altra volta, di provare ancora a cercare la felicità, di trovare un volto amico, di trascorrere una vita di dolci sorrisi e non di amare tristezze. Sono così arrivata a Pordenone e ho avuto la fortuna di trovare impiego in un'azienda vinicola, finché, ottenuta l'indipendenza economica che da sempre avevo desiderato, ho aperto la mia impresa di trasporto di prodotti caseari. È un lavoro che mi rende felice, che mi appaga, che mi fa sentire libera, indipendente, tranquilla, serena, che mi fa alzare ogni giorno con la voglia di vivere la versione migliore possibile della mia esistenza. Ed ecco che, accompagnata la bambina che è in me nel compimento del viaggio più duro e faticoso alla ricerca della felicità, le mollo la mano, perché sento di averla resa forte abbastanza da resistere ad ogni turbolenza e ad adattarsi al presente senza accontentarsi mai, come un albero che si piega per il forte vento, ma che non si spezza.

Ho vissuto un'esistenza intensa, piena di momenti che mi hanno segnata nel bene e nel male, ho perseguito la ricerca della gioia per tutta la mia vita, ma solo ora ho capito che ciò che mi ha reso felice è stato contare su me stessa, sulla bambina coraggiosa, incosciente e sfrontata che è in me, sull'adulta razionale, e piena di esperienza che sono diventata, sulla forza interiore che solo la voglia di vivere può generare. È giunto ora il momento di evadere, di abbandonare questo corpo per diventare anch'io una libellula.

DER MUT, FREI ZU SEIN
GIORGIA PIZZO
Aus dem Italienischen von Emma Amalia Kosmalla

Ich bin hier, um den x-ten Tag auf dieser Hollywoodschaukel sitzend zu verbringen, die sich jetzt in einen Teil von mir verwandelt zu haben scheint. Ich bin vom Grün umgeben, es ist Frühling und die Natur erwacht wieder, sie ist so harmonisch und voll von Leben, dass sie mir noch einmal zu verstehen gibt, wie gequält mein eigener Gefühlszustand ist, reißend, stürmisch, fragil wie ein von den Wellen untergetauchtes Floß, traurig und grau, als befände ich mich in England in den Jahren der Industriellen Revolution, als wäre ich ein Stück Birke, das vom Ruß, der aus den Schornsteinen kommt, geschwärzt ist. Ich fühle mich schwach, unfähig, mich an das Gegenwärtige zu erinnern, gequält von den Erinnerungen an die Vergangenheit. Ich schaffe es nicht mehr, zu sprechen, mich verständlich zu machen, ich bin desorientiert, verloren, verstört und immer verwirrt. Ich würde mich gern wie die Libelle fühlen, die ich draußen vor dem Fenster sehe, frei zu fliegen, aber auf den Blättern der Blume sitzend, auf die sie sich stützt, sie ist das anmutigste Insekt, wenn sie ihren Tanz in der Luft anstimmt, aber ihre Eleganz und Freiheit sind mir entgegengesetzt, die ich mich in meinem Körper wie in einem Käfig fühle. Es ist, als wäre ich in einer Schachtel eingeschlossen und würde auf jede erdenkliche Art versuchen, hinauszugelangen. Ich bin nicht fähig, mit der Außenwelt zu interagieren, zu verstehen und mich zu verstehen zu geben, ich bin gebunden an diese Hülle, hereingelegt, gefangen in mir selbst. Diese Existenz ist es nicht würdig, Leben genannt zu werden. Physisch bin ich gefangen, doch mein Geist fliegt, ich reise leicht mit dem mächtigsten Mittel, der Fantasie. Und dort, in der idealen Welt, wo ich mich den ganzen Tag befinde, während die Leute reden und ich nicht verstehe, wenn ich versuche, zu verstehen, wenn ich mich schwach fühle, wenn die Ärzte mich besuchen und ich mich gefangen fühle, lebe ich mit der Seele auf Reisen und es ist als würde mein Inneres wie ein Papierflugzeug wegfliegen, um sich von meinem Körper zu trennen und als würde ich den Faden verlieren, der mich an das Leben bindet.

Wenn ich dort bin, leuchten meine grauen Augen auf und werden mit Emotionen bemalt, ich träume und während ich meine Schwächen überdenke, werde ich stärker. Von außen bin ich eine alte Frau, doch innerlich stark entschlossen, die schwerste Reise wieder zu durchleben, die Herausforderung meines Lebens, den Schweiß, die Tränen, die Angst, um das kleine Mädchen an die Hand zu nehmen, das diesen Weg geht und ihr als Vertrauensfigur eine bessere Erfahrung in diesen schweren Jahren zu schenken. Ich stelle also das Mädchen in mir Seite an Seite mit der Frau, die ich geworden bin und lasse diese beiden so verschiedenen Persönlichkeiten zusammenleben, die sich gut ergänzen. Mein Leben war eine lange Reise aus Fehlern, doch je mehr sich mein Geist von meinem Körper entfernt, desto besser geht es mir, und es ist als wäre ich ein Leuchtturm, der beobachtet, dass sich mein Geist wie ein Boot aus dem Hafen entfernt, bis es am schwarzen Meer in Moldawien ankommt.

1991 lebten wir begraben unter den Trümmern der Sowjetunion, die Wirtschaft war komplett zerstört und die politische Situation war genauso komplex, die Produktion war hauptsächlich landwirtschaftlicher Art. Ich arbeitete morgens, mittags, abends und nachts wie eine Sklavin, um mir den Luxus erlauben zu können, ins Lager zu gehen und das schimmlige Brot aus dem Müll zu klauen, um zu überleben. Stets fühlte ich mich wie eine flüchtende Diebin, doch es gab keine Alternative, mit der ich am Leben festhalten konnte; Meine Beine zitterten, weil ich nicht aß, ich schlief nicht, hatte kein Wasser zum trinken und keine warme Kleidung zum anziehen. Ich war inmitten der Grausamkeit der Welt, klein wie ein Sandkorn in der Wüste. Ich weiß nicht, wie es dazu kommen konnte, dass ich in so einer unglücklichen Lage war, doch damals wusste ich nicht einmal, was Glück überhaupt war. Es waren schwierige Jahre, geprägt von Brutalität, Armut, der fehlenden Bildung, von unmenschlichen Lebens- und Arbeitsbedingungen, Hunger, keinem Zugang zu ärztlicher Versorgung und von der Verwirrung, mit der mein Leben begann und mit der es jetzt, da ich Alzheimer habe, auch endet. Eines Nachts beschloss ich, getrieben von Furcht, dem Wunsch auf ein besseres Leben, der Faszination und der Angst gegenüber dem Unbekannten, die mich zerrissen und erwürgten, zu fliehen. Kaum war die Morgendämmerung angebrochen, da schleppte ich mich trotz meiner mangelnden Kraft in die Hauptstadt, angetrieben von Mut und meinem Lebensdurst, um dort einen Mann zu treffen, der in meinem Land dafür bekannt war, dass er Menschen wie mir half, dieser erdrückenden Realität zu entfliehen. Ich überquerte Felder, ausgetrocknete Wiesen, der Wind wehte stark, aber ich war bewegt von der Freude, dem Gefängnis, in dem ich lebte, zu entkommen, einem Gefühl von Zwang und Entbehrung wie jenem, das ich nun in meinem eigenen Körper fühle. Es war ein langer und anstrengender Weg, wie wenn man auf einen hohen Berg steigt, doch dank meiner Zielstrebigkeit habe ich den Gipfel erreicht.

Es war ein Winterabend, ich setzte mich auf eine Bank, die von Mäusen zernagten Kleider, die ich trug, hielten den starken Wind nicht im Geringsten ab, doch der Gedanke, dass ich eine Chance auf ein neues, besseres Leben hatte, hielt mich warm. Am nächsten Tag fand ich mit der Hilfe einiger Passanten das Haus des Mannes, der mir das schönste Geschenk machte: die Freiheit. Das Haus schien mir eher wie ein Schloss. Noch nie hatte ich so viel Luxus gesehen, schon gar nicht seit Moldawiens Unabhängigkeit nach dem Fall der Sowjetunion. Ich verstand nicht, wie es möglich war, dass jemand so lebte, während der Rest des Landes in Unglück versank, doch als ich circa tausend Euro für einen gefälschten Pass mit einer neuen Identität bezahlte, mit dem ich flüchten konnte, lernte ich, dass der Wohlstand dieses Mannes wohl auf der Misere der anderen basierte. Wie viele Menschen vor mir hatte ich keine andere Wahl, als ihn zu unterstützen. Nach der Unterredung stürmte ich in die Bank, um um ein Darlehen zu bitten, eine Summe, von der ich wusste, dass ich sie niemals zurückzahlen können würde. Diese Mauer war zu hoch, als dass ich sie überwinden könnte. Doch als ich mich durch die Masse gedrängelt hatte, bekam ich das Geld und dann den Pass. Ich war frei, von hier wegzugehen. Ich nahm meinen Rucksack, in dem all meine Sachen verstaut waren und brach sofort auf, begann schnell über die Felder zu rennen in dieser dunklen und furchteinflößenden Nacht, die nur vom Mond erleuchtet war. Ich sah die so bekannte und verhasste Landschaft, die Bäche waren mit Wasser gefüllt wie meine Augen mit Tränen der Freude, Trauer, Hoffnung und Angst. Ich lebte in Rumänien, habe Bulgarien durchquert, bin in der Türkei geblieben, bis ich entschied, nach Italien zu gehen, dorthin, wo meine Tante lebte: Castelfranco Veneto, mein endgültiges Ziel, das lang ersehnte Glück, die nie dagewesene Freude.

So probierte ich das Leben in verschiedenen Gesellschaften aus, die alle darin verbunden waren, dass sie Vorurteile gegenüber Menschen mit anderem Aussehen und kulturellem Hintergrund hatten. Diese Welt war nicht an Menschen wie mich angepasst, die wie Tiere behandelt und zu einer unmenschlichen und schlecht bezahlten Menge Arbeit gezwungen wurden. Allein die Tatsache, dass ich nicht von dort war, brachte die Leute dazu, mich auszunutzen. Diese Welt, die Unterschieden und neuen Dingen gegenüber so verschlossen war, diese Sucht, andere zu unterwerfen, überlegen zu sein, Menschen mit weniger gepflegtem Aussehen wie Dinge zu behandeln, hat meine Aufenthalte in vielen verschiedenen Ländern miteinander verbunden. Als ich endlich im Hafen von Ancona und dann in Castelfranco Veneto angekommen bin, fühlte ich mich endlich frei zu leben und ich selbst zu sein und ließ meine falsche Identität hinter mir. Ich habe drei Jahre lang bei meiner Tante gelebt, die mich bei sich aufnahm und Arbeit in einem nahegelegenen Stall für mich fand. Ich arbeitete sehr viel und verdiente vierhundert Euro im Monat, von denen ich dreihundert als Miete zahlen musste, und während viele sagen würden, dass dies ein schlechtes und ungerechtes Leben ist, fühlte ich mich endlich frei. Ich dachte, ich hätte bei einer Person, der ich vertrauen könnte, endlich Stabilität gefunden, bis ich meine Tante, auf die ich mich immer gestützt hatte und von der ich dachte, sie sei mein sicherer Hafen, eines Tages dabei erwischte, wie sie das wenige Geld, das ich noch hatte, stahl. So nahm ich noch einmal meinen Reiserucksack, um noch einmal fortzulaufen und mein Glück zu suchen, echte Freunde zu finden und ein Leben voll von süßem Lachen statt bitterer Trauer zu leben. So bin ich in Pordenone angekommen und hatte das Glück, Arbeit auf einem Weingut zu finden. Dort blieb ich, bis ich die finanzielle Unabhängigkeit erreichte, die ich mir immer gewünscht hatte und ein eigenes Unternehmen für Lebensmitteltransporte gründen konnte. Diese Arbeit machte mich glücklich, denn ich konnte mich frei, unabhängig und ruhig fühlen. Jeden Tag wachte ich auf und lebte die beste Version meines Lebens.

Nun, da ich das Mädchen in mir auf dem langen und stressigen Weg zum Glück begleitet habe, lasse ich ihre Hand los, da sie jetzt stark genug ist, um jede Turbulenz auszuhalten und sich nie zufrieden zu geben, wie ein Baum, der sich im starken Wind biegt, aber nie umfällt.

Ich habe ein intensives Leben gelebt, voll von guten und schlimmen Momenten, ich war mein ganzes Leben lang auf der Suche nach Glück, doch erst jetzt habe ich gemerkt, dass es mich wirklich glücklich macht, von mir selbst zu erzählen, von dem mutigen, unwissenden Mädchen in mir und der rational denkenden Frau, zu der meine Erfahrungen und die innere Kraft, die nur durch den Willen zu Leben generiert werden kann, mich gemacht haben. Jetzt ist der Moment gekommen, auszubrechen, diesen Körper zu verlassen und auch eine Libelle zu werden.

MITTELMEER
KLARA ROTTENBERGER

Stechende Sonne in meinen Augen, Salzwasser brennt sich in meine Haut und meine Kehle fühlt sich staubtrocken an.

So muss es sich am Ende der Welt anfühlen, verlassen von allen Menschen, abgeschnitten von der Zivilisation, irgendwo im Nirgendwo.

Doch mein Nirgendwo hat einen Namen – Mittelmeer.

Mittelmeer, früher ging ich gern ans Mittelmeer. Es war eine Freizeitbeschäftigung und zugleich eine Ablenkung von meinem straffen, harten Alltag.

Mittelmeer, mit diesem Begriff verband ich Melancholie, Abenteuer und Unbeschwertheit. Wie viele Tage haben ich, meine Familie und Freunde dort verbracht, um die Gedanken ein wenig schweifen zu lassen, um zu flüchten von den Mauern der Stadt, von den Mauern, die sogar unser Denken beherrschten.

Doch ich bin hier großgeworden, habe mein ganzes Leben hier verbracht und auch wenn ich mir mein Leben manchmal anders erträumt hatte, so hätte ich es für nichts auf der Welt aufgeben wollen.

Doch es kommt nun mal immer anders, als man es sich erhofft.

Viele Menschen, wenn man ihnen Mittelmeer vor Augen führt, denken sofort an warmes Wasser, Sonnenschein, Urlaub und vieles mehr. Mittelmeer scheint die schönen Augenblicke anzuziehen wie ein Magnet.

Doch es ist nicht alles Gold was glänzt. Das Mittelmeer hat seine Schattenseiten, genauso, wie jede andere Sache der Welt auch. Doch ist diese Seite des Meeres noch viel schlimmer, als ich es mir je hätte vorstellen können.

In unserer Stadt, einem kleinen bescheidenen Örtchen an der Küste des Libanon kannte jeder jeden und wir waren eine kleine, freundliche Gemeinde. Wir besaßen sogar den Reichtum einer Bibliothek, einer Schule und eines eigenen Supermarktes, was, zugegebenermaßen, nicht allzu oft vorkam, zumindest nicht in unseren Kreisen.

Meine Familie und ich lebten in einem kleinen zweistöckigen Haus am Rande der Stadt und man konnte aufs Meer blicken. Mein geliebtes Meer, in dem ich jeden Abend die Sonne verschwinden sah, in dem ich so viele schöne Stunden verbracht habe.

Doch das alles sollte sich von einem auf den anderen Tag ändern.

Ich kann mich noch genau an diesen einen, verhängnisvollen Tag erinnern, an den Tag, der mein Leben auf den Kopf stellte, der mich meiner Heimat beraubte.

Es war nachts, Totenstille, man hörte nur die Wellen leicht und sanft gegen die Felsen schlagen. Doch von einem Moment auf den nächsten wurde diese wunderbare Stille durchbrochen, von einem schrillen, kreischenden Geräusch, dass die ganze Stadt hat wach werden lassen. In einer Sekunde hörte ich noch das schrille, pfeifende Geräusch und in der nächsten hörte ich einen Knall, der die Macht von tausenden Sommergewittern hatte. Die Erde bebte, Menschen schrien, Kinder weinten, Schwefel lag in der Luft.

Im nächsten Augenblick wieder das schrille Geräusch, ein Pfeifen, das immer lauter wurde und dessen Klang mir bis heute im Gedächtnis geblieben ist.

Dann wieder ein dumpfer Knall, Weinen, Sirenen und verzweifelte Schreie in der ganzen Umgebung.

Ich kann mich noch genau daran erinnern, an diesen Moment, in dem meine Mutter außer Atem in meinem Zimmer ankam, mich mit weit aufgerissenen Augen anschaute und nur dieses eine Wort sagte, dieses eine verhängnisvolle Wort: "حرب" , Krieg…nicht mehr und nicht weniger. Aber genau dieses eine Wort riss unsere Familie und unseren Alltag aus der Bahn und es war dieses eine kleine Wort, das uns zum Verhängnis wurde.

An die nächsten Augenblicke erinnere ich mich nur noch lückenhaft. Wir verließen unser Haus, gingen auf die offene Straße. Es herrschte Chaos, überall Chaos. Große, mächtige Steinbrocken lagen auf der Straße und das Haus unserer Nachbarn war nur noch als Ruine wiederzuerkennen. Und dann überall diese herzzerreißenden Schreie. Kinder, Erwachsene, selbst meine Oma, von der man immer dachte, dass sie nichts auf der Welt erschrecken könnte, schrie. Doch in diesen Schreien steckte so viel Wahrheit und so viel Elend, das sich über die Jahre in unserem Land aufgestaut hatte. Unserem Land, dem Libanon, in dem ich mein ganzes Leben verbracht hatte. Unserem Land, in dem ich so viel gelernt hatte, in dem ich meine Kindheit verbracht hatte. Aber in diesem Augenblick, in diesem Moment des Schreckens und der Verwüstung erkannte ich es nicht wieder. Was war nur geschehen? Ich konnte es einfach nicht wahrhaben und ich wollte es auch gar nicht.

Wie in Trance bewegte ich mich zusammen mit meinen Eltern, meinen großen Schwestern und meinem kleinen Bruder auf die Kirche zu. Die große Kirche war eine Art Wahrzeichen unserer Stadt, genauso wie die ebenso enorme Moschee gleich daneben. Denn unsere kleine Stadt, war sowohl christlich, als auch muslimisch geprägt, doch anders, als im restlichen Teil des Landes, war das für uns kein Problem, im Gegenteil, wir liebten unsere Gemeinde so wie sie war, bunt und fröhlich, ein Mix aus allem.

Wir trafen also auf dem großen Platz vor den beiden Gotteshäusern ein und fanden schon eine Menge anderer Leute vor, alle völlig aufgelöst und verzweifelt angesichts dieser schrecklichen Situation.

Ein paar Meter entfernt von mir sah ich meinen besten Freund Fortuné stehen, ich wollte schon auf ihn zu gehen, als mich mein Vater fest am Handgelenk packte und mir mit tiefer Trauer und Bedauern in die Augen schaute und mir somit klar machte, was Sache war. Keiner bewegt sich vom Fleck, alle blieben da, wo sie waren.

Wir starrten uns weiterhin an und ich sah, wie Fortuné eine Träne die Wange hinunterlief. Was hatten sie nur getan? Was hatten sie nur getan, damit es soweit kommen musste? Ich verstand es einfach nicht.

Im nächsten Moment sah ich unseren Pfarrer aus der Kirche kommen, der sogleich anfing zu reden. Es habe einen Bombenangriff auf Beirut gegeben, von Seiten Israels. Die Lage sei sehr ernst zu nehmen und man wisse nicht wie es weitergehe. Außerdem seien israelische Truppen ins Landesinnere vorgedrungen und hätten nun auch die Küstenregionen erreicht.

Ich lauschte gespannt den Worten dieses alten Mannes, dessen Gesichtsausdrücke bei jeder weiteren Neuigkeit, die er verlas, immer trauriger und niedergeschlagener wurden.

Aus dem Augenwinkel heraus konnte ich beobachten, wie sich eine unserer Nachbarsfamilien langsam und nahezu unbemerkt gen Küste bewegte. Und auch meine Eltern wurden von Sekunde zu Sekunde unruhiger und tuschelten nervös hinter meinem Rücken.

Es war nichts neues, denn ich hatte sie in den letzten Wochen oft von den politischen Konflikten und Anspannungen im ganzen Land reden hören und auch ihre Gespräche über eine mögliche Flucht gingen mir nicht mehr aus dem Kopf. Damals erschien mir das alles surreal, nicht wirklich realisierbar und schon gar nicht notwendig. Doch jetzt in diesem Moment, in dem wir hier alle versammelt standen und nicht wussten, was wir tun sollten und ob wir diese Nacht überhaupt überleben würden, erschien mir diese absurde Idee der Flucht gar nicht mehr so weit weg, im Gegenteil, sie war mit Händen greifbar.

Und dann kam es wieder, dieses elendige Geräusch, diese Pfeifen, schrill und nicht auszuhalten. Die Leute schrien, Kinder weinten, die ganze Menschenmasse glitt auseinander und strömte in alle Richtungen aus. Panik stieg in mir auf, denn ich lief, ich lief so schnell, wie ich in meinem ganzen Leben noch nicht gelaufen war. Nicht mal bei unseren wöchentlichen Fußballturnieren, bei denen es um die so sehr anerkannte Schokoladentafel ging, bin ich so schnell gerannt, wie in diesem Moment.

Nur ging es diesmal eben nicht um eine Tafel Schokolade, nein, es ging um mein Leben. Es ging um mein Leben, das ich noch nie so sehr wertgeschätzt habe, wie in diesem Moment.

Ich rannte, ich rannte und rannte und rannte, doch ich wusste nicht einmal was mein Ziel war. Ich hielt schließlich hinter einem Haus, das nur noch in seiner Grundfassade zu erkennen war an und versteckte mich zwischen den übrig gebliebenen Trümmern. Und ich weinte, ich weinte so sehr, dass ich schon gar nichts mehr sehen konnte, alles verschwamm vor meinen Augen und ich ließ einen verzweifelten Seufzer los. Was war nur passiert? Und wo war meine Familie? Hatte ich nicht meinen kleinen Bruder am Arm gepackt und mit mir geschliffen? Doch er war nicht da. Er war nirgends zu sehen, wie vom Erdboden verschluckt. Ich schrie seinen Namen, ich rief nach meinen Eltern, nach meinen Schwestern, aber keiner antwortete, keiner.

Hatten sie nicht bemerkt, dass ich nicht mit ihnen gekommen bin? Hatten sie mich vielleicht absichtlich zurückgelassen? Und wo waren sie wohl jetzt?

Das einzige was ich mir vorstellen konnte war, dass sie allesamt zurück in unser Haus gegangen wären. Ich ging also los, schnurstracks auf unser Haus zu, das, nicht so wie viele andere dieser wunderschönen Häuser, noch nicht in Schutt und Asche zerfallen war.

Ich lief die große, enge Wendeltreppe hoch, um so in unser Wohnzimmer, dem Salon zu kommen, doch ich fand niemanden auf. Auch in den Zimmern von meinen Geschwistern und mir war keine Menschenseele zu finden.

Wie konnte das nur sein? Träumte ich etwa? Ich zwickte mir in meinen linken Oberarm, um dann hoffentlich aufzuwachen und zu sehen, dass das alles nur ein schrecklicher Alptraum ist. Doch alles was zurückblieb war eine Furche von meinen Fingernägeln und die schreckliche Einsicht, dass das die Realität war und dass ich wirklich allein in unserem Haus stand. Was sollte ich nur tun?

Da kamen mir die Worte meines Papas wieder in Erinnerung: „Denk immer dran, Mika, egal was passiert, das Meer vergisst nie, es ist dein sicherer Hafen."

Der Hafen! Das Meer! Der einzige Ort, an dem sie sein könnten war dort.

Ich lief hinunter, holte mein Fahrrad, das mein größter Stolz war, aus dem kleinen Schuppen nebenan und trat in die Pedale. Wie ein Wahnsinniger fuhr ich die kleine Straße in Richtung Hafen hinunter und als ich ankam, sah ich schon ein Dutzend Boote, die auf dem Wasser trieben. Allesamt gefüllt mit Menschen, zum Erbrechen voll.

Und dann sah ich sie, ich sah sie, als sie gerade in eines der Boote einstiegen. Ich sah den verzweifelnden, suchenden Blick meiner Mama, die Rufe meiner Geschwister. Und dann sah sie mir direkt in die Augen. Sie sah mir in die Augen, wie es nur eine Mutter machen kann und sie weinte, sie weinte bitterste Tränen. Im nächsten Moment wurde ihr Boot losgelöst von dem kleinen Steg nebenan und sie glitten aufs Wasser hinaus. Ich schrie, warf mein Fahrrad neben mir in die hohen Dünen und rannte auf den Steg zu. Doch voller Verzweiflung musste ich feststellen, dass es zu spät war, es war alles zu spät.

Meine Beine waren weich wie Wackelpudding, mir war übel und mir wurde schwarz vor Augen.

Ich erinnere mich nur noch daran, dass man mich zusammen mit drei anderen Kindern in eines dieser großen, orangenen Boote setzte, die entsetzlich nach verbranntem Plastik stanken und mich schon wieder nahe an den Rand der Ohnmacht trieben. Der Rest ist wie aus meinem Gedächtnis gelöscht.

Auch die darauffolgenden Tage sind nur schwach vorhanden und ich erinnere mich nur schemenhaft. Alles was ich weiß ist, dass ich viel geschlafen haben muss und dass ich von enormen Kopfschmerzen heimgesucht wurde.

Es ist das erste Mal, dass ich wieder einen klaren Gedanken fassen kann, als ich dieses Mal aufwache und mich aufrichte. Ich schaue mich um, sehe zwei Jungen und ein Mädchen, die neben mir liegen, schlafend und zusammengerollt wie Heringe in einer Dose. Welche Geschichte sie wohl zu erzählen haben?

Um mich herum Meer, Wasser und abartig viel davon. Wohin man auch schaut, sieht man nicht mehr, als dies blaue Flüssigkeit, die mir früher den größten Spaß meines Lebens beschaffen hat. Aber jetzt, jetzt ist sie zu einem Alptraum geworden. Einem Alptraum in blau.

Als ich mich wieder umdrehen will, erschrecke ich, zucke zusammen, denn ich schaue geradewegs in die tiefschwarzen Augen des Mädchens, das vor wenigen Minuten noch schlafend am Boden lag.

„Hallo.", sage ich, etwas zögerlich, aber bestimmt und warte auf ihre Antwort. Doch sie sagt nichts, starrt mich nur weiter aus ihren nachtschwarzen Augen an und mustert mich von Kopf bis Fuß. Sie muss schon um einiges älter sein als ich und ich frage mich warum ich sie zuvor noch nie gesehen habe. Auf mein erneutes „Hallo" reagiert sie diesmal mit einem kleinen, fast nicht hörbarem „Bonjour", mehr nicht. Vielleicht war das der Grund warum sie mir zuvor nicht geantwortet hatte, vielleicht versteht sie meine einfach Sprache nicht. Die meisten Leute in meiner Stadt sprechen das libanesische Arabisch, doch es gibt durchaus noch eine Minderheit, die Französisch spricht und auch mein Vater hat französische Wurzeln, weshalb ich mich zwei Muttersprachen glücklich schätzen kann. Gerade als ich ihr antworten will, wird die Stille von einem entsetzlichen Schrei unterbrochen. Ich drehe mich um und sehe entsetzt, wie einer der kleinen Jungen aus unserem Boot ins Wasser fällt. Er paddelt wie wild mit den Armen, schreit weiter und hat Mühe sich über Wasser zu halten. Ohne darüber nachzudenken, richte ich mich auf und springe ins Wasser. Von dem kleinen Jungen sind mittlerweile nur noch seine empor gerichteten Arme zu sehen und sein restlicher Körper ist schon unter der Wasseroberfläche, ich nehme all meine Kraft zusammen, um ihn mit mir hochzuziehen, doch genau das Gegenteil passiert. Ich habe einfach nicht genügen Kraft und wie ein kleines Menschenbündel sinken wir tiefer und tiefer. Panik macht sich breit, der kleine Junge der noch zuvor wie wild gezappelt hat und sich an mit festgekrallt hat, wird plötzlich ganz schlaff und seine Arme lösen sich von mir. Ich versuche erneut ihn an mich zu ziehen und die Oberfläche zu erreichen, aber es ist vergebens, ich habe keine Kraft mehr und die Luft geht mir auch aus. Ich lasse den Jungen los und schwimme zurück zu unserem Boot.

Die anderen beiden helfen mir ins Boot zu gelangen und schauen mich aus großen, traurigen Augen an. Doch alles was ich tun kann, ist den Kopf zu schütteln. Ich habe es nicht geschafft. Ich habe es nicht geschafft den kleinen Jungen, den ich noch nicht einmal kannte das Leben zu retten. Ich habe es nicht geschafft, einfach weil ich nicht genügend Kraft hatte. Ich spüre, wie es hinter meinen Augen anfängt zu brennen und mir Tränen in die Augen steigen.

Müde und erschöpft von der missglückten Rettungsaktion schlafe ich ein und erwache erst wieder, als die Sonne stechend heiß und drückend auf meinen Rücken scheint.

Die stechend heiße Sonne, ein unbändiger Durst und Salzwasser, das auf meiner Haut brennt.

Das, ja das, ist das Mittelmeer.

MAR MEDITERRANEO
KLARA ROTTENBERGER
Traduzione di Leonardo Bertone

Il sole cocente nei miei occhi, l'acqua salata che mi brucia la pelle e la gola secca a causa della brezza marina.

È così che ci si deve sentire alla fine del mondo: abbandonati da tutte le persone, tagliati fuori dalla civiltà, da qualche parte nel mezzo del nulla.

Ma il mio nulla ha un nome – Mediterraneo.

Mediterraneo; mi piaceva raggiungere il Mediterraneo. Era un puro svago e allo stesso tempo una distrazione dalla mia rigida, dura vita quotidiana.

Mediterraneo: a questa parola ho associato tante volte malinconia, senso di avventura e spensieratezza. Quanti giorni io, la mia famiglia e i miei amici abbiamo trascorso lì a lasciare che i pensieri vagassero liberi, per fuggire dalle mura della città, dalle mura che dominavano persino le nostre menti.

Sono cresciuto qui, ci ho vissuto tutta la mia vita, e anche se a volte ho sognato di possedere una vita tutta diversa, non avrei voluto rinunciare a quella che avevo per niente al mondo.

Ma come succede sempre, le cose vanno diversamente da come si spera.

Guardando al Mar Mediterraneo molte persone pensano immediatamente all'acqua calda, al sole, alle vacanze e a molto altro ancora. Il Mediterraneo sembra attirare i bei momenti come una calamita.

Ma non è tutto oro ciò che luccica. Il Mediterraneo ha i suoi aspetti negativi, proprio come qualsiasi altra cosa che esiste al mondo. E questo lato del mare è molto peggio di quanto avrei mai potuto immaginare.

Nella nostra cittadina, un piccolo, umile villaggio sulla costa del Libano, tutti conoscevano tutti ed eravamo una comunità modesta ma amichevole. Avevamo anche la fortuna di possedere una biblioteca, una scuola e un nostro supermercato, cosa che, a dire il vero, non accadeva molto spesso; o perlomeno non nei nostri ambienti.

Io e la mia famiglia vivevamo in una piccola casa a due piani proprio ai margini della città, da cui si poteva avere una bella vista del mare. Il mio amato mare, in cui vedevo sparire il sole ogni sera, il mare con cui trascorrevo tante ore meravigliose. Ma tutto questo sarebbe cambiato da un giorno all'altro.

Ricordo ancora con chiarezza quel fatidico giorno, il giorno che ha sconvolto la mia vita, che mi ha derubato della mia Casa. Nella notte c'era un silenzio di tomba; si udivano solo le onde che battevano dolcemente contro gli scogli. Ma d'un tratto quel meraviglioso silenzio venne rotto da un acuto, stridulo rumore che risvegliò l'intera città. Per un secondo appena sentii quel sibilo assordante e nell'attimo dopo udii un'esplosione che racchiudeva in sé una potenza degna di migliaia di temporali estivi.

La terra tremò, la gente urlò, i bambini piansero, mentre una pesante puzza di zolfo si spanse nell'aria. Subito dopo di nuovo quel fragore stridulo, un fischio che si fece sempre più forte e il cui suono rimane impresso nella mia memoria ancora oggi. Poi un altro scoppio, pianti, sirene e urla disperate in tutti i dintorni. Rammento ancora molto bene quel momento in cui mia madre venne nella mia stanza senza fiato, mi guardò con gli occhi sgranati e disse solo quella parola, quella fatidica parola: "حرب" guerra... niente più e niente meno. Bastò proprio quella sola parola a stravolgere la nostra famiglia e la nostra vita per sempre, e fu quella piccola parola a diventare la nostra rovina.

Ciò che avvenne in seguito lo ricordo solo vagamente. Lasciammo la nostra casa e ci portammo in strada, all'aperto. Il caos prevaleva su tutto, c'era caos ovunque. Grandi e possenti cumuli di macerie giacevano sulla strada, e la casa dei nostri vicini era ormai appena riconoscibile, ridotta in rovine. E poi ovunque le urla strazianti. Urlavano i bambini e gli adulti, indistintamente, e anche mia nonna, che ha sempre creduto che niente al mondo potesse spaventarla. Ma c'erano così tanta verità e così tanta miseria in queste grida; una miseria che si era accumulata nel nostro Paese nel corso degli anni. Il nostro Paese, il Libano, dove ho vissuto tutta la vita. Il nostro Paese, dove avevo imparato tanto, dove avevo trascorso la mia infanzia. Un Paese che in quel momento, in quell'istante di orrore e devastazione, non riconoscevo. Cosa stava accadendo? Non potevo crederci e non lo volevo neanche.

Come in trance, mi avviai verso la chiesa insieme ai miei genitori, alle mie sorelle maggiori e al mio fratellino. La grande chiesa era una sorta di punto di riferimento per la nostra città, proprio come l'enorme moschea che le sorgeva accanto. Perché la nostra piccola città era sia cristiana che musulmana, ma a differenza del resto del paese per noi non era un problema, anzi, amavamo la nostra comunità così com'era, colorata e allegra, un misto di tutto. Arrivammo così nella piazza antistante i due edifici, dove trovammo tante altre persone, tutte completamente sconvolte e disperate davanti a questa drammatica situazione. A pochi metri da me vidi, in piedi tra la folla, il mio migliore amico Fortuné; stavo già per avvicinarmi a lui quando mio padre mi afferrò forte il polso e mi guardò negli occhi con profonda tristezza e rammarico, facendomi capire cosa stava accadendo. Nessuno si mosse da quel luogo, tutti rimasero fermi dov'erano. Continuammo a fissarci, e notai una lacrima scorrere lungo la guancia di Fortuné.

Cosa avevano fatto? Cosa era successo? Non lo capii.

L'attimo successivo vidi finalmente uscire dalla chiesa il nostro parroco, che subito si mise a parlare. C'era stato un bombardamento su Beirut da parte di Israele. La situazione era da prendere molto sul serio, non si sapeva come sarebbe andata avanti. Inoltre, le truppe israeliane erano penetrate nell'entroterra e ora avevano raggiunto anche le regioni costiere.

Ascoltai attentamente le parole di quel vecchio le cui espressioni facciali, a ogni nuova notizia che leggeva, diventavano sempre più tristi e depresse. Con la coda dell'occhio potei scorgere una delle famiglie vicino a noi che si mosse lentamente e quasi inosservata verso la costa. I miei genitori diventavano sempre più irrequieti di secondo in secondo, sussurrandosi nervosamente qualcosa alle mie spalle.

Non era una novità, perché nelle ultime settimane li avevo sentiti spesso parlare dei conflitti politici e delle tensioni in tutto il Paese, e non riuscivo a togliermi dalla testa le loro conversazioni su una possibile fuga. All'epoca mi sembrava una cosa surreale, non proprio fattibile e di certo non necessaria. Ma ora, in questo momento, mentre eravamo tutti riuniti e non sapevamo cosa fare e se saremmo sopravvissuti anche a quella notte, l'assurda idea della fuga non mi parve più così lontana, anzi, si fece particolarmente conveniente e a portata di mano.

E di nuovo tornò quel rumore infelice, quei fischi striduli e insopportabili. La gente urlava, i bambini piangevano, l'intera folla si dissolse per riversarsi in tutte le direzioni. Il panico crebbe anche in me che correvo, stavo correndo tanto veloce come non avevo mai corso in tutta la mia vita. Non avevo mai corso tanto velocemente come in quel momento, nemmeno ai nostri tornei di calcio settimanali, che erano tutti incentrati sull'acclamatissima tavoletta di cioccolato. Solo che questa volta non si trattava di una tavoletta di cioccolato, no, riguardava la mia vita. Riguardava la mia vita che non ho mai amato tanto quanto in quel momento. Ho corso, ho corso, ho corso e ho corso, ma non sapevo nemmeno quale fosse il mio obiettivo. Alla fine mi sono fermato dietro una casa, di cui sorgeva solo l'essenziale facciata, e mi nascosi tra le macerie rimaste. E piansi, piansi così tanto da non vedere più niente, tutto si fece sfocato davanti ai miei occhi e mi lasciato andare in un sospiro disperato. Cosa era appena successo? E dov'era la mia famiglia? Non avevo forse afferrato il braccio del mio fratellino e l'avevo trascinato con me? Ma lui non c'era. Non si vedeva da nessuna parte, come se fosse stato inghiottito dal terreno stesso. Gridai il suo nome, chiamai i miei genitori, le mie sorelle, ma nessuno rispose, nessuno.

Non si erano accorti che non ero andato con loro? Potrebbero avermi lasciato apposta? E dove erano adesso? L'unica cosa che potevo immaginare era che sarebbero tornati tutti a casa nostra. Così andai subito verso casa nostra, che, a differenza di tante altre belle case, non era ancora caduta in macerie. Corsi su per la grande e stretta scala a chiocciola per entrare nel nostro soggiorno e nel salone, ma non riuscii a trovare nessuno. Anche nelle stanze mia e dei miei fratelli non c'era anima viva. Come poteva essere? Stavo sognando? Mi pizzicai il braccio sinistro, nella speranza di svegliarmi e vedere che tutto ciò era solo un terribile incubo. Ma rimasero solo il solco delle mie unghie e la terribile consapevolezza che quella era la realtà e che ero davvero solo in casa nostra. Cosa avrei dovuto fare? Poi mi vennero alla mente le parole di mio padre: "Ricordati sempre, Mika, qualunque cosa accada, non dimenticarti mai del mare, è il tuo rifugio sicuro".

Il porto! Il mare! L'unico posto in cui potevano essere era lì. Corsi di sotto, dal piccolo capanno accanto a casa presi la mia bicicletta, che era il mio più grande orgoglio, e iniziai a pedalare. Corsi come un pazzo lungo la stradina che conduceva al porto e quando arrivai vidi una dozzina di barche che galleggiavano sull'acqua. Tutte piene di gente, piene fin da scoppiare. Li vidi, li vidi proprio mentre stavano salendo su una delle barche. Scorsi lo sguardo disperato e indagatore di mia madre, udii le chiamate dei miei fratelli. E poi lei mi guardò dritto negli occhi. Mi guardò negli occhi come solo una madre può fare e pianse, pianse le lacrime più amare. Un attimo dopo la loro barca fu staccata dal piccolo molo e scivolarono via nell'acqua. Urlai, gettai la mia bici nelle alte dune e corsi verso il molo. Ma in preda alla disperazione mi resi conto che era troppo tardi, era troppo tardi. Le mie gambe si fecero come gelatina, mi sentivo male e tutto parve diventare nero. Ricordo solo di essere stato messo in una di quelle grandi barche arancioni con altri tre bambini che puzzavano terribilmente di plastica bruciata e fui nuovamente sull'orlo dello svenimento. Il resto fu cancellato dalla mia mente.

Nei giorni successivi fui debole e ne ho solo un ricordo ombroso. So solo che devo aver dormito molto e che un enorme mal di testa mi aveva colpito. Finalmente però, quando per la prima volta ebbi modo di avere un pensiero chiaro, mi svegliai e mi raddrizzai per guardarmi intorno; vidi due ragazzi e una ragazza sdraiati accanto a me, addormentati e rannicchiati come aringhe in una lattina. Quale storia avranno avuto da raccontare?

Tutto intorno a me c'era solo il mare, acqua in abbondanza. Ovunque si guardava non si poteva vedere altro che quel liquido blu che un tempo mi dava il più grande divertimento della mia vita. Ma ora, ora si era trasformato in un incubo. Un incubo in blu. Quando volli voltarmi di nuovo, ebbi un sussulto di paura perché mi ritrovai a guardare dritto negli occhi nerissimi della ragazza che fino a pochi minuti prima credevo addormentata sul pavimento.

"Ciao", le dissi, un po' esitante ma tentando di mantenere la fermezza in attesa della sua risposta. Ma lei non disse niente, continuando a fissarmi con i suoi occhi neri come la notte e studiandomi dalla testa ai piedi. Doveva essere molto più grande di me e mi chiesi perché non l'avessi mai vista prima. Finalmente reagì al mio rinnovato "Ciao" con un piccolo, quasi impercettibile "Bonjour", niente di più. Forse era per questo che non mi aveva risposto prima, forse semplicemente non capiva la mia lingua. La maggior parte delle persone nella mia città parla arabo libanese, ma c'è ancora una minoranza che parla francese e anche mio padre ha radici francesi, motivo per cui ho la fortuna di avere due lingue materne.

Proprio mentre stavo per risponderle il silenzio fu rotto da un orribile urlo. Mi girai e guardai con orrore uno dei ragazzini della nostra barca che cadde in acqua. Si dimenò selvaggiamente con le braccia, continuando a urlare e mostrando di avere seri problemi a rimanere a galla. Senza neppure pensarci mi alzai e mi tuffai in acqua. Le braccia del bambino erano appena visibili, il resto del suo corpo già sotto la superficie dell'acqua; usai tutte le mie forze per tirarlo su con me, ma accadde esattamente il contrario. Da solo non avevo al forza per salvarlo, e come avvinghiati insieme cademmo sempre più in profondità.

Sentii il panico diffondersi, il ragazzino che prima si contorceva selvaggiamente e si aggrappava a me improvvisamente si afflosciò e le sue braccia si staccarono da me. Provai ancora a tirarlo per raggiungere la superficie, ma fu tutto vano, non avevo più forze e mi venne a mancare l'aria. Dovetti lasciarlo andare e nuotai verso la nostra barca.

Gli altri mi aiutarono a salire in barca e mi guardarono con grandi occhi tristi. Tutto quello che potei fare fu scuotere la testa. Non ce l'avevo fatta.

Non ero riuscito a salvare la vita di quel bambino che nemmeno conoscevo. Non ce l'avevo fatta semplicemente perché non avevo abbastanza forza. Provai la repentina sensazione degli occhi che bruciarono a causa delle lacrime amare che iniziarono a risalire.

Stanco ed esausto per l'infruttuosa operazione di salvataggio, mi addormentai e mi svegliai solo quando il sole afoso mi scottava già sulla schiena. Era un sole caldo e penetrante, che mi lasciò abbandonato a una sete irrefrenabile, il mio unico sollievo e tormento l'acqua salata che mi si posava sulla pelle secca bruciandola.

Quello, sì quello, è il Mediterraneo.

CATULLO ED IO
LEONARDO BERTONE

Può una pandemia essere spossante?

A modo suo, sì. Quell'angosciosa sensazione di sentirsi chiusi in trappola, di vedere il mondo fuori dalla finestra e sapere che si trova ad un passo da noi, ma non poterlo raggiungere. Ecco cosa spossa. Le giornate ormai tutte uguali, a lavorare da dietro uno schermo di computer, in queste piccole case di città. Sentire di avere delle ali che sono state miseramente tarpate per via di qualcosa tanto piccolo da essere pressoché invisibile: una creatura minuscola come un virus ha paralizzato la nostra frenetica società e ci siamo ritrovati impreparati, che cosa buffa.

Guardavo fuori dalle finestre mentre redigevo questo diario, provando un grande vuoto. La città era silenziosa, la pianura oltre i palazzi si distendeva immutabile e spoglia, lasciando solo qualche montagna appena visibile verso nord. Avrei tanto voluto fare un viaggio nel prossimo futuro, ma a quanto pare questa pandemia è stata un imprevisto di portata globale.

Sospirai. Poi qualcosa di soffice mi toccò appena il piede; portai gli occhi in basso trovando Catullo, il mio bel coniglio dal pelo gonfio e soffice come una nuvola. Sembrava darmi tanti bacini che mi facevano venire un po' di solletico. Mi alzai e lo presi in braccio, per poi buttarmi sul divano. Beato lui, che si accontentava di un poco di affetto. Ma io avrei voluto provare ancora quel brivido del fare cose nuove, del vivere nel più completo significato del termine. L'apocalisse di colpo sembrava aver assunto un profilo domestico. Mentre pensavo a ciò mi sdraiai sul divano, un'effervescenza di pensieri che mi confondeva e mi stordiva. Catullo si appallottolò tra le mie braccia addormentandosi subito.

Cosa fare, mi chiedevo. Bella domanda. Sentii di soffrire un po' per questa condizione di impotenza, mentre un fremito di tristezza mi passò da capo a piedi, un anelito di libertà sospirante nel cuore e un singulto di commozione che pensava alle esperienze stavamo perdendo tutti quanti, a dover rimanere chiusi in casa per chissà ancora quanto. Ma era necessario.

Mentre rimuginavo su ciò mi rialzai, intorpidito, posai Catullo nella sua gabbietta e, mascherina sul volto, uscì per fare una passeggiata. La città era silenziosa; i marciapiedi una volta pieni di bambini erano percorsi ora solo da qualche vecchia foglia secca che rotolava mestamente; vidi in un parchetto un uomo, nascosto da una mascherina azzurra e un paio di occhialoni da sole, che portava a spasso il cane. Passando sotto le finestre udivo le televisioni che gracchiavano monotone notizie che dapprima avevano rappresentato un allarmante nuovo mondo, ma ora erano divenute quotidianità come tante altre cose, mentre ciò che prima davamo per scontato era di colpo raro e prezioso. I momenti, le azioni, la compagnia delle persone. Avrei voluto ribellarmi alla frustrazione che provavo, magari muovermi di più. Sì, poteva essere una soluzione, certo non la migliore dato che limitare gli spostamenti sarebbe stata la cosa più saggia secondo le imposizioni volte alla salute di tutti. Però un giretto in campagna, fuori dalla grigia città abitata da fantasmi, poteva essere una buona cosa. Magari avrei potuto portarmi anche Catullo. Ma come spostarmi? L'auto non l'avevo mai posseduta; di moto invece ne ebbi una sola anche se per appena due mesi, perché poi mi avevano ritirato la patente a causa di due bicchierini di vino... e una bottiglia di troppo. Di autobus non ce ne erano quasi che andassero fuori città, e gli animali non erano ben visti a bordo. Un treno? Con la fortuna che avevo mi sarei imbattuto nella polizia ferroviaria che mi avrebbe chiesto dove stessi andando; e lì sarebbe stata una multa salata, perché non potevo mica uscire di città.

Insomma, essendo senza idee feci tristemente ritorno verso casa, passando per il lungo marciapiede che correva attorno al parco, proprio accanto alla pista ciclabile. D'un tratto mi venne un'idea geniale.

Rientrai a casa tutto eccitato, pregustando già la bella esperienza che mi si prospettava. La pista ciclabile mi aveva fornito lo spunto necessario, come un'illuminazione. Non possedevo moto o auto, ma la bici ce l'avevo, anche se un po' vetusta. Andai subito al ripostiglio e la tirai fuori; nonostante non la usassi da anni era in buone condizioni. Una gonfiata alle gomme, una spolverata e via, come nuova. Il vantaggio di quella bici era la presenza di un bauletto, tra l'altro piuttosto capiente. La mezz'ora successiva la passai correndo da un angolo all'altro della casa in cerca di oggetti, vestiti, documenti, soldi e quant'altro.

Avevo un'idea: per lasciare l'aria di città senza dover nuocere alla salute di nessuno avrei passato un paio di giorni in campagna, in tenda. Sarebbe stato un ottimo espediente per rilassarmi un po' e sicuramente muovendomi da solo non avrei procurato problemi a nessuno. O meglio, tutto da solo no: avrei portato Catullo con me.

Così, mi ritrovai con una bici, un bauletto ricolmo di cose che mi sarebbero potute tornare utili, uno zaino e la tenda, accuratamente ripiegata per essere portabile in spalla. Era un bel pezzo di residuato di quando me ne andavo in villeggiatura alle superiori, piccola ma comunque confortevole. Finalmente avrei lasciato questa cittadina che non aveva più nulla da raccontare, era tempo di cambiare! Montai sulla parte anteriore della bici un cestino per contenere Catullo; ormai era tardi, ma l'indomani mi attendeva la più bella avventura immaginabile in una pandemia: viaggiare!

2 Maggio

Mi svegliai alle cinque, ora terribile ma necessaria. Detto addio al focolare domestico, io e Catullo ci mettemmo in marcia verso la periferia, per poi buttarci lungo le stradine ai lati dei campi incolti, sempre diretti verso una meta ancora non certa. Giungemmo nei pressi di un burrascoso fiume, ma il luogo non era ancora quello giusto per accamparsi. Continuammo a spostarci lontano dalla città, correndo accanto alle lunghe autostrade senza più automobili. Il passaggio di qualche sporadico camion era diventato un motivo di eccitazione che il coniglietto osservava incuriosito con i suoi occhietti neri pieni di gioia. Doveva essere la prima volta che lo portavo così lontano da casa. Certo doveva sembrargli un viaggio omerico, per le corte distanze a cui era abituato lui. Finalmente trovammo il luogo adatto, un piccolo rivo tra le radure della grande pianura. Il silenzio era spezzato solo dal gracidare dei ranocchi intervallato dal continuo scrosciare dell'acqua. Le mie gambe, non più abituate alle lunghe maratone in bicicletta, si erano ammutinate costringendomi di fatto a fermarmi lì. Sembrava un buon luogo per la nostra villeggiatura.

Mi distesi allora sotto ad un frondoso boschetto di querce, liberando Catullo perché potesse godersi per la prima volta da tempo immemore la verde erba dei prati aperti. Iniziò a brucare qua e là, muovendo il nasino in cerca di qualche saltuario profumo primaverile. L'indomani sarebbe stato giugno, e tutto sembrava perfetto. Mi distesi felice, assopendomi.

Più tardi, prima di montare la tenda, scoprii di dovermi recare al ruscello per prendere dell'acqua; quella che avevo portato con me era già finita. L'avevo bevuta quasi completamente appena uscito di città, già troppo stanco e disidratato. Scesi verso l'acqua immaginandone già la purezza e la freschezza cristallina. Abbassai la borraccia per immergerla, ma mi trattenni all'ultimo; Catullo accanto a me stava per portare il musetto al liquido corroborante, ma lo afferrai e, tra le sue proteste, mi allontanai inorridito. C'era sulla gorgogliante superficie del torrente una sostanza biancastra che faceva strane bolle schiumose dall'odore di candeggina. Mi mossi nel sottobosco e, con mio grande rammarico, spostata una fronda spinosa mi imbattei in un'alta recinzione metallica. Dall'altro lato si stagliava come un gigante minaccioso una fabbrica cupa e inquietante che non avevo notato. Un grosso tubo partiva dallo stabilimento e si gettava proprio a monte del ruscello, compromettendone le acque. Tornai alla bici disilluso e innervosito: quel luogo aveva già terminato di essere il nostro paradiso di villeggiatura. Mi chiesi se esistesse davvero un posto ancora buono per quel tipo di esperienze. Accarezzai il coniglio, pensando alla situazione in cui mi ero ritrovato. Non sarei riuscito a tornare a casa in giornata, ma se fossi andato oltre dove sarei giunto? Il tramonto già tingeva il cielo come un magnifico quadro, lasciandomi a meditare se il mio destino non fosse quello di rimettermi in viaggio verso una meta ignota. Forse avevo sbagliato tutto: era il viaggio ciò che cercavo davvero. Poter viaggiare di nuovo, vedere luoghi e vivere nuove avventure. Non una mera vacanza. Che fosse davvero così? Ci pensai molto, mentre rimettevo tutto nello zaino e posai Catullo nel suo cestino. Speravo che l'erba che aveva mangiato non fosse contaminata da quelle strane sostanze nel rivo. Casomai un coniglio radioattivo poteva sempre tornarmi utile; chissà, avrei potuto usarlo come torcia notturna. Ripartimmo verso l'orizzonte, poveri di aspettative ma carichi di ambizioni.

15 Giugno

Mi svegliai quella mattina con un formicolio terribile in ogni parte del corpo. Avevo passato la notte in un casolare abbandonato, il cui tetto mezzo fatiscente andava abbastanza bene per me e Catullo da convincerci a dormire lì. Era ormai un mese e mezzo che ci trovavamo in marcia, decisi ad andare oltre, verso qualcosa che ancora non conoscevamo. Parola d'ordine: viaggiare e sognare.

Non avevamo trovato il luogo ideale dove accamparci, e questo ci aveva portati a continuare imperterriti a spostarci per cercare un mistero più grande di noi. Non che il coniglio mi avesse dato la sua precisa opinione in merito, ma per lui scoprire che il mondo era tanto grande fu una vera rivelazione mistica. Un po' anche per me, ipotizzavo; mi ero abituato talmente tanto a stare chiuso in casa da dimenticarmi come fosse fatto il resto del pianeta, cosa volesse dire spostarsi e vedere realtà nuove.

Al mio risveglio mi grattai ripetutamente, infastidito dal prurito assillante. Anche Catullo pareva grattarsi con le zampette posteriori; quando guardai la mia pelle compresi il perché': i flagelli estivi erano tornati. Le zanzare. Fuggii dal casolare dopo aver raccolto le mie cose in fretta e furia. Le zanzare sembravano dotate di poteri occulti: di notte avevano attaccato in massa, ma al mattino non ve ne era una neppure a cercarle negli angoli più oscuri dell'edificio.

Ripartimmo dirigendoci verso il paese più vicino, in cerca di conforto in una bibita fresca. Mi sorpresi quando scoprii che, in un piccolo villaggio sperso tra le foreste e le campagne, c'era davvero un bar aperto. Era una cosa sorprendente sia per via del fatto che si trattava di un paese di poche anime sia perché con le regole vigenti a causa della pandemia credevo avessero tutti chiuso. Legai Catullo al suo cestino affinché non fuggisse ed entrai: si trattava di un locale piuttosto angusto, ma stranamente profondo e semibuio. Si respirava un pazzesco odore di naftalina. Compresi il perché quando diedi una fugace occhiata ai frequentatori: tutti vecchi dai volti rugosi, le mascherine rigorosamente abbassate sotto il mento a mostrare le bocche sdentate. Sembrava stessero parlando quando ero entrato, ma si interruppero per scrutarmi come se fossi giunto da un altro pianeta. Al bancone, un uomo ancora più vecchio mi fissava storto: con la pelle raggrinzita e due occhi vitrei e piccoli, si reggeva a malapena aggrappandosi al bancone di vecchio legno tarlato. Sforzai la vista nel buio e gli chiesi una bibita fresca. Il vecchio abbaiò qualcosa che non riuscii ad afferrare, facendomi persino dubitare di aver appena ascoltato una lingua straniera. Gli altri vecchi, capendo che non intendevo ciò che dicevano in quella loro parlata convulsa, si rimisero a discutere tra loro come se nulla fosse stato.

Uscii con immenso piacere da quel posto, lasciando che la luce del sole mi abbracciasse e mi accarezzasse il volto illuminandolo di vitalità: avrei fatto un inno alla luce, se avessi potuto, augurandomi di non ridurmi mai nella condizione di quei vecchi al bar. Stavano là a diventare muffa, eppure non si schiodavano, rintanati come pipistrelli. Misi le mani a coppa e vi versai dell'acqua da una fontanella, permettendo a Catullo di dissetarsi. Poi ripartimmo di nuovo. Passammo per nuove città di provincia, visitammo centri storici pressoché deserti e ci fermammo sempre il minimo indispensabile, giusto il tempo di lasciar gironzolare Catullo nei parchetti pubblici. Qualche bambino di passaggio lo accarezzava amorevolmente, mentre io mi riposavo dai continui crampi dovuti alla marcia senza sosta. Una marcia che non volevo interrompere per nulla al mondo. Saltavo allora in sella e, preso il coniglio per la collottola, lo rimettevo nel suo robusto cestino. Dicevamo addio a ciò che ci lasciavamo alle spalle e accoglievamo con elettrizzante emozione quello che veniva dopo.

25 Giugno

Stavamo abbandonando l'ennesima cittadina quando d'un tratto udii una sorta di verso stridulo, uno di quei suoni che se sentiti alla sera quando si è soli a casa fanno accapponare la pelle.

Alzai gli occhi al cielo, scoprendo che si trattava solo di uno stormo di gabbiani che svolazzavano via da una discarica, le penne bianche leggiadre al vento. Quella visione mi diede l'idea finale: la mia missione sarebbe stata giungere al mare. Nient'altro, se non finire questa piccola avventura con Catullo sulla morbida sabbia ancora tiepida, osservando un ultimo tramonto sul mare. Quella visione mi diede una spinta in più, fornendomi la forza di continuare a pedalare ancora per chilometri fino all'imbrunire. Mi fermai nei pressi di un paesino: stavo già impiantando la tenda quando venni interrotto da una voce; era un uomo di mezza età che vedendomi lì mi chiese se volessi ospitalità. Quella notte sarebbe stata fredda a causa di un acquazzone, e nel vedermi lì così con il mio coniglio volle insistere a farmi dormire a casa sua, con tutte le precauzioni del caso contro eventuali virus. Impossibilitato a dirgli di no accettai volentieri; le persone nei piccoli paesi sapevano essere davvero molto cordiali. In città invece erano sempre malfidenti, temendo tutto e tutti, persino sé stesse.

Il viaggio, non senza peripezie, è continuato fino a questo giorno; ho seguito le indicazioni stradali, ma ormai la direzione era sicura. Stavo per giungere al mare, il quale si palesò dapprima con le avvisaglie della brezza marina serale che si spingeva nell'entroterra dove ero accampato con Catullo. Ancora poco ed era fatta. Quando gli arrivammo davanti potei udire Catullo fare un singhiozzo di sorpresa: la massa indistinta d'acqua salata si perdeva all'orizzonte, ed era davvero una vista mozzafiato. L'avevamo fatto. Avevamo vissuto quell'esperienza e nulla era stato meglio di essa. Era come vivere di nuovo per la prima volta. Mi sedetti su uno scoglio, ad ascoltare lo sciabordio delle onde mentre il sole si gettava piano nei flutti. Catullo mi saltò in braccio e si lasciò accarezzare osservando ammirato i gabbiani che compivano le loro acrobazie in cielo schiamazzando vivaci. Poi ci fu il momento decisivo dell'ultimo tramonto che si apprestò a svanire in un incendio divampante di colori che chiazzarono il cielo; era così irreale da sembrare un sogno. Anche i gabbiani parvero tacere per assaporare meglio quel breve attimo di contemplazione. Tutto parve immobile e perfetto, se non per Catullo che si mosse fastidiosamente sul mio petto, saltellando di qua e di là. Tentai di contenerlo mai non riuscivo a farlo stare fermo, tanto che mi saltò quasi in testa costringendomi a chiudere gli occhi di colpo.

Mi svegliai di soprassalto spalancando gli occhi. Catullo tentava di zampettarmi sul volto, e lo spostai mettendolo a terra. Il coniglio si infilò sotto il divano, mentre io mi alzai scomposto. Mi dovevo essere addormentato. Guardai ancora confuso il tramonto che spariva fuori dalla finestra. Ero quasi certo di aver fatto un sogno magnifico, ma non riuscivo più a ricordarmelo. Che frustrazione! Ma del resto era solo un sogno, non era importante. E di sicuro non sarebbe stato quello ad aiutarmi a trovare un modo per passare le giornate in casa con la pandemia.

Abbandonai il divano e mi diressi verso l'altra stanza seguito da Catullo, che pareva affamato. Allora andai al ripostiglio per cercare il mangime del coniglio e, aperta la porta, venni sommerso da un'infinità di oggetti in disordine. Mentre cercavo il mangime mi imbattei nella mia vecchia bici; di colpo mi passò qualcosa per la testa, come un lampo veloce che mi diede un abbozzo di idea. Come per ricordare qualcosa, rivolsi lo sguardo a Catullo, che fece un gridolino di gioia: stava pensando ciò che pensavo io?

Catull und ich

Leonardo Bertone

Aus dem Italienischen von Klara Rottenberger

1.Mai

Kann eine Pandemie erschöpfend sein?

Ja, auf ihre eigene Art und Weise. Dieses ängstliche Gefühl sich in einer Falle zu befinden, die Welt vom Fenster aus zu betrachten und zu wissen, dass sie nur einen Katzensprung von uns entfernt ist, aber wir sie trotzdem nicht erreichen können. Das ist es, was uns erschöpft. Alle Tage gleich; arbeiten hinter einem Computerbildschirm, in den kleinen Häusern der Stadt. Zu fühlen, Flügel zu haben, die so gestutzt wurden, dass sie schon fast unsichtbar erscheinen: so ein winzig kleines Geschöpf wie ein Virus hat es geschafft unsere schnelllebige Welt zu lähmen und wir haben gemerkt, wie unvorbereitet wir sind, seltsam eigentlich.

Ich schaute aus dem Fenster während ich dieses Tagebuch schrieb und ich fühlte mich so leer. Die Stadt war ruhig, die Ebenen entfernt von den Plätzen der Stadt streckten sich unveränderlich aus, sodass man nur noch die Berge gen Norden sehen konnte.

Ich wäre so gerne verreist, aber so wie es aussieht, ist diese Pandemie zu einem globalen Phänomen geworden. Ich atme aus. Doch dann berührt mich etwas weiches an meinem Fuß; ich schaue nach unten und sehe Catull, mein kleines süßes Kaninchen, dessen Fell so weich wie eine Wolke scheint.

Es schien, als wolle er mir lauter kleine Küsschen geben und es kitzelte mich ein wenig. Ich stand auf, nahm es auf den Arm und ließ mich aufs Sofa fallen. Der Glückliche, er wird schon mit ein wenig Liebe glücklich. Aber ich befand mich immer noch im Rausch neues zu tun, im hier und jetzt zu leben. Diese plötzliche Apokalypse schien heimisch geworden zu sein.

Während ich daran dachte, legte ich mich aufs Sofa und ich wurde von einer Gedankenflut erfasst. Catull rollte sich zwischen meinen Armen zusammen und schlief sofort ein. Was soll ich machen? Gute Frage. Mir ging es schlechter, denn ich fühlte mich einfach entmachtet, eine Welle Traurigkeit durchfuhr mich von Kopf bis Fuß, ein Lechzen nach Freiheit im Herzen und ein ergriffener Schluchzer durchfuhren mich, weil ich an all die Erfahrungen und Momente dachte, die wir alle verloren und die vielen Stunden, die wir zu Hause verbringen mussten. Aber es war wichtig. Während ich darüber nachdachte stand ich auf, legte Catull in seinen Käfig, griff nach meiner Maske und ging raus, um einen Spaziergang zu machen. Die Stadt war ruhig; all die Gehsteige, die einst voll von Kindern waren, wurden nur von alten Blättern geziert; ich sah einen Mann auf einem Parkplatz, versteckt unter einer hellblauen Maske und einer großen Sonnenbrille, während er mit seinem Hund Gassi ging. Während ich unter dem Fenster vorbeiging, hörte ich Fernseher, die monoton die Nachrichten herunterleierten, die zu Beginn noch beängstigend waren, aber jetzt, wie viele anderen Sachen, zur Normalität wurden. Die Momente, Aktionen, Gesellschaft von Menschen. Am liebsten hätte ich mich gegen meine Frustration aufgelehnt, vielleicht hätte ich mich mehr bewegen müssen. Ja, das könnte eine Lösung sein, sicher nicht die beste, da man sich so wenig wie möglich mit anderen Menschen umgeben sollte. Aber ein Spaziergang auf dem Land, außerhalb der grauen, von Geistern bewohnten Stadt, könnte eine gute Sache sein. Vielleicht könnte ich auch Catull mitnehmen. Aber wie sollte ich vorwärtskommen? Ein Auto hatte ich nie, ein Moped hätte ich sogar gehabt, wenn sie mir nicht den Führerschein, aufgrund von zwei Gläsern Wein zu viel, abgenommen hätten…gut, einer Flasche Wein zu viel.

Busse gab es kaum, zumindest keine, die die Stadt verließen und Tiere sah man nicht gern im Bus. Mit dem Zug? Mit meinem Glück hätte mich die Polizei aufgabelt und mich gefragt, wo ich denn hinwolle und das hätte mir eine saftige Strafe eingebracht. Warum schaffte ich es nicht aus der Stadt hinaus.

Kurz und knapp, ideenlos zu sein machte mich erneut traurig und ich ging wieder nach Hause, vorbei am Park und am Radweg. Doch auf einmal hatte ich einen Geistesblitz.

Ich kam sehr aufgeregt zurück nach Hause und fühlte schon das Abenteuer, dass mich erwartete. Der Radweg gab mir den entscheidenden Anreiz, es kam mir vor wie eine Erleuchtung. Ich besaß weder Moped noch Auto, aber wenigstens hatte ich ein Fahrrad, auch wenn es ein wenig heruntergekommen schien. Ich lief sofort zum Schuppen und holte es hervor und obwohl ich es seit Jahren nicht benutzt hatte,

war es dennoch gut erhalten. Man musste den Reifen nur etwas auf-
pumpen, es abstauben und es konnte losgehen, es war fast wie neu.
Der Vorteil dieses Fahrrads war ein kleiner Koffer. Die nächste halbe
Stunde verbrachte ich damit von einer Ecke des Hauses zur anderen
zu rennen, immer auf der Suche nach Sachen, Klamotten, Dokumen-
ten, Geld und vielem mehr. Ich hatte die Idee: um die Stadt hinter mir
zulassen ohne meine Gesundheit zu beeinträchtigen würde ich einige
Tage auf dem Land in meinem Zelt verbringen. Es wäre eine super Ge-
legenheit, um mich ein wenig auszuruhen und in Betracht der Tatsache, dass ich alleine gehen würde, würde ich auch niemanden stören.
Also zumindest fast alleine: ich würde Catull auf jeden Fall mitnehmen.

So fand ich mich mit einem Rad, einem kleinen Koffer voll mit Sachen, die mir nützlich erschienen, einem Rucksack und einem Zelt, natürlich sorgfältig zusammengefaltet, wieder. Es war noch übriggeblieben, als ich damals in der Oberstufe campen ging, es war klein, aber
immerhin bequem. Endlich würde ich dieses Städtchen verlassen, das
mir so gar nichts mehr zu erzählen hatte, es war Zeit für Veränderungen! Ich brachte vorne am Lenker einen Korb an, um Catull hineinzu-
setzen; es war schon spät, aber am nächsten Tag erwartete mich das
schönste Abenteuer, das man sich in dieser Pandemie nur vorstellen
konnte: reisen!

2. Mai

Um fünf Uhr stand ich auf, eine schreckliche, aber notwendige Uhr-
zeit. Sobald wir uns vom heimlichen Brandherd verabschiedet hatten,
sind Catull und ich losgelaufen in Richtung Peripherie, um uns dann
auf die Straßen Richtung Felder zu begeben, noch immer ohne ein ge-
wisses Ziel vor Augen. Wir kamen in die Nähe eines stürmischen Flus-
ses, aber der Ort schien noch nicht der richtige, um unser Zelt aufzuschlagen. Wir ziehen also weiter, weiter weg von der Stadt, vorbei an
den langen Autobahnen ohne Autos darauf. Das Vorbeifahren eines
vereinzelten LKWs wurde zu einem Event, das das kleine Häschen
neugierig mit seinen kleinen, freudvollen Äugelein beobachtete. Es
war das erste Mal, dass ich es so weit weg von zu Hause brachte. Sicher musste es ihm wie eine homerische Reise vorkommen, denn es
war ja sonst nur sehr kurze Strecken gewohnt. Die Ruhe wurde nur
durch das quaken der Frösche unterbrochen und vom prasseln des

Wassers. Meine Beine, die nicht mehr an so lange Strecken mit dem Rad gewohnt waren, erinnerten mich daran ab und an anzuhalten. Es schien ein guter Ort, um unser Lager aufzuschlagen. Ich breitete mich also unter einem blattreichen Eichenwäldchen aus und befreite Catull, weil er sich nun das erste Mal am grünen Gras der weiten Felder erfreuen konnte. Er fing an hier und da herauszuschauen, während er sein Näschen immer in der Suche nach dem Duft des Frühlings hervorstreckte.

Morgen erwartete uns schon der erste Junitag und alles schien perfekt zu sein. Ich legte mich glücklich hin.

Etwas später, bevor ich das Zelt abbaute, entdeckte ich, dass ich mich zum Bach begeben musste, um Wasser zu holen; das, was ich mitgebracht habe, war schon aufgebraucht. Ich hatte es schon fast alles getrunken, als ich gerade aus der Stadt herausgefahren war, ich war schon viel zu müde und dehydriert. Ich begab mich in Richtung Wasser und stellte mir schon die Klarheit und die glasklare Erfrischung vor. Ich senkte die Feldflasche ab, um sie einzutauchen, aber ich hielt mich in der letzten Sekunde ab; Catull neben mir, war drauf und dran sein Gesichtchen in die Strömung zu halten, aber ich hielt ihn davon ab, natürlich nicht ohne Protest von seiner Seite, und entfernte mich. Auf der plätschernden Oberfläche des Stroms, bildete eine komische weißliche Substanz seltsame schaumige Blasen, die nach Bleichmittel rochen. Ich begab mich ins Unterholz und mit großem Bedauern wurde ich durch einen stacheligen Zweig erneut eingezäunt. Auf der anderen Seite erstreckte sich wie ein riesiger Gigant eine düstere, einschüchternde Fabrik, die ich noch gar nicht bemerkt hatte. Ein großes Rohr lugte aus der Anlage hervor und lief auf den Bach zu und gefährdete so das Wasser. Ich kam zurück zu meinem Rad, ernüchtert und nervös: dieser Ort war nun wohl nicht mehr unser perfektes Paradies für unser Lager. Ich fragte mich, ob es wirklich einen besseren Platz gab für solche Erfahrungen. Ich streichelte das Kaninchen und dachte dabei an die Situation, in die ich mich gebracht hatte. Ich würde es nicht mehr schaffen tagsüber nach Hause zu kommen, aber wenn ich wo anders hingehen würde, wo würde ich landen? Der Sonnenuntergang wandelte den Himmel schon in ein Kunstwerk um, während ich vor mich hin meditierte, ob mein Schicksal wäre weiterzuziehen in eine unbestimmte Richtung. Vielleicht war ja auch alles falsch: war die Reise wirklich das, was ich suchte. Ich konnte nochmal reisen gehen, Orte besuchen und neue Abenteuer leben. Nicht reine Ferien. Wäre es wirklich so? Ich dachte viel darüber nach, während ich alles wieder in meinen Rucksack packte und Catull in seinen Korb setzte. Ich hoffte, dass das Gras, das er gegessen hatte nicht kontaminiert von den Substanzen des Baches war. Aber eventuell konnte mir ein radioaktives Kaninchen hilfreich sein, wer weiß, vielleicht als Taschenlampe. Wir gingen weiter gen Horizont, arm an Perspektiven aber reich an Ambitionen.

15. Juni

Diesen Morgen wachte ich mit einem furchtbaren Kribbeln am ganzen Körper auf. Ich hatte die Nacht in einem verlassenen Landhaus verbracht, dessen Dach ziemlich baufällig war, aber es war trotzdem ziemlich gut für Catull und mich. Es waren schon eineinhalb Monate vergangen und wir wollten immer weitergehen, in Richtung des Unbekannten. Unser Leitspruch: reisen und träumen.

Wir hatten noch nicht den geeigneten Platz zum campen gefunden und das zwang uns dazu uns immer weiter zu bewegen und uns umzurangieren, um ein größeres Geheimnis zu finden. Nicht, dass mir das Kaninchen seine ehrliche Meinung gesagt hätte, aber für ihn war es eine bezaubernde Entdeckung herauszufinden wie groß die Welt war. Aber auch ein bisschen für mich, ich hatte mich so daran gewöhnt zuhause zu bleiben, dass ich vergessen hatte, dass sich die Welt trotzdem weiterdreht und was es bedeutet, aufzubrechen und neue Dinge zu entdecken. Als ich aufwachte, musste ich mich ununterbrochen kratzen, genervt von diesem aufdringlichen Jucken. Auch Catull schien sich mit den Vorderpfoten zu kratzen; als ich meine Haut anschaute, verstand ich auch wieso: die sommerliche Seuche war wieder zurückgekehrt. Stechmücken. Nachdem ich in Eile und Rage meine Sachen zusammengepackt hatte, flüchtete ich aus dem Landhaus. Die Mücken schienen okkulte Fähigkeiten zu besitzen: nachts greifen sie in großen Scharen an, aber am Morgen sieht man nicht eine in den dunklen Ecken des Gebäudes. Wir gingen also weiter, immer Richtung dem nächstgelegenen Dörfchen, auf der Suche nach etwas Frischem zu trinken. Es überraschte mich als ich herausfand, dass es in einem kleinen Dorf, zwischen Wäldern und Feldern liegend, tatsächlich eine offene Bar gab. Es war schon überraschend, sowohl weil es nur ein kleines, von wenig Menschen besiedeltes Dorf war, als auch wegen den strengen Regeln der Pandemie, weswegen ich dachte, dass alles geschlossen hätte. Ich band Catull an seinem Korb fest, sodass er nicht ausbüxen konnte: es handelte sich um ein enges, kleines Restaurant, aber seltsamerweise weitlaufend und dämmrig. Es roch furchtbar stark nach Mottenkugeln. Ich verstand wieso, als ich einen kurzen Blick auf die Gäste warf: alles alte, faltige Männer; die Masken brüsk unterhalb des Kinns gehalten, die zahnlosen Münder freilegend. Als ich eintrat schien es so, als würden sie sich unterhalten, aber sie hielten inne, um mich zu mustern, als wäre ich von einem anderen Planeten. Hinter dem Tresen war ein weiterer, noch älterer Mann, der mich schief anschaute: mit der faltigen Haut und zwei gläsernen, kleinen Augen bewegte er sich mühsam, während er sich weiterhin am Geländer festhielt. Ich schaute wieder nach innen und fragte nach einem kalten Getränk. Der alte murmelte etwas vor sich hin, was ich aber nicht verstand, ich dachte sogar, dass es vielleicht eine andere Sprache wäre. Die anderen Alten, die wussten, dass ich nichts von ihrem Gebrabbel verstehen konnte, fingen an zu diskutieren, als wäre nichts geschehen.

Ich verließ das Lokal mit einem sehr guten Gefühl und ließ mich von den Strahlen der Sonne kitzeln: ich hätte sogar eine Hymne für das Licht geschrieben, wenn ich nur könnte, und ich wünschte mir nie so zu enden wie die Alten in der Bar. Sie waren dort und gammelten vor sich hin, und sie gingen nie fort, sie haben sich wie die Fledermäuse verkrochen. Ich formte meine Hände zu einer Schale und ließ Wasser vom Brunnen hineinlaufen, um Catull seinen Durst stillen zu lassen. Dann gingen wir wieder weiter. Wir gingen wieder an neuen Städten vorbei, besuchten die Altstadt, oftmals öde und verlassen und wir hielten uns immer so kurz wie möglich auf, genau richtig um Catull auf den öffentlichen Parkplätzen etwas herumspringen zu lassen. Ein kleines Kind streichelte ihn liebevoll, während ich mich aufgrund der unaufhaltsamen Krämpfe vom langen Laufen ausruhte. Ich wollte unsere Reise für nichts auf der Welt unterbrechen. Ich sprang also wieder aufs Rad, nahm mein Kaninchen und setzte es wieder in sein Körbchen hinein. Wir verabschiedeten uns von dem, was wir hinter uns ließen und nahmen die elektrisierende Vorfreude auf, die uns erfasste.

25.Juni

Wir verließen die hundertste Stadt, als ich plötzlich etwas hörte, einen dieser Laute, die man abends hört, wenn man alleine zu Hause ist und es einem kalt den Rücken runterläuft.

Ich richtete die Augen gen Himmel und entdeckte, dass es sich nur um Möwen handelte, die von einem Strommast wegflogen, die weißen Flügel anmutig im Wind flatternd. Dieses Bild gab mir meine finale Idee: meine Mission, das Meer zu erreichen.

Nichts weiter, nur dieses Abenteuer mit Catull im weichen Sand zu beenden, während wir dem Sonnenuntergang entgegenschauen. Diese Idee gab mir nochmals einen Anstoß und ich zwang mich noch mehr zu radeln, bis zum Einbrechen der Dämmerung.

Ich hielt nahe einem kleinen Dorfe an: ich war schon dabei das Zelt aufzustellen, als ich von einer Stimme unterbrochen wurde; es war ein Mann mittleren Alters, der mich dort sah und mich fragte, ob ich Unterschlupf brauche. Diese Nacht wäre wegen dem Platzregen sehr kalt geworden und weil er mich dort so sah mit meinem kleinen Kaninchen, bestand er darauf mich bei ihm zu Hause schlafen zu lassen – trotz der ganzen Verstöße gegen die Virusauflagen. Unmöglich ihm nicht zuzusagen; die Menschen in kleinen Dörfern wussten wirklich was es bedeutete, sich ein Herz zu fassen. In der Stadt stattdessen waren sie immer sehr mürrisch, sie fürchteten alles und jeden, sogar sich selbst.

1.Juli

Die Reise, die nicht etwa ohne Schwierigkeiten war, ging weiter bis zu diesem Tag; ich bin den Straßenschildern gefolgt, aber schon jetzt war mir die Richtung klar. Ich war drauf und dran das Meer zu erreichen, das sich schon zuvor durch die abendliche Brise angekündigt hatte, die ins Hinterland zog, wo ich vor kurzem noch mit Catull mein Zelt aufgeschlagen hatte. Nur noch ein bisschen und es wäre geschafft. Als wir davor ankamen, hörte ich Catull einen überraschten Schluchzer von sich geben: diese unbestimmte, große Masse an salzigem Wasser, die sich im Horizont verlor, war wirklich atemberaubend. Wir hatten es geschafft. Wir hatten dieses Gefühl erlebt und nichts war besser als jenes. Es war als würde man das erste Mal seit langer Zeit wirklich leben. Ich setzte mich auf einen Felsvorsprung, um das Schwappen der Wellen zu hören, während sich die Sonne langsam in den Wogen verlor. Catull hüpfte mir in den Arm und ließ sich streicheln, während wir die Möwen beobachteten, die ihre Kunststücke im Himmel ausübten. Dann war es auch schon so weit und wir betrachteten den letzten Sonnenuntergang, der wie ein Brand in den schönsten Farben den Himmel zierte; es war so surreal, dass es schien, als wäre es ein Traum. Auch die Möwen schienen zu schweigen, um diesen erstaunlichen Augenblick zu genießen. Alles schien starr und perfekt zu sein, wenn sich Catull nicht nervig auf meiner Brust bewegen würde, von hier nach da springend. Ich versuchte ihn still zu halten, aber ich schaffte es nicht und er sprang mir fast auf den Kopf, sodass ich sogar meine Augen schließen musste.

1.Mai

Ich wachte ganz plötzlich auf und riss die Augen auf. Catull hatte seine Pfötchen vor dem Gesicht und ich legte ihn vorsichtig zu Boden. Das Kaninchen kroch unter das Sofa, während ich völlig zerzaust aufstand.

Ich musste eingeschlafen sein. Ich schaute nochmals verwirrt auf den Sonnenuntergang, der hinter dem Fenster verschwand. Ich war mir sicher, einen wunderschönen Traum gehabt zu haben, aber ich schaffte es nicht, mich daran zu erinnern. Oh Mann! Aber davon abgesehen war es nur ein Traum, nichts Wichtiges. Und mit Sicherheit wäre es nicht er gewesen, der mir half einen Weg zu finden, wie ich die Tage zu Hause mit der Pandemie überstehen sollte.

Ich verließ das Sofa und ging ins andere Zimmer, gefolgt von Catull, der hungrig schien. Also ging ich in die Vorratskammer, um nach etwas Essbarem zu schauen, dass ich dem Kaninchen geben konnte und, die Tür einmal offen, wurde ich von einem immensen Chaos erwartet. Während ich das Futter suchte, stieß ich auf mein altes Fahrrad; ganz plötzlich ging mir etwas durch den Kopf, wie ein Blitz, der mir die richtige Idee gab. Ich dachte an etwas und schaute zu Catull, der fröhlich lächelte: dachte er das Gleiche wie ich?

AUTORINNEN UND AUTOREN

LITERATUR DUO
Alina J. Wild
Joanne Mary Lorenzon

Alina J. Wild wurde 2003 in Heidelberg geboren und machte im Juli 2021 ihr Abitur am Friedrich-Ebert-Gymnasium in Sandhausen. Italienische Sprache, Literatur und Kultur begleiteten sie dort ab der achten Klasse, sowie auch Englisch- und Französischunterricht. Austauschprogramme der Schule nach Frankreich und Italien, Projekte mit der Heimann-Stiftung und private Reisen mit der Familie weckten bei ihr sehr früh das Interesse an Fremdsprachen und dem Kennenlernen anderer Kulturen und Sitten. In ihrer Freizeit steht das Lesen an erster Stelle, so wie auch Musizieren, Singen, Malen und Sport treiben. „Einfach so" ist ihre erste Kurzgeschichte und der Versuch, den Lauf des Lebens und dessen Wendepunkte darzustellen. Nach der Schule wird sie das Lehramtstudium an der Universität Heidelberg antreten. Sie wird sich weiterhin viel mit Italienisch beschäftigen und die entstandenen deutsch-italienischen Freundschaften pflegen, welche sich zu Zeiten der Pandemie enger schlossen.

DUO LETTERARIO
Alina J. Wild
Joanne Mary Lorenzon

Cresciuta nel nord Italia fra le provincie di Pordenone e Udine, **Joanne Lorenzon** (2005) ha un grande passione per le materie umanistiche e le lingue, che la ha portata a frequentare il Liceo Classico Europeo "Uccellis" a Udine.

Nel tempo libero si dedica alla lettura di qualsiasi genere di libro e alla stesura di brevi racconti.

Uno dei suoi più grandi sogni è non solo quello di viaggiare, ma anche di vivere e studiare in altri paesi. Proprio per questo sta studiando per ottenere la doppia maturità italo-tedesca. Nel più breve termine, si sta preparando a fare la sua prima esperienza in questo ambito, ovvero quella dell'anno scolastico all'estero.

Per il futuro ha diverse idee che vorrebbe sviluppare, tra cui anche pubblicare alcuni racconti.

Joanne Lorenzon (2005), die in Norditalien zwischen den Provinzen Pordenone und Udine aufgewachsen ist, hat eine große Leidenschaft für humanistische Fächer und Sprachen, die sie ans "Uccellis" Gymnasium in Udine führte.

In der Freizeit interessiert sie sich für alle Arten Bücher und verfasst Kurzgeschichten.

Einer ihrer größten Träume ist nicht nur das Reisen, sondern auch das Leben und Studieren in anderen Ländern. Genau aus diesem Grund studiert sie für die deutsch-italienische Doppelreife. Auf kurze Sicht, bereitet sie sich auf ihre erste Erfahrung auf diesem Gebiet vor, nämlich das Schuljahr im Ausland.

Für die Zukunft hat sie verschiedene Ideen, die sie gerne weiterentwickeln möchte, darunter auch einige Geschichten zu veröffentlichen.

Alina J. Wild, nata nel 2003 a Heidelberg, si è diplomata al liceo di Sandhausen nel luglio 2021. Lì, ha studiato la lingua, letteratura e la cultura italiana a partire della terza media. Siccome ha partecipato a diversi scambi in Francia e in Italia organizzati dalla scuola e al Campo musicale a Orvieto nel 2019 (Heimann-Stiftung) sono le lingue straniere che ama di studiare di più ed è sempre ispirata a conoscere meglio altra gente proveniente fuori dalla Germania. Nel tempo libero si dedica soprattutto alla musica, ai libri tedeschi e di lingua straniera, all'arte e allo sport. "Einfach so" è il suo primo racconto che cerca di descrivere il corso della vita e le sue svolte. Conseguito la maturità, frequenterà l'università di Heidelberg e continuerà a parlare e leggere l'italiano. Siccome durante la pandemia ha sempre più contatto con i suoi amici italiani, manterrà questi contatti preziosi e il legame con l'Italia.

LITERATUR DUO
Marja Gerike
Alesia Dangelliu

Marja Gerike (2005), geboren in Dresden, wo sie auch heute lebt, besucht das naturwissenschaftliche Martin-Andersen-Nexö-Gymnasium.

Neben ihrem Interesse an Mathematik und Informatik schreibt sie leidenschaftlich gern und arbeitet derzeit an ihrem ersten Roman. In ihrer Freizeit spielt sie Akkordeon und geht Segeln.

Sie hat noch keine konkreten Zukunftspläne, freut sich aber, die Welt in all ihren Facetten entdecken und erleben zu können..

Alesia Dangelliu (2003), geboren und aufgewachsen in Cento in der Provinz Ferrara, ist Schülerin am Liceo Linguistico Giuseppe Cevolani.

Ihre Liebe für Sprachen rührt von ihrer Herkunft her, denn sie hat albanische Eltern, was bedeutet, dass sie neben ihrer Muttersprache noch eine weitere Sprache im laufe der Zeit gelernt hat.

Ihre größte Leidenschaft ist die Musik, die sie seit ihrer Kindheit in jedem Moment ihres Lebens begleitet. Dazu kommt das Schreiben, eine völlig neue und alternative Art, Freude, Schmerz, Wut und Glück auszudrücken.

Sie weiß nicht genau, was die Zukunft für sie bereithält, aber sie hat große Erwartungen und Träume, die sie erfüllen will, denn alles im Leben kann erobert werden!

DUO LETTERARIO
Marja Gerike
Alesia Dangelliu

Nata e cresciuta a Cento, in provincia di Ferrara, **Alesia Dangelliu** (2003) è un'alunna del Liceo Linguistico Giuseppe Cevolani.

La sua passione per le lingue nasce dalle sue origini, di fatto ha genitori albanesi e questo comporta la conoscenza di una lingua aggiuntiva alla sua madrelingua.

La sua passione più grande è la musica, che sin da bambina la accompagna in ogni momento della sua vita. A questo si affianca anche la scrittura, una maniera completamente inedita e alternativa di esprimere gioia, dolore, rabbia e felicità.

Di preciso non sa cosa le aspetta in futuro ma ha grandi aspettative e sogni da realizzare, perché nella vita tutto si può conquistare.

Marja Gerike (2005), nata a Dresda, dove ancora oggi vive, frequenta il Liceo Scientifico Martin-Andersen-Nexö.

Ad affiancare il suo interesse per la Matematica e l'Informatica, c'è la passione per la scrittura che, attualmente, la sta portando a lavorare al suo primo romanzo. Nel suo tempo libero suona la fisarmonica e va in barca a vela.

Ancora non ha piani concreti per il futuro, ma non vede l'ora di scoprire e sperimentare il mondo in tutte le sue sfaccettature.

LITERATUR DUO
Teresa Pascual Frielinghaus
Paola Maria Frisa

Teresa Pascual Frielinghaus (2004) ist in Münster geboren und aufgewachsen. Schon als Kind betrat sie die Welt der Bücher und entwickelte schnell eine Begeisterung zur Literatur. Die Fähigkeit eines Autors Figuren zum Leben zu erwecken, die selbst nach dem Lesen des Buches dem Leser nicht aus dem Kopf gehen, ihn prägen und inspirieren, beeindruckte Teresa und führte dazu, dass sie mit dem Schreiben begann. Mit 10 Jahren stieß sie auf die App "Wattpad", auf der man Geschichten lesen und verfassen kann. Dies ermöglichte es ihr sich mit Menschen auszutauschen, die ihr Hobby teilen. Davon ermutigt begann sie erste Kurzgeschichten auf der App zu veröffentlichen.

Das Interesse für Sprache entsprang nicht nur den Büchern, sondern auch dem familiären Hintergrund. Teresas Mutter kommt aus Spanien, wodurch Teresa zweisprachig beziehungsweise dreisprachig aufwuchs. Der frühe Kontakt zu den Sprachen Deutsch, Spanisch und Katalanisch weckte in Teresa den Wunsch weitere zu lernen. Spätestens als sie in der Schule begann Französisch zu lernen, nahm sie sich vor, in der Zukunft alle romanischen Sprachen zu beherrschen.

In ihrer Freizeit tanzt sie außerdem und fotografiert.

DUO LETTERARIO
Teresa Pascual Frielinghaus
Paola Maria Frisa

Nata e cresciuta a Novara, in Piemonte, ma di origini siciliane, oltre che piemontesi, **Paola Maria Frisa** (2004) studia al Liceo Linguistico Carlo Alberto.

La sua passione per le lingue l'ha portata a imparare l'inglese, di cui possiede un livello C1, lo spagnolo ed il tedesco.

Nel tempo libero si dedica alla lettura, soprattutto di classici della letteratura italiana e straniera, e alla scrittura di racconti brevi, ed ama viaggiare quando ne ha la possibilità.

In futuro, vorrebbe studiare Lettere Moderne all'università, per poi intraprendere una carriera nell'insegnamento o nel giornalismo: quest'ultima sua passione le ha permesso di conquistare il terzo posto nella categoria social del contest #GenerazioneEU dell'Università Bocconi, in gruppo con due compagne di classe, tramite la creazione di una pagina Instagram con lo scopo di sensibilizzare alle tematiche principali dell'Unione Europea.

Paola Maria Frisa (2004), geboren und aufgewachsen in Navora, Piemont, aber mit sizilianischen Wurzeln. Sie besucht das Fremdsprachen Gymnasium Carlo Alberto. Ihre Leidenschaft zu den Sprachen hat sie dazu bewegt Englisch (Niveua C1), Spanisch und Deutsch zu lernen. In ihrer Freizeit widmet sie sich der Literatur, vor allen Dingen den italienischen und ausländischen Klassikern, sie schreibt Kurzgeschichten und wenn es die Zeit zulässt, dann reist sie gerne.

Für ihre Zukunft plant sie, an der Universität moderne Literatur zu studieren und strebt danach eine Laufbahn in der Lehre oder im Journalismus an. Dank ihrer Leidenschaft für den Journalismus hat sie zusammen mit zwei Klassenkameraden den dritten Platz in der Kategorie Social-Media des Contest #GenerationEU der Bocconi-Universität gewonnen. Sie haben eine Instagram-Seite erstellt, die das Ziel hatte, das Bewusstsein für die wichtigsten Themen der Europäischen Union zu schärfen,

Teresa Pascual Frielinghaus (2004) è nata e cresciuta a Münster. Si è avvicinata al mondo dei libri da bambina, per il quale ha da subito sviluppato molto entusiasmo.

La capacità di un autore di dare vita a personaggi che, anche dopo aver letto il libro, non possono lasciare la mente del lettore, ma che lasciano una traccia, un segno indelebile, ed ispirano, ha colpito Teresa e l'ha portata a iniziare a scrivere. All'età di 10 anni, si è imbattuta nell'applicazione "Wattpad", che permette di leggere e scrivere storie. Questo le ha permesso di interagire con persone con il suo stesso hobby: incoraggiata da questa condivisione, ha iniziato a pubblicare i suoi primi racconti proprio sull'app.

L'interesse per le lingue non proviene solo dai libri, bensì anche dal suo background familiare: la madre viene dalla Spagna, e Teresa è cresciuta bilingue e trilingue. Il primo contatto con le lingue, tedesca, spagnola e catalana, ha risvegliato in Teresa il desiderio di impararne altre: da quando ha iniziato ad imparare il francese a scuola, uno dei suoi obiettivi futuri è padroneggiare tutte le lingue romanze.

Nel tempo libero si dedica anche altri hobby, come la danza e la fotografia.

LITERATUR DUO
Joleen Cheyenne Erhard
Susanna Perini

Joleen Erhard (2004) ist 17 Jahre jung und schreibt seit ihrer Grund-schulzeit an Geschichten und Büchern. Sie hat sich schon immer für Li-teratur begeistern können.

Momentan geht sie noch zur Schule, auf ein Gymnasium in der Nähe ihres Wohnortes. Bislang hatte sie noch keine Möglichkeit ihre Werke zu veröffentlichen, versucht aber stets ihre Träume in die Reali-tät umzusetzen.

Gemeinsam mit ihrer Familie wohnt sie auf dem Land, wo es viele Möglichkeiten gibt, sich inspirieren zu lassen.

DUO LETTERARIO
Joleen Cheyenne Erhard
Susanna Perini

Nata e cresciuta a Trieste, una provincia del Friuli Venezia Giulia affacciata sul Mar Adriatico, **Susanna Perini** (2005) è una studentessa presso l'Educandato Statale Collegio Uccellis di Udine.

La sua attrazione per le lingue nasce dai viaggi che hanno colorato la sua infanzia, attraverso i Paesi e le culture d'Europa: di fatto ha sempre provato grande fascino in realtà che differissero dalla sua, trovando sempre spazio per un'esperienza nuova che potesse arricchirla – non soltanto come viaggiatrice, ma soprattutto come persona. Le attività che non possono mancare nella sua giornata –così come nella sua vita- sono la lettura, la scrittura e la musica: ognuna di queste rappresenta la sua personalità da un'angolazione unica. In particolare, la musica la accompagna sia nei momenti di studio sia nel tempo libero; nel corso degli anni è appunto diventata una chiave, utile per aprire le porte della concentrazione e della creatività, ma capace anche di lasciare fuori dal suo piccolo mondo ogni tipo di negatività. Con le parole, invece, ha da sempre una connessione profonda, che l'ha portata anche a comporre pezzi propri. E' dell'idea che nelle parole si possa trovare lo stesso tipo di magia racchiusa nelle emozioni: incontrollabile e imprevedibile, ma pur sempre meravigliosa e inimitabile. Nel futuro progetta di laurearsi in Fisica, specializzandosi poi in Astrofisica e Cosmologia, ma per ora desidera soltanto trascorrere un'adolescenza leggera e vivace, accogliendo a braccia aperte le tante sorprese della vita

Geboren und aufgewachsen mit dem Blick auf die Adria in Triest, in der Provinz Friaul-Julisch Venetien, ist **Susanna Perini** (2005) Schülerin der Staatlichen Schule Collegio Uccellis in Udine.

Ihr Interesse für Sprachen wurde auf den Reisen durch die Länder und Kulturen Europas geweckt, die ihre Kindheit geprägt haben: Tatsächlich hat sie immer eine große Faszination für die Lebenswirklichkeiten verspürt, die sich von ihrem Leben unterscheiden und um so immer wieder Raum für eine neue Erfahrungen zu finden, die sie bereichern könnten - nicht nur als Reisender, sondern vor allem als Mensch. Lesen, Schreiben und Musik sind die Aktivitäten, die in ihrem Tagesablauf wie auch in ihrem Leben nicht fehlen dürfen: Jede dieser Aktivitäten repräsentiert ihre Persönlichkeit aus einem speziellen, eigenen Blickwinkel. Vor allen Dingen die Musik ist ihr ständiger Begleiter - sowohl beim Lernen als auch in der Freizeit; Im Laufe der Jahre ist die Musik zum Schlüssel geworden, um die Türen der Konzentration und Kreativität zu öffnen. Sie hat ihr aber auch geholfen aus ihrer kleinen Welt alles Negative auszuschließen. Auch zu den Worten hatte sie schon immer eine enge Beziehung, die sie dazu veranlasste, eigene Geschichten zu schreiben – von der Idee, dass man in Worten dieselbe Art von Magie finden kann, die in Emotionen enthalten ist: unkontrollierbar und unberechenbar, aber dennoch wunderbar und unnachahmlich. Für die Zukunft plant sie ein Physikstudium mit anschließender Spezialisierung auf Astrophysik und Kosmologie, aber jetzt möchte sie erst einmal eine heitere und beschwingte Jugend verbringen und die vielen Überraschungen des Lebens mit offenen Armen aufnehmen.

Joleen Erhard (2004) ha 17 anni e scrive storie e libri da quando era alle elementari. È sempre stata appassionata di letteratura.

Al momento va ancora a scuola, in un liceo vicino a dove vive. Finora non ha ancora avuto l'opportunità di pubblicare i suoi lavori, ma cerca sempre di trasformare i suoi sogni in realtà.

Vive con la sua famiglia in campagna, dove ci sono molte opportunità per essere ispirata.

LITERATUR DUO
Jagna M. Scheerer
Sara Novembre

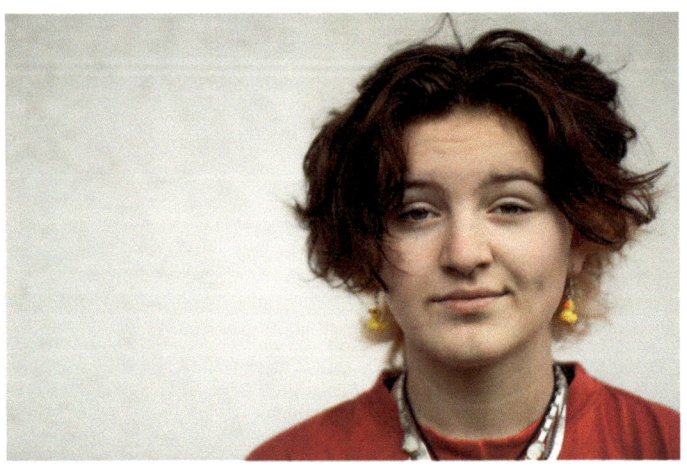

Jagna Minerva Scheerer, geboren 2006, lebt in Wolnzach (Oberbayern) und besucht dort die neunte Klasse des Hallertau-Gymnasiums. Zweisprachig mit Polnisch und Deutsch aufgewachsen, begeistert sie sich vor allem für die sprachlichen Fächer, Latein und Italienisch. Ihr Interesse an Kulturen führte sie nicht nur nach Rom und Neapel, sondern auch nach Japan, wo sie 2019 unter anderem an einem Manga-Workshop in Kitakyushu teilnahm, denn neben Geschichtenschreiben und Theaterspielen ist das Zeichnen ihre größte Leidenschaft und wird vermutlich auch ein wichtiger Punkt in der Karrierewahl sein. Im Frühjahr 2020 absolvierte Jagna einen einmonatigen Gastschulaufenthalt in Illfracombe (Großbritannien).

Sara Novembre (2005), geboren und aufgewachsen in einem kleinen Dorf in Süditalien namens Gioiosa Ionica in Kalabrien, besucht die Sprachschule "Giuseppe Mazzini". Sie studiert Englisch, Französisch und Deutsch. Die Leidenschaft für Sprachen entsteht aus Interesse an Kommunikation, und gerade diese treibt sie auch zum Schreiben, weil sie so ihre Gefühle am besten ausdrücken und kommunizieren kann. Sie ist generell fasziniert von den Künsten, wie zum Beispiel der Musik, der sie sich widmet, um darauf auch ihre Zukunft aufzubauen. Ihr Leben möchte sie mit der Musik und dem Schreiben gestalten.

DUO LETTERARIO
Jagna M. Scheerer
Sara Novembre

Sara Novembre (2005), nata e cresciuta in un piccolo paesino del Sud Italia chiamato Gioiosa Ionica, in Calabria, frequenta il liceo linguistico "Giuseppe Mazzini". Studia l'inglese, il francese e il tedesco. La passione per le lingue nasce per l'interesse alla comunicazione ed è proprio quest'ultimo che la spinge anche nel campo della scrittura perché è grazie ad essa se riesce ad esprimersi al meglio e a comunicare le sue emozioni. È affascinata in generale dalle arti, come ad esempio la musica su cui sta lavorando per poter costruirsi un futuro. Nella vita vorrebbe appunto avere sbocchi con essa e con la scrittura.

Jagna Minerva Scheerer, nata nel 2006, vive a Wolnzach (Alta Baviera) e vi frequenta il primo superiore dell'Hallertau-Gymnasium. Cresciuta bilingue con polacco e tedesco, è particolarmente entusiasta delle materie linguistiche, latino e italiano. Il suo interesse per le culture l'ha portata non solo a Roma e Napoli, ma anche in Giappone, dove ha partecipato a un laboratorio di manga a Kitakyushu nel 2019, tra le altre cose, perché oltre alla scrittura e alle opere teatrali, il disegno è la sua più grande passione e probabilmente sarà anche un punto importante nella sua scelta di carriera. Nella primavera del 2020, Jagna ha completato un soggiorno scolastico di un mese a Illfracombe (Regno Unito).

LITERATUR DUO
Emma Amalia Kosmalla
Giorgia Pizzo

Emma A. Kosmalla ist 2005 in Köln geboren, wo sie bis heute mit ihrer Familie und einer Katze lebt. Im herzen der Stadt besucht sie ein Mädchengymnasium, die Erzbischöfliche Ursulinenschule Köln. Ihre Leidenschaft für fremde Länder und Kulturen entdeckte sie früh auf zahlreichen Auslandsreisen, die sie schon im jüngsten Alter mit ihrer Familie unternahm. 2020 ging sie für fünf Monate in Spanien zur Schule, wo sie neue Erfahrungen sammeln konnte. Die dort gesammelten kulturellen Kenntnisse konnte sie während eines zweiwöchigen Praktikums im GLS Sprachenzentrum Berlin anwenden und weiter vertiefen. Sie spricht außer ihrer Muttersprache Deutsch noch Englisch, Italienisch und Spanisch, welches sie sich selbst beigebracht hat, und hat das Latinum.

Schon früh entwickelte Emma A. Kosmalla eine tiefe Leidenschaft für das Schreiben, der Berufswunsch Autorin kam erstmals im Alter von sechs Jahren auf und ist bis heute geblieben. Ihre Freizeit verbringt sie, wenn nicht am Klavier oder mit Freunden, meist damit, Ideen, Gedichte und Geschichten zu Papier zu bringen.

In Zukunft möchte sie schreiben, reisen und vor allem viel dazulernen über sich und die Welt.

DUO LETTERARIO
Emma Amalia Kosmalla
Giorgia Pizzo

Nata e vissuta in una città situata a nord est dell'Italia, Pordenone, **Giorgia Pizzo** (2003) frequenta il Liceo Classico Europeo presso l'Educandato Statale Collegio Uccellis di Udine, una scuola che offre una formazione ampia, che promuove l'accostamento della tradizione all'innovazione, ma soprattutto che permette di vivere in una realtà interculturale e internazionale. Si definisce una persona libera, indipendente, piena di iniziative, che non teme le sfide, in cerca di opportunità di crescita e fonti di esperienza per arricchirsi e confrontarsi con gli altri; è ambiziosa, vive per scoprire, per imparare dal prossimo, per mettersi in gioco, ma soprattutto per ricercare la diversità ed emergere dalla massa. Si ritiene curiosa, ha molteplici interessi e passioni, oltre a studiare pratica sport, frequenta corsi online in diverse lingue, ne parla sei, suona due strumenti, è appassionata di letteratura e scrittura, un amore che l'ha portata a vincere svariati concorsi fin da piccola, è quindi una persona dinamica, che combatte per raggiungere gli obiettivi prefissati e che per fare ciò non si ferma davanti agli ostacoli. Ama viaggiare, scoprire diverse culture, tradizioni, storie, ascoltare le persone, condividere, migliorare e aiutare gli altri. In futuro vorrebbe studiare diritto internazionale ed Europeo, una facoltà che si addice al suo carattere da guerriera; non sa quale strada il destino le farà percorrere, ma sarà pronta a dare il meglio per volare in alto.

Geboren und aufwachsen in Pordenone, einer Stadt im Nordosten Italiens, besucht **Giorgia Pizzo** (2003) das Liceo Classico Europeo am Educandato Statale Collegio Uccellis in Udine, eine Schule, die eine breite Ausbildung anbietet, die die Annäherung von Tradition und Innovation fördert und vor allem das Leben in einer interkulturellen und internationalen Realität ermöglicht. Sie definiert sich als eine freie, unabhängige, eigenständige Person, die vor Herausforderungen keine Angst hat, nach Möglichkeiten zur Entwicklung und nach Erfahrungsquellen sucht, um sich zu bereichern und sich mit Anderen auseinanderzusetzen. Sie ist ehrgeizig, lebt, um zu entdecken, um von Anderen zu lernen, um sich einzubringen, aber vor allem, um die Vielfalt zu suchen und aus der Masse herauszustechen. Sie ist neugierig, hat vielfältige Interessen und Leidenschaften, treibt Sport, besucht Online-Kurse in verschiedenen Sprachen, sie kann sechs Sprachen sprechen, spielt zwei Instrumente, hat eine Leidenschaft für Literatur und Schreiben, eine Liebe, mit der sie von klein auf verschiedene Wettbewerbe gewann, und ist daher eine dynamische Person, die für das Erreichen ihrer Ziele kämpft und dabei nicht vor Hindernissen Halt macht. Sie liebt es zu reisen, verschiedene Kulturen, Traditionen und Geschichten zu entdecken, Menschen zuzuhören, zu teilen, sich zu verbessern und anderen zu helfen. In Zukunft möchte sie internationales und europäisches Recht studieren, eine Richtung, die ihrem Charakter als Kriegerin entspricht. Sie weiß nicht, welchen Weg das Schicksal sie gehen lassen wird, aber sie will ihr Bestes geben, um nach oben zu fliegen.

Emma A. Kosmalla è nata nel 2005 a Colonia, dove attualmente vive con la sua famiglia e una gatta. Frequenta la Erzbischöfliche Ursulinenschule Köln, un liceo per ragazze. Ha scoperto molto presto la sua passione per altri paesi e diverse culture grazie a molti viaggi all'estero con la sua famiglia, infatti nel 2020 ha frequentato un liceo in Spagna, dove ha potuto fare nuove esperienze. Ha potuto applicare e approfondire svariate competenze durante un tirocinio nel GLS Srachenzentrum a Berlino. Tranne la sua madrelingua, il tedesco, parla anche l'inglese, l'italiano, lo spagnolo, che ha imparato da sola, e Latino.

Emma A. Kosmalla ha sviluppato molto presto nella sua vita una passione grande per la scrittura, il desiderio di diventare una scrittrice si è acceso la prima volta quando aveva sei anni ed è rimasto tutt'ora. Quando non suona il pianoforte o non si incontra con le sue amiche, passa il suo tempo libero scrivendo storie e poemi.

Nel futuro vuole scrivere, viaggiare e sopratutto imparare molto su se stessa e sul mondo.

LITERATUR DUO
Klara Rottenberger
Leonardo Bertone

Klara Rottenberger (2003) ist in Würzburg geboren und in der Umgebung aufgewachsen. Im Frühjahr dieses Jahres beendete sie ihre schulische Laufbahn am sprachlichen, humanistischen und musischen Celtis-Gymnasium in Schweinfurt.

Durch den engen Kontakt zur englischen Sprache väterlicherseits, begeisterte sie sich schon von klein auf an modernen Fremdsprachen.

Gestärkt wurde diese Leidenschaft durch das Erlernen weiterer Sprachen und so spricht sie heute fließend Englisch, Italienisch und Spanisch und hat zudem das große Latinum erworben. Für ihre hervorragenden Leistungen im Fach Italienisch in den diesjährigen Abiturprüfungen, erhielt sie zudem Auszeichnungen. Ihre Leidenschaft zu Italien versucht sie auch außerhalb des Landes zu pflegen und ist deshalb in die Organisation „Mafia- Nein, danke" eingetreten und nahm auch an Demos der Bewegung der "sardine" teil, um gegen rechte politische Strömungen in Italien zu protestieren.

So knüpfte sie durch ihr Engagement, anhand eines Leserbriefes, zudem Kontakt zum ehemaligen Kulturminister Italiens, Massimo Bray, der ihr ein Praktikum in Rom möglich machte.

Ihre Vorliebe für das Schreiben entwickelte sich schon früh, vor allem durch das begeisterte Lesen von Büchern jeder Art, das heute eine große Rolle in ihrem Leben spielt..

Leonardo Bertone (2003) è uno studente al quinto anno di Liceo a Novara, città del Piemonte, Italia. Studiando inglese, francese e tedesco ha modo di entrare in contatto con altre culture per attuare il suo sogno: viaggiare, meglio se su una barca a vela.

Nel tempo libero disegna, suona il pianoforte e si dedica ad arte e cultura, ma la sua passione di sempre è la scrittura: questa naturale inclinazione lo ha condotto a partecipare in numerosi concorsi letterari sia locali che su scala nazionale e internazionale, conseguendo per questo anche dei premi; ha poi preso parte alla giuria giovanile dell'edizione 2021 del prestigioso premio letterario italiano Lattes Grinzane.

La passione per la scrittura non si arresta e dunque l'autore si diletta a scrivere libri che spera, un giorno, di vedere pubblicati per rendere reale il suo sogno di diventare uno scrittore emergente.

Spera di poter continuare a scrivere in attesa di recarsi all'università per diventare antropologo e un giorno magari giornalista o divulgatore.

Leonardo Bertone (2003) ist im fünften Jahr am Gymnasium in Novara, einer Stadt im Piemont, Italien. Durch Englisch, Französisch und Deutsch lernen hat er die Möglichkeit, mit anderen Kulturen in Kontakt zu kommen, um sich seinen Traum zu erfüllen: zu reisen, am liebsten auf einem Segelboot.

In seiner Freizeit zeichnet er, spielt Klavier und widmet sich Kunst und Kultur, aber seine Leidenschaft ist das Schreiben: Diese natürliche Neigung hat ihn dazu geführt, an zahlreichen Literaturwettbewerben im In- und Ausland teilzunehmen und dafür sogar Preise zu gewinnen; Anschließend nahm er an der Jugendjury der Ausgabe 2021 des renommierten italienischen Literaturpreises Lattes Grinzane teil.

Die Leidenschaft für das Schreiben hört nicht auf und deshalb schreibt der Autor gerne Bücher, von denen er hofft, dass sie eines Tages veröffentlicht werden, um seinen Traum zu verwirklichen, ein aufstrebender Schriftsteller zu werden.

Er hofft, weiter schreiben zu können, während er darauf wartet, auf die Universität zu gehen, um Anthropologe und eines Tages vielleicht Journalist oder Herausgeber zu werden.

Klara Rottenberger (2003) nata a Würzburg e cresciuta da queste parti, ha finito il liceo nel 2021. Ha frequentato il liceo linguistico, umanistico e artistico il che si chiama Celtis-Gymnasium.

Grazie ai parenti da parte di suo padre, già da piccola mantiene un contatto molto stretto con l'inglese. Questa passione è stata rafforzata grazie ad altre lingue; oggi parla fluentemente l'inglese, l'italiano e lo spagnolo, e ha anche studiato il latino per molti anni.

Inoltre ha ricevuto premi per i suoi eccellenti risultati nella materia italiana durante gli esami di maturità quest'anno.

La sua passione per l'Italia cura anche al di fuori del paese e per questo è diventato un membro dell'organizzazione "Mafia- Nein, danke", e ha anche partecipato alle manifestazioni del movimento delle sardine per protestare contro i partiti di destra.

Grazie al suo impegno, ha anche conosciuto all'ex Ministro della cultura, Massimo Bray, che le ha permesso di svolgere uno stage a Roma.

La sua predilezione per la scrittura si è sviluppata molto presto, soprattutto grazie alla lettura appassionata di ogni tipo di libro che oggi è molto importante per la sua vita.

DIE HEIMANN-STIFTUNG

Im Jahr 2015 haben die Eheleute Archim und Gerda Heimann die «Heimann-Stiftung für Völkerverständigung» mit Sitz in Wiesloch gegründet.

Die Stiftung fördert die Völkerverständigung zwischen Deutschland und Italien.

Im Mittelpunkt der Stiftung stehen junge Menschen und deren kulturelle Förderung zu verantwortungsbereiten und weltoffenen Persönlichkeiten.

Wir leben in einer Zeit großer gesellschaftlicher Veränderungen, die das Zusammenleben der Menschen unterschiedlicher Kulturen berühren. Es wird immer wichtiger zu lernen, andere Völker nicht nur nach deren äußeren Merkmalen und dem Lebensstil zu beurteilen, sondern auch ihre Kultur, ihre Haltung, ihr Verhalten zu verstehen und anzuerkennen. Wenn sich die Nationen verstehen, können Konflikte vermieden und Versöhnung und Frieden geschaffen werden.

Um diese Zukunft zu gestalten ist es vor allen Dingen wichtig, dass die Jugend mit einer internationalen und interkulturellen Lebenserfahrung aufwächst.

LA FONDAZIONE HEIMANN

Nel 2015 la coppia Archim e Gerda Heimann ha istituito la «Fondazione Heimann per la comprensione fra i popoli» con sede a Wiesloch.

La fondazione promuove la comprensione fra la Germania e l'Italia.

Al centro dell'attenzione della fondazione ci sono i giovani ed il loro sviluppo culturale. Inoltre la fondazione promuove la formazione dei giovani affinché diventino persone cosmopolite e consapevoli delle proprie responsabilità.

Adesso viviamo in un'epoca con grandi cambiamenti sociali che influenzano la convivenza dei popoli. Diventa sempre più importante valutare gli altri popoli non solo in base alle caratteristiche esterne e allo stile di vita ma anche rispettare e comprendere la loro cultura, il loro atteggiamento e il loro comportamento. Se le nazioni si accettano i conflitti potrebbero essere evitati e la pace sarebbe mantenuta.

Per formare il nostro futuro assieme è soprattutto importante che già i giovani possano raccogliere esperienze di vita inter-nazionali e interculturali.